왕녀전하는
화가 나셨나 봅니다
6. 전장에 흩날리는 은색바람
Royal Highness Princess
seems to be angry
저자
야츠하시 코우
일러스트
나기시로 미토

'……부숴야 해.'

어느샌가『정화의 쌍날검』은
8자루로 늘어나 있었다.
그것들은 마치 레티시엘을 지키듯이
주위를 둘러싸고
빛을 내뿜으면서
천천히 선회했다.

"안심해.
어르신을 방해할 생각은
지금은 없으니까 말이야."
밀그레인이 사라진 장소를 힐끗 쳐다보며,
자쿠도는 작게 중얼거렸다.
그 목소리는, 그 누구에게도 닿지 않았다.
자쿠도
"……지금은, 말이지."

왕녀전하는 화가 나셨나 봅니다

6.

전장에 흩날리는 은색 바람

Royal Highness Princess
seems to be angry

저자
야츠하시 코우

일러스트
나기시로 미토

옮긴이
이진주

Royal Highness Princess
seems to be angry

6.
전장에 흩날리는 은색 바람

CONTENTS

CHARACTER

Royal Highness Princess
seems to be angry

서장　야망의 서곡

남자는 조바심을 내고 있었다. 쿵쿵 하고 거친 발소리가 카펫이 깔린 방안에 크게 울렸다.

"……대체, 위의 인간들은 뭘 하고 있는 거냐!"

그렇게 말을 뱉은 남자의 얼굴은 너무 화가 난 탓인지 새빨갛게 물들어 있었다. 숨도 거칠었고 이마에도 파란 힘줄이 몇 줄인가 튀어 올라와 있었다.

상층부의 좀처럼 움직이지 않으려는 무리들이 겨우 플라티나 왕국과의 동맹을 파기했건만, 새삼 겁이라도 난 것인지 동맹을 파기한 뒤 국내에서는 전쟁반대파와 재화친파, 전쟁파가 서로 옥신각신하며 싸우고 있었다.

그 덕에 과격파인 전쟁파에 속한 남자의 짜증과 초조함과 분노의 강도는 하루하루 강해질 뿐이었다.

"언제까지고 늦장이나 부리고…… 화로의 연료도 무한하지 않다고."

제국이 간신히 동맹파기를 결단하면서, 그에 따라 아르마·리액터의 가동률을 올리는 일에 대해서도 상층부를 설득시켰다.

그러나 아르마·리액터의 가동율이 올라가 군사력 강화가

용이해졌다고는 해도 연료는 무한하지 않았다.

왕국과의 전쟁을 기다렸던 남자는 이 싸움에 모든 것을 걸고 있었다. 전쟁에서 무훈을 세우면 그것만으로도 단숨에 권력을 끌어 모을 수 있었다. 그렇게 되면, 이 나라의 옥좌를 빼앗는 일도 꿈은 아니었다.

"두고 봐라, 망할 늙은이들."

중얼중얼 혼잣말을 하며 잰 걸음으로 방안을 돌아다니는 남자의 모습을, 한 젊은 여성이 근심스러운 얼굴로 바라보고 있었다.

가까이에 있는 긴 소파에 앉은 그 여성은 긴 은색의 머리카락을 가진 미인이었다. 거기에 가슴이 깊게 파인 대담한 디자인의 빨간 드레스와 살짝 치켜 올라간 눈꼬리가 더해져 그녀를 한층 더 매력적으로 보이게 하고 있었다.

"디오르그 님. 그렇게 화를 내시면 건강에 안 좋으세요."

디오르그라 불린 남자는 여성의 부름에 겨우 방을 서성이던 발을 멈추었다.

몇 개월 전 플라티나 왕국과의 국경부근에서 보호한 여성. 왕국의 인간이었지만, 나라에 쫓기고 있다고 말했다. 이름은 세냐라고 했다.

"걱정하는 것이냐."

"당연하지요. 디오르그 님은 언젠가 황제가 되실 분이신걸요. 걱정하지 않는 것이 더 이상하답니다."

소파에서 일어난 세냐는 디오르그의 곁으로 다가가 그 팔에 자신의 손을 살짝 얹었다.

세냐의 신상에 대해서는 모르는 것이 압도적으로 많았다. 세냐 스스로 자신에 대해 말하는 일이 적었고, 그 이야기를 화제로 삼으면 곧바로 슬픈 얼굴을 했다.

디오르그도 적의 스파이인 것은 아닐까, 하고 그녀의 출신을 조사한 적이 있었다. 왕도에 집이 있었다는 것까지는 알아냈으나, 그 뒤…… 어떤 집에서 어떤 인간과 살았는지까지는 알 수 없었다.

"하하하. 그렇고말고. 그런 허울뿐인 황제보다 내가 사람 위에 서는 자에 더 잘 어울리지."

"예, 디오르그 님. 그러니 부디 저를 지켜주세요.

세냐는 그대로 조심스럽게 몸을 기대어왔다. 그 몸은 살짝 떨고 있었다. 미인이 의지를 해오는 것은 나쁜 기분이 아니었다. 디오르그는 세냐의 어깨에 팔을 감았다.

국경 부근에서 우연히 세냐를 보호했을 때, 그녀는 자신의 신변안전을 보장해주면 플라티나 왕국에 관한 기밀정보를 제공하겠다고 디오르그에게 말했다.

실제로 세냐가 말한 정보는 하나같이 제국이 모르는 것들뿐이었다. 국민에게조차 공표되지 않은 마술의 존재, 그 사용자, 정체불명의 검은 괴물의 출현. 들으면 들을수록 의심이 쌓일 것 같은 것들뿐이었다.

솔직히 디오르그도 갑자기는 믿을 수 없는 내용들이 많았지만, 그 정보와 대조해보고서야 설명이 되는 일이 있는 것은 분명했다.

얼마 전에 국경부근에서 일어난 반란 중에서는 국경이 가까운 곳도 있어서 제국이 상황설명을 요구했음에도, 왕국 측에서는『민중에 의한 반란이며 이미 진압이 끝났다』라는, 너무나도 간결한 설명만 전했을 뿐이었다.

최근 1년 동안 왕국 안에서 일어난 정체불명의 폭발사고에 대해서도 침묵을 유지하고 있어서, 제국 내에서도 왕국에 대한 불신감은 커지고 있었다.

디오르그는 옛날부터 플라티나 왕국이라는 나라를 신용할 수 없었다. 제국에서는 금지된 기술인 마법을 부끄러운 줄도 모르고 사용하는 시점에서 상당한 위험성을 내포하고 있었다. 거기에 더해 또 감추고 있는 힘이 있다니, 이제는 무슨 수작을 걸어와도 이상하지 않으리라.

"알고 있다. 그런 약속이었잖느냐? 안심해라."

"정말 기뻐요. 나라에서 제 목숨을 노려서 줄곧 불안했습니다만, 디오르그 님이 구해주셔서 정말로 다행이에요."

세나가 안심한 것처럼 미소를 지었다. 그녀가 어디에서 그런 정보를 얻었는지는 모르겠지만, 분명히 이만큼의 기밀정보를 알고 있다면 나라가 그녀를 말살하려는 것도 이상하지 않으리라.

"각하. 잠시 괜찮으시겠습니까?"

문득 방 밖에서 노크소리와 함께 측근인 남자의 목소리가 들려왔다. 디오르그는 세냐를 떼어내고 측근에게 입실 허가를 내렸다.

"이런 시간에 무슨 일이냐."

"그것이, 각하를 뵙고 싶다는 손님이 오셨습니다."

"손님?"

디오르그는 수상쩍다는 듯이 고개를 모로 꼬았다. 제국 내 총독들끼리 파벌싸움을 벌이고 있는 이 상황에서 함부로 디오르그를 찾아오는 자는 없을 터였다.

"뭐하는 놈이냐? 그 녀석은."

"그것이…… 모르겠습니다. 하얀 로브를 입은 분으로…… 어쨌든 각하를 만나 뵙고 싶다고, 만나면 분명히 도움이 될 것이라고 말하고 있습니다."

만나면 도움이 될 것이라니, 묘한 이야기였다. 이건 뭐 자객이나 그런 것이겠군. 디오르그는 그렇게 생각했으나, 그렇다면 이 검으로 반격해주마 하고, 그 손님이라고 하는 자를 만나기로 했다.

"세냐. 너는 여기서 기다려라. 바로 처리하고 돌아오마."

"예, 디오르그 님."

세냐는 온화한 미소를 지으며 작게 고개를 끄덕였다. 디오르그는 그것을 보고나서 만족스러운 듯이 측근과 함께 방을 나갔다.

문이 열리고, 그리고 닫혔다. 세냐는 디오르그의 모습을 줄곧 웃는 얼굴로 배웅했으나, 그 모습이 문 건너편으로 사라지자 그 얼굴에서 웃음기가 싹 사라졌다.

세냐는 방금 전까지의 자애에 가득 찬 표정을 지우고 닫힌 문의 건너편을 차가운 눈으로 바라보았다. 그 눈빛은 경멸에 가까운 눈빛이었다.

"……."

또다시 방문을 노크하는 소리가 들렸다.

"들어와요."

세냐는 소파에 앉으면서 작은 목소리로 단아하게 대답을 했다.

"실례합니다. 차와 과자를 가져왔습니다."

"어머, 고마워요."

세냐는 쟁반을 들고 방에 들어온 시녀에게 상냥한 미소를 지어보였다. 그 얼굴에서는 방금 전까지 떠올라 있던 냉담한 표정은 전혀 찾아볼 수 없었다.

1장 잠깐 동안의 휴식

이리스 제국이 플라티나 왕국과의 동맹을 일방적으로 파기한 뒤로 약 한 달이 지났다.

양국의 국경 근처에는 각국의 군대가 주류하며 긴박한 대립이 계속되고 있었으나, 먼저 동맹을 파기한 제국 측에서는 현재 어떠한 움직임도 없었다.

금방이라도 전쟁을 걸어오는 것이 아닐까 하고 경계하던 왕국도, 제국이 아무것도 하지 않았기 때문에 그 목적을 알아내지 못해서 혼란스러워하고 있다고 들었다.

제국의 침묵은 왕도 니르반의 사람들의 불안에 부채질했다. 거리에서는 제국의 소문이나 전쟁에 관한 화제가 오갔고, 개중에는 한층 더 남쪽으로 옮겨가고자 이사하는 사람도 있다고 한다.

"……이런 때인데도 식전은 빠뜨리질 않네."

"어쩔 수 없지 않을까 싶습니다. 귀족 분들로서도 한 해를 시작하는 중요한 행사를 중지할 수는 없을 테니까요……."

"그것도 그러네요."

레티시엘은 얼굴을 찡그리며 여느 때보다도 많은 사람들과 마차로 붐비는 루크레치아 학원 본관 앞의 광장을 바라보았다.

이 날은 학원의 동계 휴가가 끝나고 새 학기가 시작된 첫 날. 또다시 봄을 맞이한 루크레치아 학원에서는 올해 새롭게 입학한 학생을 맞이하는 입학식이 열렸다.

이웃나라가 일방적으로 동맹을 파기한 상황에 그러고 있을 때가 아니지 않나. 레티시엘은 그렇게 생각했지만, 자리에 모인 귀족들은 평소와 다름없는 모습으로 사교에 매진하고 있었다.

혹은 일부러 그렇게 행동하고 있는 것뿐일지도 몰랐다. 귀족의 관습이니 풍습이니 하는 것은 여전히 전혀 이해할 수 없었지만, 앞날이 보이지 않는 상황이었기 때문에 평소대로 행동함으로써 불안을 달래고 싶은 마음도 충분히 이해할 수 있었다.

무엇보다도 지금의 레티시엘은 귀족이 아니었으니, 별로 관계없는 이야기였지만.

"조심하십시오, 아가씨. 아무 일도 없을 것이라고 생각하지만, 지금은 무슨 일이 일어나도 이상하지 않을 때이니까요."

바로 옆에서 루빅이 걱정스러운 목소리로 말을 걸어왔다. 신문을 구독하는 루빅은 왕국의 현재 상황을 어느 정도 이해하고 있었다.

기억과 관련된 많은 일들을 털어놓은 뒤로, 루빅은 지금까지 이상으로 레티시엘을 걱정하게 된 것 같았다.

얼마 전과 비교해도 저택에서 시중을 들어주는 일이 많아졌으며, 외출할 때에도 몸 상태니 뭐니 해서 무척이나 걱정을 많이 했다.

아마도 레티시엘에게 옛날 기억이 없다는 것을 신경 써주는 것이리라. 그 마음은 무척 기뻤지만, 그렇게까지 마음을 써주면 오히려 미안해졌다.

"알아요, 루빅. 걱정해줘서 고마워요."

"끝나는 것은 점심 무렵이었지요? 그때 다시 모시러 오겠습니다."

"그래요."

본래 학생의 마차는 귀가시간까지 학원 내에서 기다릴 수 있었다. 하지만 루빅은 그곳에 머무는 것이 영 마음이 불편한 듯, 매번 이렇게 저택으로 돌아갔다.

"아셨지요? 부디 무모한 행동은 하지 말아 주십시오."

"안 해요."

"그리고 이건 니콜이 구운 스콘입니다. 배가 고프시면 드십시오. 잊으신 건 없으신가요? 조심해 주세요."

"……어린애가 아니에요."

레티시엘은 작은 목소리로 그렇게 중얼거리며 루빅에게 항의했다. 지금의 루빅과 닮은 사람을 전생에서 본 적이 있었다. 어린 여동생을 돌보는 오빠였다.

루빅 쪽이 연상인 것은 분명했지만, 오랫동안 모시고 있으면, 신뢰할 수 있는 상대라면 이렇게 되는 것일까.

"그건 압니다만, 아가씨는 옛날부터 어딘가 덜렁대는 면이 있으시지 않습니까……."

"괜찮아요. 루빅이 너무 걱정하는 거예요."

분명히 이런저런 일에 자주 끼어든다는 자각은 있었지만, 아무리 그래도 덜렁대지는 않았다.

덜렁대지는 않을…… 터. ……덜렁대지 않지? 조금 불안한지도 몰랐다.

여전히 약간 걱정스러운 것 같은 루빅을 배웅하고 레티시엘은 발길을 돌렸다. 입학식 회장은 본관 뒤의 대성당이었을 터.

본관 뒤쪽에 펼쳐진 커다란 호수 근처에는 대성당이 우뚝 서있었다. 루크레치아 학원이 창설되었을 때, 창설기념으로 만들어진 것이라고 어디선가 들은 적이 있었다.

오래 전부터 있었던 건물이기 때문일까. 본관과 비교하면 건물 외벽의 색깔은 조금 어두웠고, 건물 그 자체의 디자인도 약간 세련되고 간소했다.

레티시엘은 요즘 귀족이나 상류계급의 쓸데없이 요란하고 화려하게 장식된 건축물보다 장식이 적으면서도 통일된 색채와 조각이 박력 넘치는 대성당 쪽이 더 멋지다고 생각했다.

대성당 밖에는 루크레치아 학원의 교복을 입은 소년소녀들이 몇 개인가의 그룹으로 나눠져 담소를 나누고 있었다.

그들의 교복 칼라에는 라일락 무늬의 배지가 달려 있었다. 아무래도 신입생들인 모양이었다.

“어머, 여러분, 안녕하세요.”

“요전날 다과회에서 뵌 참이지만, 잘 지내셨나요?”

“아무 일도 없었어요. 그쪽이야말로 그 머리장식, 무척 예쁘네요.”

“어머. 말씀을 잘 하시네요.”

레티시엘은 새로운 초등생들의 대화를 들으면서 대성당의 출입구로 향했다.

출입구에는 몇 명의 교원이 접수를 받고 있어서, 레티시엘이 이름을 대자 배지 하나를 건네주었다.

그 배지의 문양은 모란이었다. 그러고 보니, 1년이 지났기 때문에 레티시엘도 초등생에서 중등생으로 진급했다. 레티시엘은 아직 목깃에 달고 있던 라일락 배지를 빼서 모란의 배지로 교환했다.

“……아, 도로셀 님.”

대성당 안의 사람은 아직 적었다. 밖이나 본관 앞 광장에 잔뜩 모여 있었으니, 아직 들어오지 않은 모양이었다.

가장 뒤쪽 자리 한편에 앉아있던 미란다레트는 어떻게 알아차린 것인지 성당 안으로 들어온 레티시엘을 재빨리 발견해서는 손을 흔들었다. 바로 옆에 앉아있는 히르메스도 레티시엘 쪽을 보고 씨익 웃어보였다.

"안녕하세요, 미라 님. 히르메스 님도요."

"안녕하심까. 오랜만에 뵈네요!"

동계 휴가가 끝나고 처음 만나는 것이니까 오랜만에 보는 것은 분명하리라. 두 사람의 목깃에서도 모란배지가 빛나고 있었다.

"올해도 또 1년간, 잘 부탁해요."

"예, 저희야말로 잘 부탁드립니다!"

미란다레트는 기쁜 듯이 미소를 띤 채 레티시엘의 손을 붙잡으며 크게 고개를 끄덕였다. 설마 손을 잡으리라고는 생각도 못했기 때문에 레티시엘은 살짝 놀랐다.

"두 분은 동계 휴가, 어떠셨나요?"

"저는 왕도에서 거의 안 나갔네요. 남쪽에 사는 숙부님 댁에는 갔지만, 그 외에는……. 그러고 보니 그때의 선물이 있어요. 내일 가져와서 드릴게요!"

"어머, 받아도 되는 건가요?"

"물론이지요. 도로셀 님께 드리려고 산 물건인걸요."

미란다레트는 즐거운 듯이 그렇게 말했다. 하지만 그 눈동자 속에서는 지금 상황에 대한 불안이 있었다.

그렇지만 레티시엘은 그에 대해 굳이 지적하지 않기로 했다. 지금, 이 자리에서 그 불안에 대해 물어봤자 괜히 더 불안해질 뿐이리라.

"도로셀 님은요?"

그 질문을 받고, 레티시엘은 한 순간 말문이 막혔다. 사라와의 전투가 뇌리를 스쳐 지나갔기 때문이다.

"우—음. 딱히 별 일 없었어요……."

"……?"

일단 그 한 마디를 쥐어짜냈지만, 미란다레트는 작게 고개를 갸우뚱했다.

"굳이 말하자면 이 책 저 책 닥치는 대로 읽고 있었네요."

"에에에…… 스승님. 그건 평소랑 똑같잖습니까."

히르메스가 진절머리가 난다는 표정으로 그런 말을 했다. 그는 분명히, 장기 휴가가 되면 평소에는 좀처럼 할 수 없는 일을 하는 타입이겠지…….

"전 아버지의 기사단 훈련에 난입했습다. 기사단과 겨뤄볼 수 있는 기회는 평소에는 좀처럼 없으니까요!"

"……그래요, 도로셀 님. 좀 들어보세요. 세상에 리프, 너무 날뛰어서 갖고 간 목도를 전부 부러뜨리고 말았답니다. 믿어지세요?"

"목검이 너무 약했던 게 나빴던 거라고!"

역시 그랬다.

그 모습을 살짝 예상할 수 있었던 레티시엘은 작게 웃음을 터뜨리고 말았다. 히르메스는 이해가 안 된다고 말하고 싶은 것 같은 얼굴로 풀이 죽어버렸다.

뭐, 본인으로서는 딱히 당치도 않은 일을 했다는 생각은 없었을 테니 그런 반응을 보일 만도 하리라.

"그러는 미라는 친척의 영지에 놀러갔잖아?"

"응. 어머니의 요양을 겸해서. 남쪽이라 따뜻해서 맛있는 과일이나 채소를 잔뜩 살 수 있었어."

"어? 아니 그게, 결국 돈이 부족해서 싸구려밖에 살 수 없었다느니 뭐라느니 했잖……."

"……리프 몫의 선물도 샀는데, 필요 없구나?"

"미안. 내가 잘못했어!"

화제는 그대로 미란다레트와 히르메스의 동계 휴가 이야기로 옮겨갔다.

미란다레트와 히르메스가 각각 자신의 동계 휴가에 있던 일을 이야기하고, 거기에 레티시엘도 끼어서 대화는 성대하게 달아올랐다. 언뜻 보면 동계 휴가가 끝나고 친구를 만나 잡담을 즐기는 것으로밖에 보이지 않았다.

하지만, 두 사람이 던지는 화제는 끊어지지 않았다. 대화가 끝날 것 같으면, 바로 누군가가 다른 이야기를 시작했다.

그것은 거의가 시시한 잡담으로, 하찮은 일상적인 화제였다. 마치 침묵을 만들어내지 않으려고 하는 것처럼 느껴졌다.

어쩌면 이쪽을 신경 써주는 것일지도 몰랐다. 방금 전의 질문 이후, 두 사람은 한 번도 레티시엘의 동계 휴가에 대해 물어보지 않았다. 레티시엘의 방금 전의 언동에서 뭔가를 알아차린 것 같은 기색도 살짝 엿보였다.

'……그렇게 알기 쉽게 태도에 드러났던 걸까?'

함께 있는 시간이 길어지면 점점 서로의 속마음을 알 수 있게 된다는 말은, 이런 것을 말하는 것일까.

친구들과의 대화에 안심하는 한편, 어느 순간, 한숨을 쉬고 싶어지는 것도 사실이었다.

그만큼 동계 휴가 중, 백의 결사의…… 과거의 소꿉친구였던 사라와의 재회는 레티시엘의 마음에 큰 상처를 남겼다.

『나는 마술을 근절할 자. 이 세계에서 진정으로 싸움의 근원을 없앨 자다!』

사라는 레티시엘에게 복수를 다짐하는 동시에 그렇게 선언했다.

그것이 무엇을 의미하는지는 레티시엘도 알 수 없었다. 하지만 그 아이의 레티시엘, 그리고 마술을 향한 증오는 진짜라고, 그렇게 직감했다.

"……."

그 뒤로 선생님이 돌아가신 전생의 그날 밤의 꿈을 몇 번이나 꾸었다.

선생님을 구하려고 불타는 집안으로 뛰어들었건만, 불길 속에서 살아남은 것은 결국 레티시엘 혼자였다. 선생님이, 그 손으로 레티시엘을 밖으로 내던졌다.

그 아이는 지금도 레티시엘을 살인자라고 부르며 원망하고 있었다. 무리도 아니었다. 직접 손을 대지는 않았다고는 하나, 그때 레티시엘이 선생님을 죽게 놔둔 것은 사실이니까.

선생님의 집에 왜 불탔는지, 왜 선생님이 돌아가셨어야 하는지, 결국 알 수 있던 것은 하나도 없었다.

레티시엘의 뇌리에 퍼뜩 붉은 머리카락의 소녀…… 알렉시아의 얼굴이 스치고 지나갔다. 여전히 수수께끼에 싸여있다는 의미로는 알렉시아의 죽음과 선생님의 죽음은 닮았는지도 몰랐다.

그리고, 결국 어느 쪽도 레티시엘이, 도로셀이, 구하지 못했던 목숨이었다.

"도로셀 님, 괜찮으세요……?"

"……? 괜찮아요. 생각을 좀 하고 있던 것뿐이에요."

"……뭔가 고민이 있으시다면 혼자 끌어안지 마세요. 이야기 정도라면, 언제든지 들어드릴 테니까요!"

"후후. 그래요. 무슨 일이 있을 때에는 부탁하도록 할게요."

그렇게 말은 했으나, 레티시엘은 지금은 아직 미란다레트와 히르메스에게 털어놓을 생각은 없었다. 두 사람을 믿지 못하는 것이 아니었다. 오히려 진심으로 신뢰하고 있었다.

하지만 이것은 레티시엘 자신이 마주해야 하는 일이었다. 소중하기 때문에 두 사람을 경솔하게 이쪽의 어둠에 끌어들이고 싶지는 않았다.

"아직도 시간이 이것밖에 안 됐네요."

대화가 끊어진 타이밍에 별 생각 없이 대성당의 시계를

보자, 입학식 개시예정시각까지 아직 30분 이상이나 여유가 있었다.

"너무 빨리 왔어요. 도로셀 님, 자리에 앉을까요?"

"어쩔까…… 시작할 때까지는 아직 시간이 꽤 있죠?"

"그렇죠. 아직 30분 정도 더 남았을 거예요."

"그럼 좀 더 걷다 올게요. 30분이나 더 앉아있는 것도 그러니까요."

"그럼 자리를 맡아둘게요. 안심하고 다녀오세요!"

"후후. 고마워요."

레티시엘은 친구들에게 인사를 하고 온 길을 되돌아갔다. 성당의 출입은 자유인 듯, 접수처의 교원들도 성당을 나가는 레티시엘을 제지하지 않았다.

그렇게 밖으로 나왔으나, 레티시엘에게는 딱히 어디 갈 만한 곳이 있는 것도 아니었다.

우선 대성당이나 호수 주변을 적당히 산책할까. 그렇게 생각하며 걷다 보니, 레티시엘은 시야 끄트머리에 비친 사람 무리 속에서 아는 얼굴을 발견했다.

지크였다. 그 밖에도 교복을 입은 낯선 소년들이 함께 있었다. 지크는 그들에게 고개를 숙이고 있었으나, 험악한 분위기는 느껴지지 않았다. 거리가 멀어서 소년들의 배지는 잘 보이지 않았으나, 혹시 상급생들인 것일까.

저도 모르게 그 모습을 물끄러미 바라보고 있으니, 이야기가 끝난 것인지 지크가 소년들에게 인사를 하고 뒤를 돌아보았다. 그리고, 서로의 시선이, 마주쳤다.

"안녕하세요, 도로셀 님."

지크가 먼저 말을 걸어왔다. 레티시엘도 인사에 답했다.

"안녕하세요, 지크. 올해도 잘 부탁해요."

"예, 저야말로 잘 부탁드립니다. 지금 오신 겁니까?"

"아뇨. 방금 전까지 안에서 미라 님과 히르메스 님과 이야기를 하고 있었어요. 지크야말로 방금 전에 다른 분들과 이야기를 하고 있던 것 같던데요."

그녀는 방금 전 소년들이 있던 장소를 힐끗 쳐다보았다. 그들은 벌써 이동해서 지금 그곳에는 아무도 없었다.

"아아. 그 분들은 상급생 선배들입니다. 작년 겨울부터 이것저것 말을 거시더군요."

겨울이라고 하면, 공작령의 사건이니 뭐니 해서 레티시엘이 학원을 자주 비웠던 그 시기인 것일까.

"흐응. 그거 또 꽤나 갑작스럽네요."

"하는 얘기는 하나같이 제 연구에 관해서이지만요."

"연구…… 그러고 보니, 자기 연구실을 갖고 있다고 했죠."

"예."

평민이면서도 그 우수한 재능을 인정받아 루크레치아 학원에 입학한 지크는, 입학 초기부터 자신의 연구실을 할당받았다.

연구내용은 분명히 수학식과 산술, 기계공학을 다루는 것이라고 어디선가 들은 적이 있는 것 같았다.

"실랑이를 벌이는 것, 같지는 않았는데요."

"그렇지 않습니다. 오히려 흥미를 가져주신 것 같더군요."

"어머. 그건 무척 좋은 일 아닌가요?"

이 학원은 귀족 자재들이 다니는 학원으로, 현재 평민출신 학생은 지크 혼자뿐이었다.

귀족들이 평민을 깔보는 이 시대에, 귀족출신의 학생이 평민의 연구에 흥미를 갖는 것은 꽤 보기 드문 일이 아닐까.

"좋은 일이지만, 아직 멀었습니다. 이제 간신히 인정받은 참이니까요."

"그래도 그 나이에 귀족들이 자신들보다 뛰어나다고 인정한다는 건 굉장한 일이에요."

"그렇게 말씀하신다면, 도로셀 님은 국왕폐하에게 인정받지 않으셨습니까. 상대가 안 됩니다."

"우—음……."

작게 웃음소리를 내는 지크의 말에, 듣고 보니 그런가 싶어서 레티시엘은 대답이 궁해졌다.

"도로셀 님은 산책하시는 겁니까?"

"예. 식이 시작될 때까지 시간이 꽤 남아서 기분전환 삼아서요."

그런 이야기를 하면서, 두 사람은 어깨를 나란히 하고 주변을 걷기 시작했다. 막 봄이 된 참이라, 아직 쌀쌀한 바람이 불었다.

"지크는 동계 휴가 중에 어떻게 지냈나요?"

"저는 딱히 아무 일 없었습니다. 본가에 돌아간 정도일까요."

"어머. 본가에요?"

"예. 어머니가 혼자 남아 계시기 때문에, 장기 휴가 때는 되도록 돌아가려고 하고 있습니다."

왕도에서 가깝지도 멀지도 않은 위치에 있는 마을이라고 했다. 지크는 자신의 마을로 돌아갔을 때 있었던 일을 들려주었다.

지크의 어머니는 한쪽 눈을 잃으셨지만, 솜씨가 좋은 재봉장인으로 지금도 방직업에 종사하시며 천을 짜거나 자수를 놓으면서 생계를 꾸리고 계신다고 했다.

눈을 잃게 된 것을 계기로 마을로 이사를 왔다는 것 같지만, 마을 사람들은 모두 상냥해서 지금도 지크가 귀향하면 마을 전체가 나서서 연회를 열거나 여러 가지 생활용품이나 먹거리를 갖다 주거나 했다.

그런 추억이 레티시엘에게는 조금 눈부시게 느껴졌다.

"가족, 인가."

"아…… 죄송합니다."

레티시엘이 저도 모르게 중얼거린 말에 지크가 퍼뜩 정신을 차리고 사과를 했다.

"……? 왜 사과하는 거죠?"

"그게…… 도로셀 님은 가족 분들과 막 헤어지신 참이지 않습니까."

"아아. 그런 거, 신경 쓰지 마요. 그게 아니라……."

"?"

"……아무것도 아니에요."

레티시엘은 하려던 말을 도로 삼켰다. 딱히 공작가의 면면을 떠올렸기 때문이 아니었다. 가족, 이라는 단어에 반응한 것은, 천 년 전의 가족이 떠올랐기 때문이었다.

그때에는 지금처럼 풍족한 생활도, 안정된 생활도 보장되지 않았다. 그래도 모두가 서로를 도왔고, 아버지도, 어머니도, 나오도 늘 웃고 있었다.

의식하지 않으면 가족의 얼굴와 목소리를 기억해낼 수 없는 일이 늘었다. 발밑부터 뭔가가 와르르 무너지는 것 같은, 그런 불안감.

선생님의 일은 잊지 않았지만, 사라에 대해서는 재회해서 이야기를 나눌 때까지 전혀 기억하지 못했다. 줄곧, 전생의 추억을 끌어안고 살아갈 수 있을 것이라고 생각했다.

이 기억은 언젠가 사라져야 하는 운명인 것일까. 그렇다면, 『레티시엘』로서의 자신에게는 무엇이 남을까?

"…… 도로셀 님은, 뭔가 고민이라도 있으신가요?"

"……왜, 그렇게 생각하는 거죠?"

"침묵하시면, 뭔가 생각에 잠기신 것처럼 보여서……."

지크는 말끝을 모호하게 흐렸다. 말을 꺼낸 것까지는 좋았지만, 이대로 물어봐도 괜찮을지 신경 쓰고 있었다.

"그렇게 알기 쉽게 티를 낼 생각은 없었는데 말이죠……."

"무슨 일이 있으시다면, 상담 정도는 응해드리겠습니다."

"……고마워요."

하지만, 이것은 레티시엘 혼자의 문제였다. 함부로 타인을 말려들게 하고 싶지는 않았다.

"……그러십니까."

아무 말도 않고 감사의 인사만을 하는 레티시엘을 보고, 지크는 조금 쓸쓸한 미소를 지었다. 그러나 그 얼굴을 보지 못한 레티시엘은, 그 사실을 알아차리지 못했다.

"……슬슬, 돌아갈까요?"

"그렇군요. 그러죠."

대화가 중단된 타이밍에, 두 사람은 누가 먼저랄 것도 없이 대성당 쪽으로 걷기 시작했다.

두 사람 사이에 말은 없었다. 다른 학생들의 대화소리나 바람소리만이 지나갔지만, 희한하게도 이 침묵이 거북하지는 않았다.

입학식 개시시각에 가까워졌기 때문에, 아직 밖에 남아있는 학생 수는 많이 줄어 있었다.

"……어라? 도로시잖아!"

그리고, 레티시엘은 입구 앞의 계단에 에델하르트가 혼자 앉아있는 것을 알아차렸다. 그러고 보면 에델하르트는 레티시엘이나 라이오넬보다 한 살 어리니, 올해 입학하는 것은 당연한가.

그런데, 오늘 에델하르트는 곁에 아무도 없었다. 영지로 달려왔을 때에는 분명히 아샤와 메이가 함께 있던 것 같은데, 오늘은 오지 않은 것일까.

"오랜만에 봬요, 에델 님."

"그래. 한참만에 만나는군. 응? 왜 그래?"

주위를 슥 둘러보는 레티시엘의 모습에, 에델하르트는 의아하다는 듯이 고개를 갸우뚱했다.

"내 주위에 뭔가 있어?"

"아뇨. 아샤 님과 메이 님은 같이 안 계시는구나, 해서요."

"아아. 아쨩은 학원에 다니지 않으니까 말이야. 수습 치료사로 배우고 싶은 것이 많으니까 그쪽을 우선하고 싶다더군."

또 한 명의 소녀, 메이에 대해서는 에델하르트보다도 더 한 살 아래였기 때문에, 애초에 학원에 입학할 수 있는 나이가 아니었다.

"게다가, 애초에 두 사람 모두 내가 아니라 어머니를 모시고 있으니까 말이지. 늘 같이 있는 건 아니야!"

"그, 그런가요."

"뭐야? 혹시 두 사람을 만나고 싶었다던가, 그런 거야?"

"그런 마음이 없는 것도 아닙니다만, 에델 님이 왠지 자신만만하셔서요."

늘 같이 있지 않다는 사실을 그렇게 자신에 가득 차서 말하면, 듣는 쪽으로서는 어떻게 반응해야 할지 좀 곤란했다.

"그야 자랑스러우니까. 나와 함께 있지 않다는 건, 두 사람 모두 자신의 본연의 임무를 다하고 있다는 뜻이야. 그보다 좋은 자랑거리는 없잖아?"

사뭇 그것이 상식이라는 것처럼, 에델하르트는 상쾌한 미소와 함께 그렇게 대답했다.

"내가 말하는 것도 좀 그렇지만, 아쨩이랑 메이는 귀족사회에는 맞지 않아. 자신의 뜻이 분명하다고 할까, 이런 성가신 울타리 안에 가둬 놓는 것은 아까워."

"분명히, 그건 그런지도 모르겠네요."

레티시엘은 저도 모르게 미소를 지었다. 듣고 보니 분명히 그런 사고도 가능하다고 납득은 할 수 있었다. 그런데, 이렇게 독특한 생각을 하는 사람을 만나는 것은 처음일지도 몰랐다.

"하지만, 조금 의외였습니다. 이런 타이밍에도 평범하게 입학을 하시는군요."

"우—웅. 나도 그 점에 대해 의견을 냈는데 말이야. 이런 긴급사태에 학원에 다닐 여유가 있다면, 나라를 위해 전투에 공헌하고 싶다고 말이지."

에델하르트는 팔짱을 끼고 불만스럽다는 표정으로 불평을 늘어놓았다.

"하지만, 아바마마가 안된다고 하시더군. 왕가의 사람이자 왕자로서 완수해야 할 책무라고 말이야."

"으음. 폐하의 생각도 이해되지 않는 것은 아닙니다만."

귀족의 정점이라고 할 수 있는 왕족이 학원에 다니지 않는다는 특권을 얻을 수 있는 것은 이상한 이야기이리라. 왕족의 처지라는 것도 있을 테고, 귀족들에게도 모범이 되질 못했다.

왠지 지극히 지당한 말을 하는 것처럼 들렸지만, 사실은 에델하르트가 학원에 입학하는 것이 싫기 때문이 아닐까. 자유롭게 각지를 여행하던 그에게, 학원은 답답한 장소임이 틀림없었다.

"그쪽에 계신 분도, 만나는 것은 처음이려나."

"처음 뵙겠습니다, 전하. 지크라 합니다."

에델하르트는 레티시엘의 옆으로 시선을 향하며 전부터 아는 사이인 것처럼 가볍게 손을 들어보였다. 표정에는 드러나지 않았지만 지크가 당황해하는 기색이 전해져왔다.

"그렇게 딱딱하게 굴지 않아도 돼. 지크 공에 대해서라면 나도 아니까 말이지."

"저를 아십니까?"

"그래. 루크레치아 학원의 유일한 평민이자, 특등생으로 인정받은 희대의 수재. 소문이란 이내 알아서 퍼지지."

"그, 그렇습니까."

"본인을 만나게 돼서 영광이야. 아, 딱히 신분으로 뭐라 할 생각은 없으니 안심해. 그런 건 큰 의미가 없으니까."

지크는 숨 쉬듯이 왕족답지 않은 발언을 쏟아내는 에델하르트에게 어떻게 반응해야할지 곤란한 눈치였다.

"전하께서는, 보기 드문 분이시군요."

"하하하. 그런 말 자주 들어."

지크의 놀란 것인지 감탄한 것인지 미묘하게 알 수 없는 말에, 에델하르트는 여느 때처럼 표표한 태도로 웃었다.

"그럼, 또 봐. 도로시. 지크 공도."

"예, 예."

마지막으로 그렇게 말을 남기고 에델하르트는 종종걸음으로 성당 안으로 들어갔다.

그 뒷모습만 보면, 왕자라고 말하지 않으면 그 나이 또래의 건강한 소년으로 보일 정도였다.

"전부터 아는 사이이십니까? 애칭으로 부르시는 것 같습니다만."

"예. 소꿉친구라고 할까요? 어릴 때에는 자주 같이 놀았어요. 그건 옛날부터의 별명인 듯해요."

"하다고요?"

"……실례. 잊어주세요."

그 부분의 기억은 아직도 거의 기억해내지 못하고 있지만, 이라는 것은 마음의 소리였다. 레티시엘은 헛기침을 하는 것으로 얼버무렸다.

"지크는 있었나요? 소꿉친구."

"소꿉친구 말인가요……. 어릴 때 기억이 없기 때문에 뭐라고 할 말이……."

"아아, 그랬죠……. 미안해요."

"사과하지 않으셔도 됩니다. 도로셀 님이 신경 쓰실 일이 아니니까요."

레티시엘과 지크는 그 뒤로 잠시 대화를 나누다가 개시시간이 된 것 같다면서 성당 안으로 돌아갔다. 두 사람이 나란히 자리에 앉고 얼마 지나지 않아 입학식이 시작되었다.

또한, 미란다레트는 아까 말했던 것처럼 레티시엘의 자리를 맡아주었다. 지크의 자리도 함께 있던 것은, 나중에 같이 올 것이라고 생각했기 때문이라는 것 같았다.

라이오넬이 재학생 대표로 단상에 올라 축사를 읽거나 하면서 입학식은 담담하게 진행되었다.

재미가 없어서 졸음이 몰려왔기 때문에, 레티시엘은 단상 안쪽의 스테인드글라스를 바라보면서 여느 때처럼 딴 생각을 하는 것으로 극복하자고 생각했다.

빛을 반사해 환하게 빛나는 형형색색의 스테인드글라스는 손을 대면 금세 산산조각날 것 같이 덧없으면서도 아름다웠다.

***

입학식 다음 날은 수업날……이 아니라, 휴일이었다.

입학식을 위해 연속된 휴일 사이에 단 하루, 학원에 가야 하는 이 미묘한 스케줄은, 어떻게 조정할 수 없었던 것일까.

어쨌든, 휴일이었다. 레티시엘은 적당한 사복을 입고 니르반의 거리를 걸었다.

"그런데, 에델 님은 어디에 가시려는 건가요?"

레티시엘의 곁에는 역시 간소한 사복차림의 에델하르트가 걷고 있었다.

가면의 소년…… 사라와 싸운 그날 협력관계를 구축한 뒤로 한 달 반, 에델하르트는 나라의 복잡한 일로 이것저것 바빴기 때문에, 서로 정보공유를 하지 못하고 있었다.

그리고 오늘, 그는 약속대로 정보를 가르쳐주겠다고 말했는데, 이런 저녁에 거리에 나와서 어떤 정보를 얻을 수 있다는 것일까.

"응, 어디냐고 묻는다면 어떤 가게인데, 대충 설명하자면 정보상이야."

"정보상, 인가요……."

"결코 위험한 가게는 아니야! 그건 걱정하지 마."

"그렇게 강조하지 않으셔도 되는데요. 그 점은 별로 걱정하지 않아요."

레티시엘의 질문에 대답하는 에델하르트의 에두른 표현도, 왠지 분명치 않았다.

제국과의 긴장상태가 이어지는 가운데, 대낮에는 사람의 왕래도 줄었지만 저녁식사꺼리를 사러 나오는 시간대이기 때문일까. 지금은 거리에도 그럭저럭 사람들의 모습이 보였다. 어쩌면 사람의 왕래가 많기 때문에 정보상이라든가 그런 말은 큰 목소리로는 말하기 어려운 것일지도 몰랐다.

그렇게 판단하고 레티시엘은 일단 잠자코 에델하르트의 뒤를 따라가기로 했다.

몇 개인가의 골목을 꺾음에 따라, 길거리에 남아있던 떠들썩한 기운이 점점 줄어들었다. 5번째 골목의 모퉁이를 돌았을 때에는 주위에는 레티시엘과 에델하르트 이외에는 아무도 없었다.

“이런 곳이, 있군요…….”

“뭐, 위치적으로는 빈민가에 가까우려나. 사람도 별로 안 와.”

“그렇군요.”

분명히 그런 장소라면 정보상 같은 사람들이 활동하기에는 안성맞춤이겠지. 레티시엘은 그렇게 생각하면서 에델하르트와 길을 나아갔다. 그러던 중, 에델하르트가 어떤 문 앞에 멈춰 섰다.

문에는 OPEN이라고 쓰인 둥근 나무간판이 걸려 있었다. 문 주변을 가볍게 둘러보자, 왼쪽 옆에는 음식의 이름이나

금액 등이 적힌 작고 검은 칠판이 세워져 있었다. 아무래도 찻집이라든가 그런 곳인 모양이었다.

더 나아가, 문의 오른쪽 옆에는『바(BAR) 바우바우』라고 쓰인 간판도 걸려 있었다. 가게의 이름일까. 바라는 장소는…… 분명히 술을 마실 수 있는 가게였던 것 같기도 하고……?

"……에델 님은 이런 가게에 다니시는군요."

"뭔가 착각한 거 아냐? 딱히 내가 다니는 가게인 건 아니라고? 아, 아니지. 다닌다고 한다면 다니고 있다고 해야하나."

부정하다가 긍정하다가. 에델하르트의 표정은 조금 바빴다. 다닌다고 한다면 다니고 있다…… 이 가게가 예의 정보상인 것일까.

"어쨌든, 이곳의 마마가 실력이 꽤 좋아서 말이야. 이러니저러니 자주 신세를 지고 있어."

"완전히 에델 님이 술을 즐기시는 것인 줄 알았습니다."

"설마! 미성년이니까 술을 마실 수 있을 리 없잖아."

미성년…… 천년이나 지나면 술을 마시는 것에도 연령제한이 있는 모양이었다. 처음 알았다. 몇 살까지가 미성년인 것일까.

딸랑딸랑.

에델하르트가 문을 밀자 문에 달린 벨이 가벼운 소리를 냈다.

가게 안은 무척이나 아담했다. 벽 쪽으로 테이블석이 두 개 있는 것 외에는 안쪽으로 뻗은 카운터에 딸린 의자가 네 개 정도 있을 뿐이었다.

"여."

가게 안에는 딱 한 명, 남자손님이 있었다. 그 사람은 에델하르트를 아는지 한 손을 들어 인사를 해 왔다.

에델하르트는 그에 답해, 상쾌한 미소와 함께 손을 마주 흔들었다. 상당한 친분이 있는 것 같았다.

"어서 오세요. 어머나!"

그리고 카운터 안에는 행주로 잔을 닦는 여성이 서 있었다.

짙은 갈색 머리카락을 늘어뜨리고 세련된 검은 드레스를 입고 있었다. 점원은 이 사람밖에 보이지 않았으니, 이 사람이 아마 점장, 아니 마마이리라.

"어머나~. 에디잖아. 최근에 보이질 않아서 이제는 안 오는 줄 알았어."

"자주 올 거야. 이렇게 실력이 좋은 마스터가 있는 가게, 다니지 않으면 손해잖아?"

"어쩜! 변함없이 말주변이 좋네."

"에누리는?"

"없어!"

"칫."

마마는 에델하르트를 보자 작업을 중단하고 기쁜 듯이 그에게 말을 걸었다.

에디라니…… 명색이 이 나라의 제3왕자인데, 그런 호칭으로 불러도 괜찮은 것일까…… 아니, 그런 것을 신경 쓸 분이 아니지만.

"……어머? 어머어머어머??"

마음속으로 그렇게 납득하던 레티시엘은 갑자기 이쪽을 알아차리고 놀란 것처럼 다가오는 마마 때문에 생각을 중단해야 했다.

"혹시, 혹시 도로셀 님 아니양?"

"……?"

난데없이 레티시엘의 손을 잡고 이름을 부른 마마를 보며 레티시엘은 고개를 작게 갸우뚱했다.

레티시엘이 이 가게에 온 것은, 당연히 이번이 처음이었다. 눈앞에 만면의 미소를 띠고 서 있는 이 마마라는 사람과도 초대면일 터였는데…….

"어떻게, 내 이름을……."

"그거야, 당연히 알지!"

마마는 자신만만하게 가슴을 펴며 딱 잘라 말했다. 어, 음. 정보상인 마마니까 안다든가, 뭐 그런 것일까.

"……실례이지만 어디선가 만나 뵈었던가요?"

"아이 참! 혹시 잊어버린 거야? 어머, 매정하기도 해라."

마스터는 살짝 연극 같은 대사와 동작으로 무척이나 과장되게 슬픔을 표현했다.

지금까지, 바의 마스터를 하는 지인이 있었던가…… 아니, 그러고 보니 눈앞의 마마, 겉모습과 복장은 어떻게 봐도 여성이었지만, 여성치고는 목소리가 무척 굵고 낮았다. 마치 남자처럼…….

"……아, 혹시, 바우리오 선생님?"

"그래! 맞아~. 정답!"

레티시엘을 알면서 상술한 특징을 가진 사람이 학원에 한 사람 있던 것을 기억해냈다. 미술담당인 바우리오였다.

첫 대면 때에도 꽤 충격을 받았던 기억이 있지만, 두 번째 대면 쪽이 훨씬 충격적인 사람이 있다는 것을 실감했다. 뭐라고 할까, 머리가 한순간 혼란에 빠졌다.

"교사와 가게 경영을 병행하고 계신 건가요?"

"그렇게도 말할 수 있겠네. 하지만 나, 상근강사가 아니라서, 어느 쪽이냐고 하느냐면 이쪽이 더 본업이라고 할 수 있겠네."

"흐응……."

"어머, 반응이 약하네."

"그런 경력이 있었다는 건 알지 못했습니다. 굉장하시네요."

"잠깐! 억지로 국어책 읽듯이 감탄하지 않아도 돼!"

반응이 약하다고 지적하기에 칭찬을 해보았는데, 왠지 바우리오는 기분이 상한 것 같았다.

"애초에, 바를 경영하는 짬짬이 부업 비슷한 일을 하고 있었더니, 루카스가 스카우트를 하러 온 거야."

"학원장님이……."

그것은 또 생각지도 못한 관계의 시작이었다.

루크레치아 학원에는 상근과 비상근을 포함해 많은 교원이 있었다. 그중에는 학원장이 장래성을 알아보고 채용한 사람도 일부 있다고 들은 적도 있었지만, 설마 이런 곳에서 만날 줄이야.

"가게는 언제부터 하신 건가요?"

"음~. 벌써 12년 정도 되려나. 부업 쪽은 10년 정도."

부업이란, 아마도 정보상 쪽을 말하는 것이리라.

"약간의 사고로 살던 집과 가족들을 잃고, 먹고 살기 위해 가게를 열기로 한 것이 계기이려나?"

"……죄송합니다."

"어머 싫어라. 울적한 얼굴이나 하고. 한참 옛날에 다 지나간 얘기야. 새삼 지금까지 질질 끌고 있지는 않아."

그렇게 말하는 바우리오의 표정은 정말로 환하고 밝았다.

사고에 대해서는 깨끗하게 털어버렸다고, 그 표정이 말하고 있었다. 가족을 잃을 정도의 사고의 기억도 십 수 년이 지나면 다시금 털고 일어설 수 있는 것일까.

"바우. 계산을 부탁해."

"네네~."

방금 전의 남자손님이 바우리오를 불렀다. 아무래도 이제 돌아갈 생각인 모양이었다.

"저기, 좀 싸게 해주지 않겠어? 다음번에 와인에 잘 어울리는 안주를 갖고 올 테니까 말이야."

"어머, 안 돼요. 재주문한 돈은 받지 않았으니까, 선물로 어물쩡 넘기려고 해도 소용없어요."

"역시 무리인가."

"대·신·에 다음에는 고급와인이라도 들여놓을게요. 그때에는 같이 한 잔해요."

"그렇게 나오셔야지~."

친분이 있는 사이인 것인지, 두 사람의 대화는 상당히 경쾌했다. 이 남성, 바 바우바우를 다닌지 오래되었는지도 몰랐다.

"이 가게는 손님이 얼마나 오나요?"

"얼마나라…… 아마도 고정손님은 그럭저럭 있지 않을까? 봐. 이런 장소에 있겠다, 꽤 괜찮은 은둔처 같잖아?"

"확실히……."

큰 거리에 있는 개방감 넘치는 세련된 카페보다, 이렇게 후미진 골목에 조용히 위치한 바 쪽이 진정이 되는지도 몰랐다.

그런데, 바우리오 선생의 별명, 바우라고 하는 것일까……. 왠지 개를 연상시키는 호칭인거 같은데…….

"이곳에서는 말이지, 다들 나를 바우라고 불러. 도로셀 님도 괜찮다면 그렇게 불러주면 좋겠어."

"바우……."

"아, 아니면 마마도 괜찮아. 오히려 마마라고 불러주는 편이……."

"아뇨. 바우리오 선생님 그대로도 괜찮습니다."

"아이참!"

바우리오는 과장되게 눈을 크게 뜨며 입을 삐죽거렸다. 하지만 곧 평소의 가벼운 태도로 돌아간 것을 보건대, 오버액션이었을 뿐, 딱히 신경 쓰는 것 같지는 않았다.

"……그래서? 에디랑 같이 왔다는 건, 도로셀 님도 뭔가 정보를 찾고 있는 걸깡?"

바우리오는 방금 전의 단골손님이 돌아간 것을 확인하고 재차 이쪽으로 몸을 돌렸다. 그 모습을 보건대, 방금 전의 그 남성은 정보상으로서의 바 바우바우를 모르는 모양이었다.

"그런거야. 그러니까 잘 좀 부탁해, 바우."

"네네. 잠깐만 기다려 줘. 얼른 가게를 닫을 테니까."

바우리오는 젖은 손을 수건에 닦더니, 카운터에서 나와 문 밖의 팻말을 CLOSED로 바꾸고 가게 입구를 닫았다.

그리고 가게 창문의 커튼을 모두 닫자, 바는 외부로부터 완전히 가려져, 폐점한 것 같은 어둑어둑함에 감싸였다.

"자, 그럼…… 우선은 뭐가 알고 싶은 걸까?"

카운터 안으로 다시 돌아오자, 바우리오는 의자를 꺼내

앉으면서 물었다. 그 얼굴에서는 방금 전까지 떠올라 있던 웃음기가 사라져 있었다.

“나는 말이지, 고객이 바란다면 대부분의 정보는 제공할 수 있어. 다만, 너무 깊숙한 정보는 무리. 나도 목숨은 아까우니까 말이야.”

바우리오는 어깨를 으쓱이며 그렇게 말하고는 선반에서 잔 두 개를 꺼냈다. 그리고 그것에 오렌지를 짠 주스를 따라 레티시엘과 에델하르트 앞에 놓았다.

“그 점은 알고 필요한 걸 말해 줘.”

“이리스 제국의 정보가 필요해. 알고 있는 것, 처음부터 끝까지 전부. 사소한 정보라도 상관없어.”

에델하르트는 용건을 말한 뒤, 「이 정도면 됐어?」라고 확인하듯이 이쪽을 돌아보았다. 레티시엘은 그에 고개를 끄덕여 보였다.

실제로 레티시엘에게는 지금 정보상에게 기대면서까지 얻고 싶은 정보는 없었다. 이번 것은 이전에 레티시엘이 제공한 사라의 정보에 대한 보답 같은 것이었다.

게다가, 원래는 동맹국인 주제에 이리스 제국에 대해서는 표면적인 정보만 나도는 것도 사실이고.

“아, 제국에 대한 얘기? 그거라면 잔뜩 있지.”

바우리오는 그렇게 말하고 카운터 안쪽의 문으로 사라졌다. 그리고 잠시 뒤, 끈으로 묶은 종이다발을 들고 돌아왔다.

"최근에는 다들 제국의 동향이 신경 쓰이는 것 같아서 말이야. 여러 가지로 정보를 원하는 사람이 많아졌어~."

그런 말을 하면서 바우리오는 종이다발을 카운터 위에 놓고, 끈을 풀러 종이를 쫙 펼쳤다.

"자, 뭐가 알고 싶어?"

"있는 것, 전부 다."

"어머나, 욕심쟁이."

그렇게 말하면서도 거절하려 하지 않는 점이, 바우리오에게 이것은 드문 일이 아닌 것이리라. 기분 탓인지는 몰라도 조금 즐거워 보였다.

"제국의 기초정보는 알지?"

"그래."

"오케이. 그럼 그 부근의 정보는 넘어갈게."

팔락팔락 페이지를 넘기면서 바우리오는 말했다.

"이리스 제국, 아스트레아 대륙 북동부를 지배하는 대륙 최대의 나라. 천년 전쟁 시의 대국 드란잘 제국을 전신으로 하며, 지금으로부터 600년 정도 전에 지금의 국명으로 개명. 나라의 정치체계로서는 41개 주를 각각의 총독이 통치하고, 그 총독들을 황제가 통괄하는 형태를 취하고 있어. 마법에 대해 철저하게 부정적인 자세를 관철하고 있으며, 마법연구가 활발한 우리나라와는 처음부터 뜻이 맞지 않았지."

양국의 뜻이 맞지 않는다는 것은 그렇게 말할 수 있다고 생각했다. 그 언저리의 역사나 실태는, 서적 등에서도 쉽게 볼 수 있는 내용이었다.

"아르마·리액터라는 특수한 융합로가 제국의 핵심. 최근에는 총독의 권한이 강화되어, 각 주가 반 독립국가와도 같이 되어 무법지대화가 진행되고 있어. 치안이 악화된 탓도 있어서 노예들의 반란이 다발, 마을 일부가 폭파되는 일도 몇 건 있는 것 같아."

맹렬한 속도로 자료의 모든 페이지를 다 넘겼을 즈음, 바우리오의 이야기는 일단락되었다.

"개요는 이 정도야. 자, 그럼 자세한 질문을 해 봐."

"아르마·리액터의 상세정보."

"역시 그렇게 나오는구나~."

바우리오는 에델하르트의 말에 바로 정보를 찾기 시작했다. 분명히 제국의 정보를 알고 싶어 하는 사람들은 모두 그 융합로의 정보를 제일 알고 싶어 하겠지…….

"그렇다고는 하나, 아르마·리액터에 대해서는 명칭 이외에는 국민들에게조차도 실태가 공표되어 있지 않아. 그러니까 너무 기대하지는 마."

"상관없어. 불평은 하지 않겠어."

"나라 전체에 에너지를 공급하는 화로 같아. 제국에서의 생활에는 없어서는 안되는 것이고, 군사력에도 이용되고 있어. 제국에서는 우리나라처럼 불 피우기를 하지 않는다고

해. 조명도, 요리도 전부 아르마·리액터의 에너지를 사용하고 있어."

"그 아르마·리액터의 연료는?"

"불명이야. 제국영토의 북쪽 끝에서만 채굴할 수 있는 희소광석을 사용한다고 해. 다만, 이건 제국 측이 스스로 공표하고 있는 정보."

"바우는 그게 사실이라고 생각해?"

"그레이존이야. 실제로 제국 북부는 분명히 영구동토이고, 한랭대책이 발달한 제국조차도 쉽게 드나들 수 없다고 들었어. 거짓말이거나 혹은 공표해도 불리해지지 않는다고 생각하는 것일지도 모르지."

"그것도 그렇군."

확증이 아무것도 없기 때문일까, 에델하르트는 간단히 물러났다.

"또, 화로는 1개만 있는 게 아니라는 것 같아. 가장 큰 것은 제도에 놓여 있는 것이라고 해."

"국내 각지에 여러 개가 있다는 뜻인가요?"

"제국상층부의 주장에 따르면 그래. 내가 파악한 정보로는 제도에 놓여있는 하나만 확인할 수 있었지만, 아마도 각 주에 하나씩 있는 것이 아닐까? 제도에 있는 하나로 그렇게 넓은 영지의 수요를 전부 충당하는건 무리가 있는걸."

"……그러네요. 제국상층부가 공표한 정보에 어디까지 신빙성이 있는지도 미지수이고 말이죠."

"그런거지."

자신들에게 이롭지 않은 정보나 자국에 불리하게 만드는 정보를 자처해서 공개하려는 나라는 없었다. 바우리오는 레티시엘의 말에 손가락을 딱 하고 튕기며 동의했다.

"음…… 예상은 했지만, 역시 정보가 적은걸."

"상대가 나라 전체가 나서서 사수하는 기밀이야. 그렇게 쉽게 입수하게 놔두지는 않지. 그 내용은 에디가 더 잘 알지 않을까? 형님이 유학했었잖아?"

"그렇지도 않아. 중요한 점에 대해서는 여전히 알지 못해. 신용 받질 못했는걸."

그러고 보니, 라이오넬은 작년까지 이리스 제국에서 유학하고 있었다.

동맹국의 왕족조차도 알 수 없었다니, 이 아르마·리액터라는 융합로는 얼마나 중요한 것인 것일까.

"어머어머. 피차일반이잖아. 왜, 몇 개월 전에 국경부근에서 일어난 그 반란, 결국 최대 공로자의 정체는 『정체불명의 능력자』로 남아 있는걸."

"……."

"그것에 대해서는 우리나라도 결국 국가수준에서 사수해서 제국에게는 조금의 정보도 건네지 않았지?"

"아하하…… 뭐, 그런가."

에델하르트가 곤란하다는 듯이 어깨를 움츠렸다. 그리고, 레티시엘은 무표정을 유지하기로 했다. 그 정체불명의 능력자가 자신이라고는 이 자리에서는 말하지 않는 편이 절대로 좋았다.

"노예제도에 대해서는?"

"옛날부터 있던 제도인 것 같지만, 역사의 흐름 속에서는 한 번 단절된 적이 있는 것 같아. 600년 전, 제국이 개명했을 때 한 번 폐지되었어. 하지만 400년 전에 다시 부활했지."

"미묘한 시기로군."

"그래. 하지만 노예제도가 부활한 이유는 잘 알려지지 않았어. 제국의 주장으로는 한 번 그만둬 봤는데 역시 일손이 부족했기 때문이라고 하지만, 그것치고는 200년이나 공백이 있으니까 말이지. 또, 그 무렵에는 아르마·리액터의 에너지 이용도 이미 보급되었고."

"일손이 부족할 상태는 아니었다, 라는 건가?"

"바로 그거지. 뭔가 다른 이유가 있었을 거라고 생각해."

레티시엘은 두 사람의 대화에 귀를 기울이면서 에델하르트가 다 살펴본 자료뭉치를 읽어보았다.

그 페이지에는 마침 제국 내의 마법탄압에 대한 정보가 나열돼 있었다. 탄압이 시작된 것은 제국이 이리스로 개명한 뒤. 그 뒤 매년 마법을 사용하는 누군가가 적발되었고, 대규모의 학살도 행해졌다.

“……결국, 왜 제국은 이렇게까지 마법을 거부하는 것일까요?”

“신경 쓰여?”

“신경 쓰이네요. 제국의 탄압행위에서는 다소 병적으로 집착하는 것이 느껴집니다. 마력은 인간이 태어나면서부터 갖는 것이니 탄압을 철저히 해봤자 지워 없앨 수 없건만, 이렇게까지 마법배제에 기를 쓰는 의미를 모르겠습니다…….”

제국에서 탄압대상이 되는 것은 특별히 마법만이 아닌 것 같았다.

연금술이나 초능력 등 논리적으로 체계화되지 않은 초상현상은 조금이라도 의심스러우면 그 자리에서 처벌이 가해졌다. 원리가 확립된 마법조차 이 정도이니, 마술은 말할 필요도 없었다.

과거에는 천년 전쟁의 마지막까지 살아남은 2대 국가 중 하나로, 마술의 연구에 가장 힘을 쏟던 나라가, 어째서?

“뭐, 600년 전에 뭔가 있던 것이 아닐까?”

“600년 전이라 함은?”

“어머, 도로셀 님은 모르는 거야? 그 무렵에 제국은 북쪽에서 한창 북방전쟁을 벌이고 있었어.”

“북방전쟁이요?”

그런 전쟁이 있었다니, 금시초문이었다.

“그래. 당시 제국령 서쪽에 과격한 종교단체가 생겨서 말이야. 보레아리스 산맥 북쪽에서 제국을 상대로 요란하게 전쟁을 벌였어."

"그런 일이 있었군요……."

"뭐, 그 무렵에는 우리도 내부에서 이런저런 일로 옥신각신하고 있었으니까, 정보는 그다지 나돌지 않았지만."

600년 전이라고 하면, 마침 왕국 안에서도 한창 베바르 왕조에서 아레스타 왕조로 바뀌던 때로, 타국의 정세에 신경을 쓸 여유는 없었다는 것 같았다.

"결국 전쟁에서 이긴 것은 제국 쪽이었지만, 종전 뒤 갑자기 개명을 하겠다고 말을 꺼내서 말이야. 과거를 청산하고 새롭게 시작한다, 라는 것 같았지만, 천 년이나 이어진 대국이 무슨 과거를 청산한다는 건지."

"분명히 그렇긴 하네요……."

"뭐, 자료도 어디까지 정확한 것인지 알 수 없지만 말이야."

바우리오는 그렇게 말하며 일단 대화를 매듭지었다. 하지만 곧 불현듯 생각이 났다는 것처럼 레티시엘에게 말을 걸어왔다.

"아, 맞다. 도로셀 님."

"예. 무슨 일이시죠?"

"……그 아이는 잘 지내?"

"……? 그 아이요?"

누구를 말하는 걸까……?

"어머, 미안해. 츠바루 말이야. 그 아이, 도로셀 님의 연구실에 있잖아?"

"츠바루 님 말씀이신가요? 무척 건강하게 잘 지내고 있답니다. 연구에 몰두할 때나 저와 이야기를 할 때에는 늘 즐거운 것 같은 것이…… 그게 왜 궁금하시죠?"

레티시엘은 자기도 모르게 의문을 입에 담았다.

츠바루와 바우리오 사이에 뭔가 관계성이 있다고는 도저히 생각되지 않았던 것이다.

게다가, 신경이 쓰인다면 학원에서 츠바루 본인에게 직접 물어보면 될 테니, 일부러 레티시엘에게 물을 일도 아닐 텐데.

"음~."

질문을 받은 바우리오는 사정을 설명하는 것을 망설이는 것인지, 턱에 손을 댄 체 생각에 잠겼다. 혹시 두 사람 사이에는 뭔가 감춰야 하는 관계성이 있는 것일까.

"저, 무리해서 말씀하지 않으셔도……."

"괜찮아. 어차피 줄곧 감출 일도 아닐테니까. 아, 하지만 그 아이에게는 아무 말도 하지 말아 줘. 괜히 신경 쓰게 하고 싶지는 않으니까."

마지막에 그렇게 못을 박은 뒤, 바우리오는 띄엄띄엄 이야기를 시작했다.

"츠바루…… 그 아이는 말이야. 내 남동생이야."

"……예?"

“그렇다고 해도, 그 아이는 내가 형이라는 걸 몰라. 그 아이는『형』을 본 적이 없으니까.”

바우리오는 츠바루가 철이 들기 전에 이미 빌리지 자작가를 나왔다고 했다.

그러고 보면, 이전에 뭔가의 화제로 츠바루에게 형이 있다는 것을 슬쩍 들은 적이 있는 것 같은 기분이 들었다.

“왜 바우리오 선생님은 집을 나오신 건가요?”

“양자로 갔어. 친척집에서 후계자가 필요하다고 우리 집안에 양자결연을 부탁해 왔거든.”

확실치는 않으나 그 가문은 왕국의 남쪽에 영지를 갖고 있던 백작가로, 빌리지 가의 아이를 꼭 양자로 삼고 싶다고 소망했다는 것 같았다.

“도로셀 님. 그 아이의 손에 묘한 반점이 있는 걸 알고 있어?”

“예. 보여준 적이 있습니다. 새가 날개를 펴고 날갯짓을 하는 것 같은 형태를 하고 있었습니다.”

츠바루는 분명히 그 문양을 탐구자의 일족이라는 증거라고 말했다.

“그거 말이야. 실은 그 아이만 갖고 있답니당.”

“네?”

“정확하게는 우리 가족 중에서는 그 아이만 갖고 있었어.”

“그럼 그건, 일족의 문장이 아닌 건가요?”

“그건 사실이야. 하지만 그 문양은 그 아이만 갖고 있으니까, 모두가 갖고 있다고 거짓말로 가르쳐줬어. 그렇게 하면 그 아이는 특별한 것이 아니게 되니까."

그렇다고는 해도, 가르친 것은 내가 아니라 부모님이었지만 말이지~. 바우리오는 그렇게 말을 덧붙이고는, 미소를 지었다. 웃고 있었지만, 조금 어두운 미소였다.

"……친척인 백작가는 말이야. 빌리지 가의 아이를 소망했어. 하지만 나와 부모님은 알았지. 그 집안은 츠바루를 데려가고 싶다는 걸 말이야."

"……문양이, 원인인 건가요?"

"맞아. 백작가는 있지. 쓸데없이 탐구자의 일족에 집착했어. 자신들이 정령의 후예라고 진심으로 믿고 있었지."

그런 생각은 레티시엘도 적지 않게 이해할 수 있는 부분이 있었다.

전란의 세상이었던 천 년 전에는 구원을 바라고 윤회전생을 주장하는 신흥종교에 의존하는 사람이 많았다. 프리드는 돈에 집착했고, 크리스타는『도로셀』에게 집착했으며, 피리아레기스 가는 명성에 집착했다. 사람은 모두 뭔가에 의지해 살아갔다.

어쩌면, 레티시엘의 마술에 대한 질리지 않는 탐구심도, 어떤 종류의 맹신인지도 몰랐다. 예전에 왕녀였던 일에 따른 책무와 죽게 한 선생님이 남긴 연구에의 죄악감과 자책…….

'……집중.'

레티시엘은 탈선하려는 사고를 머리를 가볍게 흔들어 되돌려 놓았다. 한순간 바우리오가 의아하다는 듯이 레티시엘을 바라보았다.

최근에는 이런 생각을 하는 일이 늘어난 것 같은 기분이 들었다. 사라와의 재회와 추상은 생각했던 것보다 훨씬 레티시엘의 마음에 영향을 주는 모양이었다.

"하지만 자신들의 집안에는 일족의 상징을 가진 자가 없었거든. 그래서 후계자가 있음에도 불구하고 우리 집에서 데려간 아이를 당주로 삼으려고 했었어."

"그래서 바우리오 선생님이 츠바루를 대신해서 양자로 가신 건가요?"

"그래. 그게 말이지, 그렇게 양자로 들어가서 당주로 추대돼도 그건 결코 행복한 일이 아니야. 그쪽도 『빌리지 가의 아이』라고만 말했으니까 시미치를 떼도 괜찮잖아?"

레티시엘은 아무렇지도 않게 말하는 바우리오에게 적지 않게 감탄했다. 상대의 의도를 이해했으면서도 한층 억지로 딱 잡아떼는 일에는 용기가 필요했다.

"그거, 백작가는 포기했나요?"

"아니. 노골적으로 실망해하면서 화를 냈어. 눈엣가시도 그런 눈엣가시가 아니었을까? 그 당시의 나는."

"다른 방법으로 츠바루 님을 노리거나 하지는 않았나요?"

"그·게·말·이·지. 그 부분에서는 우리가 더 한 수 위였어. 츠바루의 존재는 감춘 채 백작가에 모든 계약을 받아들이게 하고는 츠바루를 데리고 자취를 감춘 거지."

"……백작가는 결국, 맺은 계약을 파기하지도 못하고 그대로 바우리오 선생님을 맞아들이지 않을 수 없었다는 건가요?"

"맞아. 내 입으로 말하기도 그렇지만, 빌리지 가는 존재감이 희미한 일족이야. 숨어 지내는건 특기지."

레티시엘은 틀림없이 거짓말이라고 생각하는 한편, 혹시 그럴지도 모른다고도 생각했다.

확실히 츠바루는 존재감이 희미한 편이었지만, 존재감이 희미한 일족에게서 어떻게 바우리오 같은 인물이 태어난 것일까…….

"그러는 사이에, 집이 없어지게 된 그 사고가 일어나서 나는 자유로워졌지만, 결국 쓸데없이 양자로 들어갔던 것뿐이었던 거지. 뭐, 그런 집안의 당주자리 같은 것은 남이 부탁해도 하지 않을 거니까."

"……."

"혹시, 놀랐어?"

"그건, 예, 뭐……. 하지만, 별로 안 닮으셨네요."

"우후후. 그런 말 자주 들었어~. 각자 아버지와 어머니를 닮은 것뿐이지만."

바우리오는 장난기 가득한 태도로 이쪽에게 윙크를 보냈다. 자세히 보니, 의외로 젊을지도 몰랐다.

"……바우리오 선생님."

"왜에?"

"결국, 탐구자의 일족은 무엇이죠?"

"음~. 글쎄? 나도 잘은 몰라. 하지만 적어도 정령의 후예라는 건 거짓말이라고 생각해. 그게, 나도 츠바루도 아무 특별한 것이 없는 평범한 인간인걸."

"그런가요……."

그 어조에서는 그가 정령을 믿지 않는다는 것을 느낄 수 있었다. 그것을 알아차린 레티시엘은 왠지 모르게 복잡한 기분이 들었다.

"하지만, 뭔가 사연이 있는 일족이 아닐까? 그렇지 않다면 일가 단절 같은걸 강요당할 리가 없다고 생각하니까."

"단절을…… 강요당했다?"

"어머, 아니야? 백작가의 자료에는 그렇게 기록돼 있었어."

빌리지 가는 600년 전에 본가가 단절되어, 지금의 자작가는 분가가 상속해 이어져 온 가문이라고는 들었다.

하지만 단절을 **강요당했다**라는 말을 미루어보건대, 역시 빌리지 가는 그 존재가 방해된다고 여긴 누군가에게 제거당했다는 것일까.

"그 자료에는, 뭐가 적혀 있었나요?"

"음, 그러니까, 분명히…… 왕의 비밀을 건드려 제거당한 일족이라느니, 어쩌니 하는 게 적혀 있었어."

빌리지 가의 본가가 단절된 것은 분명히 600년 전의 이야기. 그때의 왕이라면…… 맹인왕?

'맹인왕의…… 비밀?'

지금의 왕가까지 이어지는 아레스타 왕조의 시조이자, 제2의 건국왕이라고도 칭해지는 맹인왕.

그러나 백성들에게 높은 인기를 자랑하는 맹인왕에게 무슨 비밀이 있던 것일까. 그것을 알게 된 인간의 가문 전체를 단절시켜버릴 정도라고 한다면…… 분명, 중요한 비밀일 것이다.

순간, 레티시엘의 뇌리에 어떤 책의 표지가 떠올랐다. 예전에 니르반 왕립도서관의 비서고에서 발견한, 대부분의 페이지가 검게 칠해진 오래된 책.

『줄곧 너를 기다리고 있었다』라는 붉은 글씨가 휘갈겨 쓰여 있던, 정체불명의 책. 그 책에는 주술 등의 힘으로 이어질 것 같은 정보가 쓰여 있었다.

책의 상태로 봤을 때, 만들어진지 적어도 수백 년 이상은 경과했다. 만약 그것의 저자가 당시의 빌리지 가의 인간이고, 그것을 문책당한 것이라면…….

'……아니, 역시 증거가 없어.'

그것을 알아차리고 레티시엘은 일단 사고를 중지했다.

그 책의 원 소유자도, 빌리지 가가 단절된 이유도 지금 상태로는 정보가 너무 적어서 아무것도 알 수 없었다.

맹인왕의 비밀이라는 것도 어디까지 신빙성이 있는지 분명치 않았으니, 좀 더 정보를 모으고 나서 재검토하는 편이 좋으리라.

"자, 이야기해줄 수 있는 정보는 대충 다 이야기했는데, 어때?"

"여러모로 이야기해 주셔서, 고맙습니다. 대금은 어떻게 하면……."

"어머. 대금 같은 건 신경 쓰지 마. 오늘은 서비스해줄게."

"예? 하지만 그럴 수는……."

"됐어, 괜찮아. 오늘은 도로셀 님이 처음 오기도 했으니까, 초회 특별 서비스야."

"아, 예에……."

대금은 필요 없다고 일관하는 태도에, 레티시엘 쪽이 꺾이는 수밖에 없었다.

만약 다음에 이곳을 이용하는 때가 있다면, 그때에는 제대로 등가교환의 원칙을 다하자고 레티시엘은 속으로 결심했다.

"고마워, 바우. 역시 실력이 좋아."

"어머, 싫어라! 에디도 참. 그렇게 칭찬해도 아무것도 나오지 않아!"

입으로는 그렇게 말하면서도 히죽히죽 웃는 바우리오를 보건대, 칭찬받은 것이 아주 싫지는 않은 모양이었다.

"바우리오 선생님. 오늘은 감사했습니다."

"인사는 됐어. 도움이 됐다면 나도 기쁘니까~."

"다음에 올 때에는 뭔가 맛있는 걸 사올게. 바우, 뭐가 좋아?"

"어머, 에디도 참. 그걸 나한테 묻는 거야? 엄청나게 비싼 걸 요구할 거야."

"음. 나도 살 수 있을 정도의 것으로 부탁해."

"거짓말이야. 쿠키로 충분해. 왜 중앙로 모퉁이의 디저트 가게의 쿠키가 있잖아?"

"오케이."

아직 약간 남아있던 오렌지 주스를 다 마시고 잔을 반환한 다음, 레티시엘은 에델하르트와 함께 문으로 향했다.

"언제든지 와도 환영이야~."

바우리오는 카운터에 턱을 괸 채 수건을 살랑살랑 흔들면서 레티시엘과 에델하르트를 배웅했다.

"……놀랐습니다. 설마 에델 님의 협력자가 바우리오 선생님이었다니."

온 길을 지나 원래의 큰길로 돌아가는 중, 레티시엘은 걸으면서 작게 그렇게 중얼거렸다.

"바우, 부업을 공공연하게 알리고 있지 않아서 말이지. 도착할 때까지 말할 수가 없었어. 놀랐어?"

"예. 세상 참 좁구나 하고요."

"그렇게 생각할 수도 있지."

에델하르트는 작게 소리를 내어 웃었다. 하지만 그것도 잠시, 그는 곧바로 진지한 표정으로 돌아왔다.

"……도로시는 어떻게 생각해?"

"어떻게라, 하심은?"

"이리스 제국 말이야."

레티시엘은 그 질문에 대답이 살짝 궁했다.

확실히 바우리오의 가게에서 들은 정보는 세간에는 나돌지 않는 것뿐이었다. 하지만 그것만으로 판단을 할 수 있을 정도로 대륙 최대의 나라는 만만하지 않을 터였다.

"어떻게 생각하느냐고 물으셔도, 싸우게 된다면 강적이 되겠구나, 하는 것 정도입니다. 정보를 들은 것만으로는 판단할 수 없습니다."

"……그렇군."

기대한 답이 아니었던 것일까. 에델하르트는 태연한 얼굴로 어깨를 으쓱였다. 그 뒤로 잠시 동안 두 사람 사이에는 대화가 없었다.

"자, 그럼 학원에서 만나."

"예."

이윽고 큰길까지 오자, 레티시엘은 에델하르트와 헤어졌다. 그의 모습이 보이지 않게 되자, 레티시엘도 저택으로 돌아왔다.

"……어, 어서 오세요, 아가씨!"

저택으로 돌아오자, 앞치마 차림의 니콜이 웃는 얼굴로 맞아주었다. 아무래도 한창 저녁식사 준비를 하는 중인 모양이었다.

"다녀왔어요, 니콜. 일하는데 방해를 했군요."

"아뇨, 당치도 않습니다! 마침 뜨거운 물을 끓이던 중이었으니까요."

"……그럼 더더욱 주방을 떠나면 위험하지 않을까요……?"

"아! 그, 그렇죠!"

레티시엘의 지적을 받고서야 제정신을 차린 니콜은 또다시 분주하게 주방으로 돌아갔다. 레티시엘은 그 모습을 흐뭇하게 지켜보았다.

"아, 돌아와 계셨군요, 아가씨."

1층 복도로 통하는 문이 열리고 니콜과 교대하듯이 루빅이 현관홀에 들어섰다.

"지금 막 돌아왔어요. 뭔가 특이한 일은 없었나요?"

"특이한 일은 없었습니다만……."

"?"

"실은, 방금 전에 아가씨 앞으로 봉투가 도착했습니다."

"봉투?"

"이것입니다만……."

그렇게 말하고 루빅이 꺼낸 것은 아무것도 쓰이지 않은 새하얀 봉투였다. 어디서나 흔히 볼 수 있는 일반적인 크기의 봉투였다.

"누가 보냈는지는 알아요?"

"배달한 것은…… 그, 이상한 동물이었습니다만……."

"이상한 동물?"

"새하얗고, 몸통이 그럭저럭 긴…… 페럿처럼 생긴……."

……뀨를 말하는 것일까. 레티시엘을 아는 페럿이라면 그 수호영수밖에 떠오르지 않았다.

'그렇다면, 정령이 보낸 것일까……?'

레티시엘은 루빅의 말에 다시 한 번 봉투를 살펴보았다. 그러자 빛과 무속성의 희미한 잔존마소를 감지할 수 있었다.

"고마워요, 루빅. 이건 내가 보관할게요."

"괜찮으시겠습니까……?."

"위험한 것은 아닐 거예요. 무척 가벼운걸요. 게다가 마법적인 기척도 느껴지지 않고요."

"그런가요? 하지만, 조심하십시오."

"알았어요."

레티시엘은 루빅과 헤어져 자기 방으로 돌아갔다. 그리고 창가의 소파에 앉아 받아든 봉투를 열었다.

안에서 나온 것은 작게 접힌 종이꾸러미와 반으로 접힌 한 장의 편지지였다. 종이꾸러미는 일단 놔두고, 편지부터 열어보았다.

『남은 흔적으로 알아차릴 수 있을 테니까 자세히 쓰지 않겠어. 동봉한 것은 때가 될 때까지 옆에 두고 키워주길 바라.』

역시 정령이 보낸 것 같았다. 하지만 그것만으로는 의미를 알 수 없었기 때문에, 레티시엘은 동봉돼 있던 종이꾸러미를 풀었다.

"……씨앗?"

안에서 나온 것은 보리낱알보다도 조금 작은, 검은 씨앗과도 같은 것이었다. 이것이, 때가 될 때까지 키워주었으면 하는 걸까?

"……."

잠시 정체불명의 씨앗을 바라보던 레티시엘은 자리에서 일어났다. 식물을 키워본 적은 없으니 전문가에게 물어봐야만 했다.

그녀는 1층으로 내려가 정원을 향했다. 겨울이 끝나고 봄이 된지 얼마 안 된 정원은, 아직 화초의 모습이 많지 않아 한산했다.

"클라우드, 아직 있나요?"

"음? 예, 여기 있습니다."

정원을 향해 말을 걸자, 대답과 함께 두 개 앞에 있는 산울타리의 건너편에서 클라우드의 머리가 솟아올랐다.

"무슨 일이십니까?"

클라우드는 손에 든 전정가위를 내려놓고 손과 얼굴에 묻은 흙을 수건으로 닦은 뒤, 이쪽으로 다가왔다.

"식물을 기르는 법을 묻고 싶어서요."

"식물? 원예라도 하시려는 겁니까?"

"그럴 생각은 없지만, 지인이 식물의 씨앗을 보내왔어요. 그래서 한번 키워볼까 해서요."

"그러시군요. 원예는 화분과 도구가 있으면 별로 어렵지 않습니다."

클라우드는 원예도구들을 보관해 둔 오두막으로 돌아갔다가, 필요한 도구를 갖고 돌아와서는 레티시엘에게 순서를 설명해 주었다. 분명히, 듣는 것만으로는 레티시엘도 할 수 있을 것 같은 간단한 작업인 것 같았다.

레티시엘은 클라우드가 나눠준 도구와 화분, 그리고 흙을 가지고 방으로 돌아왔다. 그리고 클라우드가 알려준 순서대로 씨앗을 심을 준비를 했다

"이렇게 하면…… 이걸로, 다 된, 건가?"

마지막으로 흙의 표면을 고르게 고르면 끝이었다. 레티시엘은 물뿌리개로 물을 주고 화분을 창문가의 테이블 위에 놓았다.

이 씨앗이 무엇이고, 어떤 일이 일어날지 전혀 알지 못했다.

하지만 정령이 레티시엘에게 이것을 맡긴 것에는 의미가 있을 터. 이 씨앗이 발아할 때까지 잠시 상황을 살펴보자.

***

중등생이 되었어도 레티시엘이 학원에서 하는 일은 작년과 다르지 않았다.

작년에 루카스의 요청으로 시작한 연구…… 자신이 하고 싶었던 것도 있지만, 마술의 연구도 꽤나 진전되어 연구실의 자료는 꽤 충실해져 있었다.

"……."

연구실 1층 홀의 소파에서, 레티시엘은 무릎 위에 책을 펼친 상태로 벽 쪽의 책장에서 자료를 찾고 있는 츠바루를 보았다.

일전에 바우리오가 아무 일도 아닌 것처럼 가르쳐주었던 일이 떠올랐다. 츠바루와 바우리오가 형제라는 사실은…… 갑자기는 믿을 수 없었다.

"……저, 제 얼굴에 뭔가 묻었나요?"

"아뇨. 아무것도 아니에요. 신경 쓰지 마세요."

등 너머로도 뭔가가 느껴진 것일까, 츠바루가 당황한 것 같기도 하고 곤란한 것 같기도 한 얼굴로 천천히 뒤를 돌아보았다. 역시나 너무 바라봤던 모양이었다.

레티시엘은 츠바루에게서 시선을 떼고 무릎 위의 책으로 시선을 돌렸다. 그러나 눈을 돌렸어도 바우리오에게 들은 이야기는 줄곧 뇌리에 달라붙어 있었다.

'……바우리오 선생님과 츠바루 님이 형제, 인가.'

거기에 더해 탐구자의 일족에 대한 이야기도 있었다. 문양에 대해서는 일단 제쳐놓고, 그 때의 이야기를 듣는 한, 탐구자의 일족이란 어떤 의미를 갖는 일족이었는지 오히려 알 수가 없었다. 예의 백작가라는 자들은 일족에게 무엇을 원했던 것일까.

"있죠, 츠바루 님."

레티시엘은 잠시 고민했으나 츠바루에게 물어보고자 말을 걸었다. 형제관계를 이야기하지 않으면 문제없으리라.

"왜 그러시죠?"

"츠바루 님의 친척 중에, 백작 신분을 가진 집안이 있나요?"

"어. 친척 중에, 백작가 말인가요? 우—웅…… 있었던가?"

츠바루는 레티시엘의 질문에 천장 쪽으로 시선을 향한 채 멍하니 뇌리의 정보를 더듬었다.

"……아. 옛날에는 분명히 있던 것 같은 느낌이 듭니다. 남쪽에 영지를 갖고 있었을 거예요."

"옛날에?"

"예. 지금은 이미 몰락했다고 들었습니다. 13년 전의 그 사건 때에……."

"13년 전의 사건……."

"도로셀 님도 아실 겁니다. 칼란포드의 폭발사고 말입니다."

"아!"

백의 결사와 얽혀 자주 이름을 듣는 사건이었다. 베로니카가 유소년기에 휘말렸던, 칼란포드를 불모의 마을로 바꿔버린 원인.

"칼란포드의 마을 일대가 그 백작가의 영지였습니다. 그때 사고로 백작가의 사람들도 행방불명이 되었다든가 했습니다."

"과연. 그랬군요……."

"하지만, 사실은 벌을 받은 것이라고 말하는 사람도 있었습니다."

"벌, 말인가요?"

"예. 예의 백작가는 정령의 존재에 심취해 여러 가지 위험한 일을 벌였다는 소문이 있어서…… 꽤 잘 알려진 이야기였다고 생각합니다."

"……."

문득, 바우리오가 말했던 『집과 가족을 잃은 사건』이 레티시엘의 뇌리에 떠올랐다. 그건 혹시 칼란포드의 폭발사고는 아니었을까.

그리고, 그가 사고로 잃은 집과 가족들은 양자로 들어간 곳이었다. 츠바루에게 집착하던 집안이라면, 가문과 가족들을 잃었어도 태연할 수 있는 것은 납득할 수 있었다.

똑똑.

문득 연구실의 입구를 노크하는 소리가 들려왔다. 누구신가요, 하고 물으니, 나다, 라는 대답이 돌아왔다. 학원장의 목소리였다.

"무슨 일이신가요? 학원장님."

레티시엘은 문을 열고 루카스를 맞아들이면서 의문을 드러냈다.

마술의 연구경과와 자료 등은 정기적으로 루카스에게 제출 혹은 보고하고 있었기 때문에 루카스가 직접 찾아오는 일은 별로 없었는데…….

"네게 용건이 좀 있다만…… 뭐냐? 혹시 방해한 거냐?"

"아뇨. 괜찮습니다. 마침 이야기를 일단락한 참이니까요."

레티시엘과 츠바루의 기색을 살피는 루카스에게 그녀는 아무렇지도 않다는 것을 전했다.

"그것보다, 학원장님의 용건이라는 건 뭔가요?"

"아아, 그렇지. 내 의수에 대해서는 전에 얘기했었지? 그에 대해서다."

"……."

"주진 않을 거다."

혹시 의수의 분해를 허락해 주는 것일까 하고 아주 조금 기대했는데, 역시 무리인 것 같았다.

"뺏지 않을 겁니다. 안심하세요. 그래서, 의수가 어쨌다는 건가요?"

"네가 이런저런 질문을 한 뒤로, 나도 이것이 신경 쓰여서 말이다. 부수지 않는 범위 내에서 나름대로 조사를 해봤다."

루카스가 왼손의 장갑을 벗고 소매를 걷어 올렸다. 그러자, 그 밑에서 짙은 회색으로 빛나는 기계 팔이 나타났다.

몇 번인가 본 적은 있었지만, 가까이에서 관찰하는 것은 이번이 처음일지도 몰랐다. 서로 잇거나 기운 것 같아 보이는 무수한 부품으로 구성된 의수는, 부품들의 틈새를 잘 관찰해 보자 안쪽에 반투명한 관이 내달리고 있는 것을 볼 수 있었다.

아마도 의수를 움직이는 동력을 전달하는 것이리라. 지금도 동력이 흐르고 있는 듯, 관은 물색으로 희미하게 빛나고 있었다.

"전체의 구조를 알게 된 것은 아니지만, 알 수 있게 된 범위 내에서 정보는 공유해둬야겠다 싶어서 말이다."

"그러네요. 뭔가 도움이 될지도 모르니까요."

레티시엘이 그 의견에 동의하자, 루카스는 주머니에서 작은 가죽수첩을 꺼냈다. 아무래도 얻은 정보를 그곳에 정리해 둔 것 같았다.

"우선, 아무래도 이 녀석은 내 마력을 동력으로 움직이고 있는 것 같다."

"마력, 말인가요?"

"그래. 의수 안쪽에 물색으로 빛나는 것이 보이지? 분석해 본 결과, 그건 추출된 마력의 빛이라는 것을 알 수 있었다."

레티시엘은 부품의 틈새에 얼굴을 가까이 갖다 대고 뚫어지게 응시했다. 그러자, 분명히 안쪽에 희미하게 빛나는 것이 보였다. 그리고 그 빛은 약간 움직이고 있었다.

"멋대로 마력을 빨아올리고 있는 건가요?"

"아무래도 그런 것 같다. 그리고 일상적으로 사용하는 정도로는 마력을 그렇게 많이 쓰지 않는데, 전투상황이 되면 출력이 자동으로 올라간다는 것 같아."

"시험해보신 건가요?"

"그래. 그것도 전투상황만이 아니라, 왼손으로 마법을 사용할 때라든가 마법을 받아낼 때에도 마찬가지였다."

"그런 구조는 본 적이 없네요……."

옆에서 함께 이야기를 듣던 츠바루가 감탄의 목소리를 흘렸다. 분명히 레티시엘 역시 전생에서도 현생에서도 본 적이 없었다.

루카스의 체험담으로도, 이 의수를 달게 된 뒤로 마력의 제어가 다소 불안정해졌다고 했다. 아마도 의수의 구조가 원인이겠지만, 그 대신 전투에서의 마법의 공수는 매우 쉬워졌다는 모양이었다.

"하지만 학원장님. 용케 그 구조를 아셨네요."

"아내가 조사를 도와줬다. 이런 기구의 구조나 어려운 이야기는 나보다는 그 녀석이 더 정통하니까 말이지."

루카스는 츠바루의 의문에 선뜻 그렇게 대답했다.

목소리에는 드러내지 않았지만 레티시엘은 루카스에게 부인이 있다는 사실에 약간 놀랐다. 그리고 지금까지 사적인 이야기는 이렇게 무심코 이야기한 적이 없었다는 사실을 깨달았다.

잘은 알 수 없었지만, 루카스의 부인은 군의 후방지원부에서 빠릿빠릿하게 일한다는 것 같았다. 치료나 약학연구의 실력은 부서 내에서 제일이라든가. 어떤 사람인지, 언젠가 만나보고 싶었다.

"그리고, 이 녀석의 표면은 아무래도 마법식을 튕겨낸다는 것 같다."

"그런가요?"

"그래. 소재인 금속이 특수한 것인지 그렇지 않으면 가공법이 특수한 것인지. 그 원리는 나로서는 잘 모르겠지만."

듣고 보니, 작년 과외활동에서 적과 싸웠을 때, 루카스는 적이 내뿜은 마법을 의수로 그대로 받아냈다. 그리고 더 나아가 의수를 통해 마법도 발사했다.

그때, 마법을 받아냈음에도 불구하고 루카스의 의수는 상처 하나 나지 않았다. 의수의 소재가 마법에 간섭하는 것일 가능성은 컸다.

'……하지만, 마력을 사용하는데 마법을 튕겨 내다니, 무슨 일이지?'

방금 전, 루카스는 의수의 동력은 자동적으로 사용자에

게서 끌어낸 마력이라고 말했다. 그리고 마법은 마력을 사용하는 힘이었다.

그 두 가지 요소는 상반하는 것은 아닐 터였다. 대체 루카스의 의수에는 어떤 기술이 사용된 것일까…….

"하지만, 이거, 질감은 은과 비슷하네요."

"은, 말인가요?"

"예. 그렇기는 해도, 평범한 은이라면 이렇게 색이 검어질 리가 없으니까요. 순수한 은은 아닌 것 같습니다만…… 어디선가 본 것 같기도 하고……."

츠바루는 뭔가를 중얼거리며 턱에 손을 갖다 대고 미간에 주름을 모으면서 책장 쪽으로 걸어갔다.

레티시엘은 뭘 하는 것일까 하고 그 뒷모습을 지켜보았다. 그렇지만 츠바루에게도 생각하는 바가 있는 것일 테니, 가만히 놔두기로 했다.

"학원장님. 이 의수를 두고 간 사람은 분명히 하룻밤 잠자리를 빌려준 여행자라고 말하셨죠?"

"아아, 그렇다."

"그 남자에 대한 정보는 여전히 아무것도 모르나요?"

"……미안하다. 이름도, 출신도 묻질 않았으니까 말이지."

루카스는 그렇게 말하고 난폭하게 자신의 머리카락을 쓸어 올렸다. 본인도 예의 여행자의 정보를 얻지 못해 마음이 복잡한 것이리라.

"다만, 그 남자가 아내에게는 노래를 한 곡 연주해서 들려주었다고 해."

"노래?"

"그래. 고용인들도 몇 명인가 들었다고 말했지. 하프를 갖고 있다고 남자 본인이 이야기했다는 것 같다."

"……."

곡의 연주. 그리고 갖고 다니는 하프, 여행자 남자. 레티시엘의 뇌리에 음유시인이라는 직업이 떠올랐다. 음유시인이라면 이런 특징이 전부 들어맞았다.

'……또, 그일까?'

수수께끼에 가득 찬 음유시인 두닉스.

"……아!"

그때 갑자기, 책장 쪽에서 큰 소리가 났다. 레티시엘은 그 소리에 책장 쪽을 바라보았다. 그랬더니, 한창 책을 읽고 있던 츠바루가 어느 한 페이지를 응시하고 있었다.

"츠바루 님? 뭔가 발견하셨나요?"

"예! 이것을 봐 주세요!"

츠바루가 약간 흥분한 기색으로 레티시엘의 눈앞에 힘차게 책을 내밀었다. 아무래도 광물도감인 모양이었다.

"……실버아이언?"

츠바루가 펼친 페이지에는 그런 이름의 금속에 대해 적혀 있었다.

읽어보니, 제국남부에서만 채굴할 수 있는 귀중한 광석으로, 열 등의 전달속도가 무척 뛰어나서 무기나 방어구 등의 고급 물건의 재료가 되는 일도 있다고 했다.

"실버아이언은 광택이 무척 독특한 희소금속입니다. 학원장님의 의수에 쓰인 부품에서도 그 독특한 광택을 볼 수 있었기 때문에, 혹시나 싶어서 찾아봤습니다."

"그런 금속이 있군요…… 일부러 알아봐주셔서 고맙습니다."

"아, 아뇨!"

"……이거, 그렇게 희소한 것이었던 거냐?"

그렇게 중얼거리는 루카스의 시선은 약간 허공을 헤매고 있었다. 아마도 그것도 모르고 지금까지 꽤 험하게 다루고 있던 것은 아닐까?

'……하지만, 마법을 튕겨내는 것과는 아무 관계도 없어.'

루카스의 의수의 소재가 실버아이언이라고 해도, 도감의 설명을 읽는 한 실버아이언 자체에 어떤 특수한 효능은 발견되지 않았다.

'역시 뭔가 특수한 가공이라도 돼 있는 것일까……?'

그렇게 생각하면서도 실물을 연구할 수 없었기 때문에 레티시엘은 아무 말도 할 수 없었다.

다음에 입수할 기회가 있다면 그때에는 반드시 그 원리를 해명해보고 싶다. 레티시엘은 그렇게 생각했다.

2장 불안의 그림자

루크레치아 학원의 입학식으로부터 또 보름이 지나고, 왕국과 제국의 동맹이 파기된 지 마침내 한 달이 경과했다.

제국 측에서는 여전히 아무런 움직임이 없었다. 국내의 불안은 여전했지만, 제국이 너무 움직임이 없는 탓인지 제국이 전쟁을 걸어오지는 않을 거라고 주장하는 사람이 나타나게 되었다든가 어쨌다든가.

하지만 그것은 너무 낙관적인 것 같았다. 이런 어중간한 타이밍이 가장 예측하기 어려웠고, 무슨 일이 일어나도 이상하지 않았다. 경계를 늦추게 한 뒤 허를 찔러 공격하는 전법 같은 것은 천 년 전에는 전술의 기초였다.

"……하지만, 가능하다면 이대로 아무런 일도 없이 끝났으면 하네요."

"그러, 네요."

이곳은 루크레치아 학원의 마법훈련장. 레티시엘과 미란다레트는 늘 모이는 연습부스의 벤치에 나란히 앉아 있었다.

두 사람의 시선의 끝에는 혼자서 뭔가를 중얼거리며 검술연습을 하는 히르메스가 있었다. 지금은 연습 도중의 휴식중이었지만, 연습의욕이 정말이지 왕성해서 조금 더 감각을 포착하고 싶다고 말했다.

참고로, 베로니카는 현재 일시적으로 부스를 떠난 상태였다. 방금 전 박물관의 직원에게 불려갔기 때문이다.

제국의 움직임이 없는 덕분에, 레티시엘의 일상도 일단 평화를 유지하고 있을 수 있는 것도 사실. 전쟁 같은 것은 일어나지 않는 것이 가장 좋았다.

"중등생 수업은 어떤가요?"

레티시엘은 무심하게 그런 것을 물어보았다. 지금 시간은 오후 2시 무렵이었지만, 오늘은 중등생의 오후 수업이 없다고 했다.

"수업은…… 역시, 그, 초등생 때보다 어렵습니다. 강의 속도도, 다르고요……."

"어머, 그거 힘들겠네요."

"예…… 진짜, 시험도 턱걸이로 합격하는 중이라……."

이야기가 진행됨에 따라, 미란다레트의 어깨가 점점 축 처졌다. 음. 이 이상은 그만 묻자.

덧붙여, 학년이 올라갔기 때문에 반도 작년과는 다르게 바뀌었다. 그 결과, 미란다레트, 히르메스, 베로니카, 지크, 츠바루는 기이하게도 같은 반이 되었다.

그리고 레티시엘만이 다른 반이 되었는데, 애초에 레티시엘은 수업에 들어가지 않았기 때문에 반이 달라졌다고 해도 솔직히 별 지장은 없었다.

“아, 맞다. 도로셀 님. 술식을 다루는게 조금 능숙해진 것 같아요.”

“그런가요?”

“예! 옛날에는 제어하는 것이 좀 더 어려웠는데, 최근에는 요령을 파악했다고 해야 할까요.”

레티시엘은 기쁜 듯이 말하는 미란다레트의 모습에 맞장구를 치면서 모호하게 미소를 짓기만 했다.

“으헤. 피곤하다—!”

그때 마침, 히르메스가 연습을 일단락 짓고 두 사람이 있는 곳으로 돌아왔다.

“고생하셨어요, 히르메스 님. 연습은 어떤가요?”

“이야, 힘드네요. 뭐니뭐니해도 지금까지처럼 검만 휘두르면 되는 게 아니니까요.”

히르메스는 연습용 목검을 옆에 내려놓고, 양팔을 위로 향한 채 크게 기지개를 켜면서 말했다. 피곤하다고 하는 것 치고는 그의 미소는 실로 즐거워보였다.

“잘 될 것 같은가요?”

“우—음. 말하기 어렵네요……. 술식과 검 본체의 균형이라고 할까, 그…… 조정이 어렵다고 해야 할까.”

지금 히르메스는 검술에 마술을 병용하기 위한 훈련에 매진하고 있었다.

검에 마법을 입힌다는 기술은, 케룬 자작가라는 기사의

가계에 대대로 이어져 내려오는 것이 전례로 존재했다. 아샤의 본가였다.

그러나 그 기술이 케룬 가의 전매특허라는 점에서, 꽤 어려운 기술이라는 사실을 유추할 수 있었다.

"히르메스 님은 왜 마법검을 사용하고 싶으신 건가요?"

"그게, 왠지 멋있잖습니까!"

"옛날부터 리프는 저랬어요……. 케룬 가 당주님의 시험을 본 뒤로 십 년 간 줄곧 말이죠."

"게다가 마법검 쪽이 위력이 더 높고, 자유자재로 쓸 수 있게 되면 전투에서도 엄청 도움이 될 거라고 생각함다."

"하지만, 나도 그것만큼은 잘 가르칠 자신이 없어요. 뭔가 생각하는 방법이 있나요?"

애초에 마법을 쓸 수 없는 레티시엘에게는 검에 마법을 입힌다는 재주는 당연히 부릴 수 없었다. 그렇다고 해서 마법과 마술로는 이야기가 다르니, 마술을 예로 가르칠 수도 없었다.

"그 부분은 그 뭐랄까…… 그냥 기세와 감임다!"

"……."

"왜, 왜 그러시나요. 아버지도 그렇게 말했단 말임다. 대부분은 기세와 감으로 어떻게든 된다고요!"

어떤 의미로 지극히 히르메스다운 근성론에 레티시엘이 저도 모르게 쓴웃음을 짓자, 히르메스는 우물쭈물 그렇게 변명을 했다.

미란다레트는 한숨을 내쉬고 있었다. 히르메스의 이 단순하고 지성이 부족한 것 같은 성격은 어쩌면 아버지에게 영향을 받은 것일지도 몰랐다.

"……아."

"리프? 왜 그래?"

"아니. 물통의 물이 다 떨어져서."

"그거라면 제가 담아올게요. 마침 내 것도 텅 비었으니까요."

레티시엘은 옆에 놓아두었던 자신의 물통을 좌우로 흔들어보였다. 찰팍찰팍 하고 소량의 물이 물통에 부딪혀서 튕겨나는 소리가 작게 들려왔다.

"아니에요! 그런 건 미안해서 안 돼요. 물 정도는 제가 담아올게요."

"어머, 신경 쓰지 않아도 괜찮아요. 조금 움직이고 싶은 기분이니까요. 여기 온 뒤로, 난 줄곧 앉아있기만 했잖아요?"

"분명히, 그렇긴 하지만요……. 그럼, 호의에 기대겠습니다?"

"예. 그렇게 해요."

레티시엘은 세 사람 몫의 수통을 들고 훈련용으로 거의 전세내고 있는 부스를 나섰다.

이 마법훈련장의 입구에는 수업 중이나 훈련 중에 수분보급을 할 수 있도록 급수장이 갖춰져 있었다.

학원 대지 안에 있는 우물에서 퍼온 물을 훈련장의 관리인이 정기적으로 보충하고 있는 것으로, 방과 후가 되면 대개 다 떨어져 없어지는 일이 많았다. 그렇지만 무술훈련과 달리, 마법훈련은 운동을 동반하기 않기 때문에 마법훈련장의 물의 소비량은 적었다.

레티시엘 일행이 왔을 때에는 물이 아직 충분히 남아 있었으니까, 아마도 아직 남아있을 터였는데…….

"여, 도로시."

입구에 도착하자, 왜인지 그곳에는 먼저 온 손님이 있었다. 에델하르트가 레티시엘의 모습을 발견하고 살랑살랑 손을 흔들었다.

"……초등생은 이 시간에, 아직 수업이 있지 않나요?"

목소리에 살짝 어처구니없어 하는 느낌이 배어나오긴 했지만, 레티시엘은 자신에게 잘못은 없다고 생각했다.

그게, 중등생은 분명히 수업이 없었지만 초등생은 평범하게 수업 일정이 짜여 있을 터. 그런데 왜 이 왕자는 이런 곳에서 생글생글 웃으면서 수업을 빼먹고 있는 것일까.

"있지만, 빠져나왔어."

"……제가 말하는 것도 그렇지만, 일국의 왕자께서 그렇게 선뜻 수업을 빼먹어도 괜찮으신 건가요?"

레티시엘이 말해도 설득력은 전무하겠지만, 귀족영애……지금은 평민이 수업을 빼먹는 것과 왕자가 수업에 빠지는 것은 형편이 다르지 않을까.

"하하. 그 말만큼은 도로시한테 듣고 싶지 않네. 뭐, 아마도 괜찮을 거야."

"……."

"아, 교실로 다시 데리고 가는 건 좀 봐 달라고!"

우선 교실로 강제 송환하는 편이 좋을까. 레티시엘은 그렇게 생각했지만, 전력으로 거부당했다. 이 왕자, 얼마나 수업을 듣고 싶지 않은 건가.

"그게, 학원의 수업은 솔직히 시시하잖아? 실기는 연습해서 스스로 갈고 닦으면 되고, 지식은 책을 읽는 편이 더 빠르니까."

"뭐…… 그 점에 관해서는 동감이네요."

"그렇지?"

그 말을 듣자, 레티시엘은 반론할 수 없게 되었다.

실제로 레티시엘도 학원의 수업은 시시하고, 그 시간 동안 스스로 책을 읽어서 지식을 익히는 편이 훨씬 효율이 좋다고 생각해 수업을 빼먹은 사람이니까.

"에델 님은 수업을 빠지면서까지 이런 곳에 뭘 하러 오신 건가요?"

"딱히 중요한 용건이 있는 건 아니지만, 이 시간이라면 여기에 있을까 싶어서 말이지."

"……? 볼일도 없는데 오신 건가요?"

"너무하네. 볼일이 없으면 오면 안 된다는 것 같잖아."

"그렇게까지는 말하지 않았습니다."

다만, 볼일도 없이 즉흥적인 기분으로 훌쩍 이곳까지 온 그 행동을 이해할 수 없었던 것뿐이었다.

"그런데 용케 제가 이곳에 있다고 생각하셨네요."

"그게 도로시, 마법동호회에서 마술 연습을 하고 있잖아? 도서실이 아니라면 이곳밖에 없을 거라고 생각했지."

"알고 계셨나요?"

"소속된 멤버에 대해서도 어느 정도는 알아. 월드 남작영애, 그웰 자작영식, 밸런타인 공작영애, 그리고 요전에 만난 지크 공."

"……에델 님은 제 주변정보를 어떻게 수집하고 계시는 건가요."

"그건 기밀사항이야. 하지만 네 친구들을 위험에 휘말리게 하는 일은 하지 않아. 그 점은 믿어줬으면 해."

"예. 알고 있습니다."

레티시엘이라고 해서 에델하르트의 사람됨을 완전히 파악하고 있다고 생각하지는 않았다. 그러나 그가 그런 인질로 잡는 일을 할 타입이 아니라는 것은 이해하고 있었다.

"……이전에 말씀하셨던 호위 건은 어떻게 되었나요?"

사라와 대치하고 난 뒤, 다시금 협력관계를 구축했을 때 에델하르트는 미란다레트와 다른 사람들의 안전을 보장하기 위해 경호를 붙여주겠다고 말했다.

"안심해. 준비는 모두 끝났어."
"그건 다행이네요……."
"게다가, 무려 너무 접근하지도 떨어지지도 말라고 지시도 해놨지. 경호에 대한 것이 그들에게 알려지는 건 바라는 바가 아니잖아?"
"예. 배려해주셔서 고맙습니다."
본래 미란다레트나 다른 사람들은 레티시엘의 사정에 휘말릴 일이 없었다.
하지만, 레티시엘이 마술을 가르친 탓에 마술의 멸망을 꾀하는 사라의 표적이 될 수 있는 존재가 되고 말았다.
'……이대로, 모두에게 마술을 계속 가르쳐도 될까……?'
최근, 레티시엘은 친구들을 보며 늘 똑같은 생각을 하며 고민하고 있었다.
사라가 앞으로 어떤 수를 쓸지는 예상할 수 없었지만, 적어도 마술을 쓸 수 있다는 것이 반드시 몸을 지킬 수 있다는 것과 동등한 것이 아니게 되었을 가능성이 있었다.
이대로 미란다레트와 다른 사람들의 마술실력을 향상시키면, 오히려 사라에게 목숨을 위협받는 사태가 될지도 몰랐다. 그렇게 생각하니 마술강의는 지금 당장이라도 그만두는 편이 좋을 것 같았다.
게다가, 레티시엘은 그들과 너무 친해졌다. 자각은 있었다. 그들이 자신의 약점이 되어가고 있다는 사실이.

마술을 쓸 수 있다는 점을 제쳐놓더라도, 복수를 맹세하는 사라가 레티시엘을 괴롭히기 위해 그들을 이용할 가능성도 적지 않으리라. 그렇게 됐을 때, 마법으로는 주술에 대항할 수 없었다.

친구들만이 아니었다. 그 논리라면 이 나라에도 위기가 닥치고 있을지도 모른다. 왕국은 마술의 힘을 자진해서 받아들이려고 하고 있었다. 그것을, 마술을 증오하는 사라가 못보고 지나칠 리는 없으리라.

레티시엘은 플라티나 왕국에 애착을 느끼고 있었다. 두 번째 인생을 부여받은 나라, 천 년 전에 아무것도 하지 못하고 나라와 가족을 잃은 그 절망을, 반복하고 싶지는 않았다.

'나는, 어떻게 해야…….'

"도로시……? 왜 그래?"

"아, 아뇨. 아무것도 아닙니다. 신경 쓰지 마세요."

에델하르트가 조금 걱정스럽다는 듯이 레티시엘을 바라보고 있었다. 레티시엘은 고개를 가로젓고는 바로 얼굴에 미소를 띠어보였다.

"그건 그렇고, 에델 님."

"응?"

"에델 님은 분명히 어머님 쪽 가문의 인연으로 연금술에 대해 잘 아셨죠?"

레티시엘은 전에 에델하르트가 분명히 자신의 어머니의

본가가 대대로 연금술을 연구하는 집안이라고 말했던 것을 기억해내고 화제전환을 꾀했다.

“그렇긴 한데, 또 갑작스럽네. 너는 쓸 수 없는 능력이라고 생각하는데?”

“예. 마력이 없는 저는 당연히 무리죠. 제가 쓰려는 것이 아니라, 연금술을 가르쳐주고 싶은 분이 있습니다.”

너무 성급하게 화제로 삼은 탓일까, 에델하르트는 약간 경계하는 것 같았다. 다만, 레티시엘도 딱히 호기심만으로 연금술에 대해 알고 싶어 하는 것이 아니었다.

일대소동이 일어난 작년 과외활동에서 사건에 휘말린 도중에 베로니카가 신기한 체험을 했다.

그녀는 과거 칼란포드에서 일어난 폭발사고를 경험한 뒤로 마력포화증이 발병했다. 원래부터 마력치가 높았다는 것 같은데, 병의 영향으로 남아도는 마력을 마법으로서 외부에 방출하는 것도 할 수 없었다.

그런 그녀가, 그때의 과외활동에서 공포를 달래기 위해 흥얼거리던 자장가가 있었다. 베로니카는 돌아가신 어머니가 불러주던 자장가라고 말했다.

그것을 흥얼거리고 있었더니 차츰 몸이 가벼워졌고, 아주 짧은 한 순간 뿐이었지만 마술과도 같은 것까지 사용할 수가 있었다. 높은 마력치와는 결코 양립할 수 없을 터인, 마술을.

'뭐, 그 자장가의 악보가 두닉스의 시 안에 남겨져 있던 것도 뭔가 관계가 있겠지만…….'

어쨌든 예의 자장가를 부르고 있는 동안, 베로니카는 마력을 체외로 방출할 수 있다고 했다. 그로 인해 체내의 마력치가 일시적으로 내려가 마술을 행사하는 것이 가능했다고 레티시엘은 추측했다.

마법과는 다른 방법으로 마력을 밖으로 내보낼 수 있다고 생각되는 이 방법은, 마력만을 추출해 마소와 융합시키는 연금술에는 안성맞춤일 것이다.

게다가 베로니카는 마력과다가 원인으로 몸 상태가 나빠지는 일도 드물지 않았다. 연금술을 습득해서 정기적으로 마력을 방출할 수 있게 된다면, 그녀의 부담도 조금은 가벼워질 터였다.

"흐응. 잘 다룰 수 있을 것 같은 사람이 있는 건가?"

"마력포화증을 앓는 분이지만요. 그렇기 때문에 마력을 외부로 추출하는 연금술과의 상성은 좋지 않을까요?"

"아아…… 과연 그렇군. 그건 분명히 딱 맞을지도 모르겠어."

레티시엘은 굳이 누구인지 이름은 알려주지 않았지만, 에델하르트는 조사를 통해 베로니카의 정보도 알고 있을 것이다.

애초에, 베로니카는 첩의 아이라고는 하나 공작영애였으니 신분적인 인연으로 옛날부터 알고 지냈을지도 모르지만.

"알았어. 쓸만한 교본을 몇 권 골라서 다음에 만나면 건네줄게."

"고맙습니다, 에델 님."

"감사인사를 할 필요 없어. 마력포화증 환자에게 연금술을 사용하게 한 적은 없으니까, 잘 될지 어떨지는 뭐라고 말할 수는 없지만, 건투를 빌겠어."

"예. 열심히 하겠습니다."

그 뒤, 무려 에델하르트는 레티시엘과 친구들의 연습을 보고 싶다는 말을 꺼냈다. 원래는 몰래 살펴보기만 할 생각이었던 것 같지만, 마음이 바뀌었다고 한다.

그 끈기에 끝까지 거절하지 못한 레티시엘은 그를 부스까지 데려갔다. 그러자 이번에는 갑자기 나타난 제3왕자를 보고 미란다레트와 다른 사람들이 깜짝 놀라서, 거꾸로 연습을 할 상태가 아니게 되고 말았다.

부스 안에는 잠시 미묘하고 거북한 공기가 감돌았으나, 그것은 시간과 함께 흩어졌다.

"그래서 신경이 쓰여서 가까이 다가가 봤더니, 이렇게 커다란 고양이가 웅크리고 있던 거야. 진짜, 이건 뭐지? 그렇게 생각했었다니까."

"어, 그거, 사실인가요?"

"진짜야. 뭣하면 다음번에 실물을 데려올까? 아, 여긴 딱히 동물 금지가 아니지?"

"그건 괜찮을 거라고 생각합니다만, 괜찮으신가요?"

"당연하지. 그 녀석, 그렇게 커다란 덩치를 하고 있는 것치고는 사람을 잘 따라."

"저, 동물, 많이 좋아함다!"

무엇보다, 에델하르트의 커뮤니케이션 능력은 레티시엘에 비해 어이가 없을 정도로 높았다.

거의 초대면임에도 불구하고, 어느새 미란다레트도 히르메스도 완전히 에델하르트와 격의 없이 지내고 있었다. 이 사람이 이런 사람이라는 것은 거의 잊고 있었다.

'역시 왕족은 다르다는 것일까?'

하지만 그 논리라면, 레티시엘도 높은 커뮤니케이션 능력을 갖춰야 하겠지만…… 그녀로서는 도저히 무리일 것 같았다.

"아, 도로셀 님. 늦어서 죄송합니다."

레티시엘이 세 사람의 모습을 지켜보고 있으려니, 부스의 문이 열리고 베로니카가 얼굴을 내밀었다.

"안녕하세요, 베로니카 님. 박물관 일을 돕는 것은 끝나셨나요?"

"예. 덕분에요."

베로니카가 고개를 끄덕였다. 박물관의 재고정리를 돕고 있었기 때문에, 그녀 혼자 모이는 것이 늦었던 것이다.

얼마 전에 길름을 비롯한 일부 박물관 직원이 부상이나 사망 등으로 퇴직했기 때문에, 최근에는 학생들에게 자질구레한 일을 도와달라고 하는 경우가 늘고 있다고 들었다.

"……있죠, 베로니카 님."

"예, 예. 왜 그러시죠?"

"……."

레티시엘은 한순간 할 말을 잃고 침묵했다. 레티시엘은 방금 전 에델하르트에게 들은 일을 아직도 고민하고 있었다.

미란다레트와 다른 친구들에게 마술을 가르치는 것과 마찬가지로, 베로니카에게 연금술을 가르치는 일 역시 그녀를 위험에 노출시키는 것이 되지 않을까.

"……만약, 마력포화증을 개선할 수 있다면, 베로니카 님은 어쩌고 싶으신가요?"

"어…… 그, 그건, 물론 그렇게 하고 싶습니다! 나을 수 있나요?"

그러나 잠자코 있어서는 아무 소용도 없었다. 그래서 레티시엘은 베로니카의 의사를 묻기로 한 것이었는데, 베로니카는 즉답을 했다.

"낫는 게 아니에요. 좋아질지도 모른다, 정도이죠. 게다가, 거꾸로 베로니카 님을 위험에 휘말리게 할지도 몰라요."

"그래도 괜찮아요. 이제 나을 수 없는 병이라고, 줄곧 생각해 왔는데, 조금이라도 가능성이 있다면, 시험해보고 싶어요."

베로니카는 고개를 세로로 흔들며 그렇게 말했다.

"게다가, 그…… 이제 와서 그런 말을 들어봤자 새삼스럽기만 한걸요. 과외활동 때도, 지금도 이미 휘말렸답니다. 강해지기 위해서라도, 이 병은 꼭 극복하고 싶어요. 다시는 거치적거리는 존재가 되기는 싫으니까요."

"……그런, 가요."

망설임 없이 말하는 베로니카의 모습에 미란다레트와 헤르메스의 모습이 레티시엘의 뇌리를 스쳤다.

똑같은 질문을 하면, 그 두 사람도 틀림없이 같은 대답을 하리라. 역시, 이 친구들은 레티시엘이 걱정하는 것만큼 약한 마음의 소유자가 아닌 것 같았다.

"이상한 말을 해서 죄송해요. 그렇다면, 다음번에 관련 자료를 건네 드릴게요."

"예! 기다리겠습니다."

만면의 미소를 지으며 고개를 끄덕이는 베로니카에게 레티시엘도 미소를 지었다. 그리고, 자신의 친구들을 좀 더 믿어보자고 생각했다.

＊＊＊

다음 날, 레티시엘은 아침부터 대도서실을 방문했다. 학년이 달라졌다고 해서 이 1년간 길러진 습관이 달라지지 않았다.

아침의 대도서실은 여전히 조용했다. 아침 해가 쏟아져 들어오는 창가의 자리에는 멍하니 밖을 바라보는 익숙한 얼굴이 있었다.

"안녕하세요, 지크."

레티시엘은 지크에게 말을 걸었다. 그러자 지크는 퍼뜩 정신을 차리고 레티시엘 쪽을 돌아보았다. 지크가 말을 걸 때까지 레티시엘의 존재를 알아차리지 못하다니, 보기 드문 일이었다.

"멍하니 있는 것 같은데, 무슨 일이죠?"

"예? 아, 아뇨. 아무것도 아닙니다. 안녕하세요."

지크는 고개를 절레절레 흔들고는 그렇게 말하며 아침인사를 건넸다. 아침 해에 비친 그의 얼굴이 평소보다 살짝 그늘진 것처럼 보이는 것은 기분 탓일까.

"오늘은 데이비드 씨가 안 계시나요?"

"그런 것, 같습니다. 제가 왔을 때부터 이미 카운터에는 아무도 안 계셨습니다……."

레티시엘은 사서 카운터 쪽을 바라보았다. 그러자 주인이 없는 카운터가 눈에 들어왔다.

최근, 데이비드는 대도서실에 거의 모습을 보이지 않았다. 무슨 일이 있는 것일까 걱정이 되었지만, 이쪽에서 소식을 알 도리가 없었다.

무엇보다 데이비드는 학원 안의 기숙사에서 지내는 것도 아니었고, 그렇다고 해서 집이 어디인지도 알지 못했다. 얼마 전 루카스에게 물어보았지만, 그도 데이비드의 연속 결근 이유는 알지 못했다.

“혹시 건강이 나빠진 것일까요. 그게 아니면, 뭔가 오래 끌 법한 용건이 갑자기 생긴 것이거나…….”

“그러네요.”

“데이비스 씨에 대해 뭔가 아는 게 있나요?”

“딱히 없습니다. 갑자기, 없어지셔서요…….”

“…….”

레티시엘은 지크와 대화를 나누고 위화감을 느꼈다.

지크가 너무나도 건성으로 대꾸를 했기 때문이었다. 이쪽의 말은 제대로 듣고 있는 것 같았고, 대답도 해주었지만, 그 반응은 그저 맞장구를 치고 있는 것뿐이라는 사실을 금방 알 수 있었다.

“지크. 역시 무슨 일이 있었나요?”

“……예?”

“뭐랄까, 평소의 당신답지 않은 느낌이 들어요.”

구체적으로 어디가 어떻게 그답지 않은지는 묻는다면 대답하기 좀 곤란했다. 그 결과, 어딘가 무척이나 모호한 대답이 돼 버렸다.

평소의 지크였다면, 애초에 대도서실에 와서 아무것도 하지 않고 멍하니 있는 일 따위 있을 수 없었다. 그는 학구파로, 어떤 때라도 반드시 곁에는 다양한 학술서가 쌓여 있던 것을 레티시엘은 기억하고 있었다.

"……하하. 티가 나나 보네요."

"틀렸다면 미안하지만요."

"아뇨. 틀리지 않았습니다."

지크는 조용히 고개를 가로젓고는 교복 주머니에서 한 장의 종이를 꺼냈다. 아니, 종이가 아니라, 봉투였다.

지크는 그것을 레티시엘에게 내밀었다. 언뜻 본 느낌으로는 아무것도 쓰여 있지 않은 새하얀 봉투로, 봉투 그 자체에서 읽어낼 수 있는 정보는 없었다.

"이건?"

"편지입니다. 아마도, 제 앞으로 온."

"……그걸, 제가 읽어도 문제없는 건가요?"

"예. 오히려 도로셀 님도 읽어주셨으면 합니다."

레티시엘도 읽어줬으면 한다니, 대체 어떤 내용의 편지가 지크에게 배달된 것일까.

"누가 이런 것을 보낸 거죠?"

"모르겠습니다. 어젯밤, 기숙사의 식당에 다녀온 사이에 방의 테이블 위에 놓여 있었습니다."

"지크가 없는 틈을 노려서요?"

"예. 아마도요. 30분도 채 안 되는 시간이었습니다만……."

관리인에게 물어본 바로는, 그 시간에는 식량창고 점검으로 수상한 자가 있었는지도 확인할 수 없었다는 것 같았다.

하지만, 겨우 30분 사이에 편지를 놓고 갈 수 있었다는 것은, 곧장 지크의 방으로 향한 것이리라.

"학생 기숙사에 사는 지크의 방을 안다고 한다면, 학원 관계자이거나 지크의 개인적인 지인들밖에 짚이지 않는데요……."

"저도 그렇게 생각해서 스스로 조사해봤습니다만, 특히 눈에 띄는 사람은 없었습니다."

"그런가요……."

이미 개봉된 봉투 안에는 깔끔하게 접힌 종이가 들어 있었다. 레티시엘은 그것을 끄집어냈다. 장수를 세어보니, 3장으로 된 편지였다.

지크에게 시선을 향하자, 지크는 작게 고개를 끄덕여 보였다. 그에게 고개를 끄덕여 대답하고, 레티시엘은 편지를 펼쳤다.

편지지는 아무 장식도 없는 하얀 종이로, 검은 잉크로 쓰여진 문자가 동일한 간격으로 나열되어있었다.

내용은, 슥 훑어본 바로는 딱히 의미가 있는 문자는 쓰여 있지 않은 것 같았다. 왕국 동부에 있는 프론도스라는 구릉지대에 들렀을 때의 이야기가 적혀 있었다. 북쪽 숲은 그 지역에서 전해지는 만큼 멋지지는 않았다든가, 그 옆의 에메랄드 호수 쪽이 좋았다든가.

그리고 편지의 가장 마지막에는 이 편지를 쓴 사람의 이름이 적혀 있었다. 롤랜드 비올리스, 라고.

"……이 이름."

비올리스는 지크의 성이었다. 그것과 똑같은 성을 가진 이 사람은, 혹시…….

"제 아버지입니다."

지크는 그렇게 말하고 가볍게 고개를 끄덕였다. 그 표정에 기뻐하는 기색은 없이, 지크는 불안과 의혹의 빛이 번져 나온, 무척이나 복잡한 표정을 하고 있었다.

"이거, 무슨 얘기죠?"

"문자 그대로 여행의 감상으로만 보입니다만."

"어째서, 일부러 여행 편지를 보낸 거죠?"

"글쎄요. 그건 저도……."

그렇게 말하고는 지크도 고개를 갸우뚱했다.

레티시엘이 지크의 아버지에 대해 아는 것은 많지 않았다. 지크가 어릴 때 행방을 감추었고, 작년 학원제 무렵에 갑자기 지크에게 백의 결사의 정보를 담은 편지를 보냈다.

이렇게나 오랫동안 행방을 감추었던 사람이 왜 지금이 되어서 갑자기 연락을 한 것일까. 그것도 백의 결사와는 전혀 관계없는 것 같은 여행의 화제뿐인 편지를.

그렇지 않으면, 레티시엘이 모르는 곳에서 뭔가가 움직이기 시작한 것일까.

"……아버님이 어떤 분이셨는지, 물어봐도 될까요?"

레티시엘은 큰 맘 먹고 지크에게 그렇게 물어보았다. 지크의 아버지의 목적을 전혀 감 잡을 수가 없었다.

어떤 사람이라는 정보도 없고, 적인지 아군인지도 판단할 수 없었다. 하지만 가능하다면 그 사람을 믿고 싶었다. 때문에 레티시엘은 그 사람됨을 확인하고 싶었다.

"……온화하고 심지가 굳고, 어딘가 그늘진 곳이 있는 사람이었다고 들었습니다."

지크는 잠시 생각에 잠겼다가, 머릿속에 있는 얼마 안되는 추억을 더듬듯이 천천히 이야기를 시작했다.

"철이 들었을 때에는 이미 아버지는 안 계셨기 때문에, 저는 기억하고 있는 것이 거의 없습니다. 하지만 어머니가 몇 번인가 아버지에 대해 이야기 해주신 적이 있습니다."

"그래요."

레티시엘은 지크의 맞은편 자리의 의자를 꺼내 그곳에 앉았다. 지크는 창밖을 멍하니 바라보고 있었다.

"저와 아버지는 피가 이어지지 않았다고 합니다."

지크는 그 한 마디를 시작으로 조금씩 아버지에 대해 이야기하기 시작했다.

그의 부모님이 만난 시기는 여행 도중이었다고 했다. 어린 지크를 데리고 금전과 식량이 다 떨어져서 길에서 객사할뻔 한 어머니를 아버지가 구해주었고, 여행을 같이 하는 사이에서 서로에게 이끌려 부부가 되었다고 했다.

"지금의 마을로 옮겨 살게 됐을 때에도 아버지는 같이 계셨나요?"

"아뇨. 그때에는 이미 안 계셨습니다. 그래서 마을 사람들도, 제게 아버지가 있다는 사실은 알아도 어떤 사람인지 아는 사람은 없을 겁니다."

"그렇, 군요……."

"말은 그렇게 해도, 제가 철이 들기 전의 기억은 거의 없으니 아버지에 대해서는 아무것도 모르지만 말이죠."

아버지가 어떤 인간이었는지 대해 지크의 어머니는 그다지 이야기하려고 하지 않았다는 것 같았다. 하지만 어머니가 풀어놓는 아버지와의 추억담에서 그 됨됨이를 알 수 있었다고 한다.

말수는 많은 편이 아니었던 것 같았다. 하지만 지크가 나쁜 짓을 하면 가차 없이 꾸짖었다는 것 같았다.

"엄격한 아버지이셨군요."

"거꾸로 그 덕분에 요리나 수렵, 재봉 등 살아가는데 필요한 기본기술을 익혔으니까요. 지금은 감사를 해야죠."

여행을 하던 도중, 지크가 아프면 치료비나 약값을 벌기 위해 급여가 좋다는 이유로 익숙지 않은 서커스의 허드렛일을 하곤 했다. 반대로, 자신이 상처를 입었을 때에는 어머니가 억지로 숙소에서 쉬게 할 때까지 민폐를 끼칠 수는 없다면서 무리를 했다.

"저로서는 정체불명의 추적자들로부터 지켜준 아버지의 뒷모습밖에 모르지만, 분명히 저와 어머니를 소중히 여겨

주었다고 생각합니다."

"……그래요. 분명히 그럴 거예요."

담담하게 이야기하고 있었지만, 밖을 바라보면서 말을 잇는 지크의 표정은 온화했다. 기억에는 없더라도, 아버지의 존재는 지크에게 큰 의미를 갖는 것이리라.

과묵하고, 때로는 엄격하고 때로는 상냥했으며, 가족을 소중히 했던 지크의 아버지. 레티시엘이었던 자신을 키워준 부왕과 조금 닮은 것 같은 느낌이 들었다.

"……닮았어요."

그래서 저도 모르게 그렇게 말을 흘리고 말았다.

"닮았, 나요?"

"아, 아뇨. 왠지…… 지인과 닮은 것 같은 느낌이 든 것뿐이에요."

지인, 이라는 두 글자를 목에서 쥐어짜냈을 때, 따끔하고 가슴 깊은 곳이 아팠다.

도로셀로 살고 있는 지금의 자신으로는, 이미 그 사람을 아버지라고 부르는 것도 불가능하다고, 레티시엘은 그 사실에 새삼스럽게 경악했다.

레티시엘로서 사는 것도 불가능하고, 그렇다고 완전히 도로셀도 될 수 없다. 지금의 자신은, 이름을 붙인다면 대체 뭐라고 불러야 좋을까.

"소중한 분, 이시군요."

"……그렇게 보이나요?"

"예. 조금, 쓸쓸해 보이십니다. 다시는, 만날 수 없는 분입니까?"

"……예. 이미, 한참 옛날 일이니까요."

지금은 이제 기억 속에서만 만날 수 있었다. 그러나 그 기억도 영원하지 않다는 것을 레티시엘은 몸소 경험했다.

'……아버님은, 어떤 얼굴을 하고 계셨더라.'

최근, 천 년 전의 기억을 떠올리려고 하면 때때로 안개가 낀 것처럼 떠올릴 수 없는 일이 있었다.

그리고 뭐라 말할 수 없는 공포가 느껴지기도 했다. 도로셀의 기억을 기억해냄에 따라 기억의 통합이라도 시작된 것일까, 레티시엘이었던 무렵의 기억이 조금씩 사라지기 시작하고 있었다.

"……."

레티시엘의 표정에서 뭔가를 감지한 것일까, 지크는 그 이상의 일은 묻지 않았다.

배려를 한 것인지 시선을 창밖으로 옮긴 지크의 옆얼굴을, 레티시엘은 멍하니 바라보았다. 그 얼굴은 처음 만났을 때부터 변함없이 나오의 얼굴과 그대로 겹쳐졌다.

그래서 레티시엘은 시선을 돌렸다. 지크에게 나오를 겹쳐 봐서는 안 되었다. 지크에게는 이세계에서 살아온 인생이 있었다. 그것을 자신의 고집으로 부정하는 행동은 레티시엘의 긍지가 용납하지 않았다.

"……이제부터 어떻게 될까요."

"……모르겠어요."

지크의 중얼거림에 레티시엘은 고개를 가로저었다. 실제로 아무것도 대답할 수 없었다.

수많은 사람들의 생각, 사건, 힘, 역사, 그것들이 너무 복잡하게 얽혀서, 이미 이 앞의 미래가 어떻게 굴러갈 것인지 상상도 할 수 없었다.

그것은 특별히 이리스 제국에 대한 불안만은 아니었다. 플라티나 왕국 안에서도 이번 동맹파기와는 별개로 심각한 문제가 발생했다.

진실은 아직 분명치 않았지만, 국왕 오스왈드가 건강을 해쳐 쓰러졌다는 소문을 들은 것은 어제였다.

몇 개월 전 건강했던 그를 보았던 레티시엘로서는 쉽게 믿을 수 없었다. 아니, 그 때에도 어딘가 야윈 기색이었던 것 같은 느낌이 들기도 했다…….

오스왈드가 이 타이밍에 쓰러진 덕분에, 플라티나 왕국은 제국의 일만이 아니라, 자국의 문제와도 마주해야만 하게 되었다.

혹시나 왕이 붕어하는 사태가 벌어진다면, 왕위를 이을 사람이 있어야 했다. 그러나 오스왈드는 지금에 이르기까지 왕태자를 한 번도 지명하지 않았다고 한다.

제1왕자는 이미 후보에서 제외되었다고 해도, 그래도 후보가 될 왕자는 두 사람이 더 있었다. 열세인 전쟁도, 왕위계승전도 지극히 성가셔서 대응하기 힘든 안건이었다. 그것이 한꺼번에 밀려온 것이니, 최악의 사태라고 해도 좋았다.

'……폐하께, 무슨 일이 있던 것일까.'

진위는 아직 알 수 없었지만, 레티시엘은 불길한 예감이 들었다. 지금은 기다릴 수밖에 없는 자신에게 조금 화가 났다.

"적어도 수면 아래에서 뭔가 커다란 일이 있는 것은 틀림없다고 봐요."

"그런 것 같습니다. 아버지가 지금에 와서 편지를 보내온 것도, 내용에는 의미가 없어도 편지 자체에 의미가 있는 것 같으니까요."

"그 외에 딱히 이렇다 할 일은……."

탕!

갑자기 커다란 파열음이 조용한 대도서실에 울려 퍼지고, 두 사람의 대화는 중단되었다.

레티시엘은 한 발 늦게 그것이 문이 기세 좋게 열리는 소리라는 것을 알아차리고, 무슨 일인가 해서 휙 입구 쪽을 돌아보았다.

입구에 서있는 사람은 라이오넬이었다. 전력으로 달려온 것인지 숨이 차보였고, 옷과 머리카락도 흐트러져 있었다.

"전하? 무슨 일이신가요?"

레티시엘은 심상치 않은 모습에 한 순간 당황했다. 라이오넬은 두세 번 심호흡을 해서 호흡을 가다듬은 뒤, 이윽고 이쪽으로 시선을 향했다.

"아아, 안녕하신가요. 도로셀 양. 루카스 공을 찾고 있습니다만, 보지 못하셨습니까?"

"학원장님, 말씀이신가요?"

레티시엘은 지크와 얼굴을 마주보았다. 지크는 고개를 가로저었다. 그도 루카스는 보지 못한 것 같았다.

"죄송합니다. 오늘은 아직 학원장님을 뵙지 못했기 때문에, 어디 계신지 모르겠습니다."

"그러신가요. 난처하게 됐군요. 입성명령이 떨어졌건만……."

라이오넬의 어조는 정말로 난처한 것 같았다. 언제나 냉정함과 온유함을 잃지 않는 라이오넬이었지만, 오늘은 미간에 주름이 잡혀 있었고, 허공을 노려보는 눈초리도 날카로웠다. 살짝 흐트러진 머리카락을 쓸어 올리는 동작에서도 꽤나 초조해하는 것을 알 수 있었다.

"……무슨 일이 있으셨나요? 전하."

참지 못하고 레티시엘은 그렇게 물었다. 라이오넬이 이렇게까지 초조해하다니, 불길한 예감만 들었다.

"……뭐, 어차피 오늘 중에는 널리 알려지겠지요."

라이오넬은 조금 뜸을 들인 뒤 참고 있던 숨을 내쉬었다. 어조가 살짝 허물없어진 것은 초조함 때문일까.

"개전입니다. 이리스 제국군의 침공이 시작되었어요."

"……!"

등 뒤에서 지크가 숨을 삼키는 소리가 들려왔다.

라이오넬의 말에는 레티시엘도 놀랐다. 하지만 가슴 속 어딘가에서는 역시 와 버렸나, 하는 안타까운 마음이 들기도 했다.

대륙력 1001년 4월. 동맹이 파기된 뒤로 한 달 반 동안 이어진 교착상태가 갑작스레 끝을 맞이하고, 마침내 이리스 제국과 플라티나 왕국의 전쟁이 시작되었다.

막간 백의 의도, 왕가의 파문

초하룻날의 밤은 어두웠다.

조명도 돌아다니는 사람도 없는 한산한 제국의 마을. 붉은 벽돌지붕 위에서 어둠에 삼켜진 그 광경을 바라보는 그림자가 있었다.

변덕스럽게 부는 바람이 하얀 로브자락을 펄럭이는 가운데, 바람에 흔들리는 후드 속에서는 오른쪽 눈에 낀 단안경이 약하게 빛나고 있었다.

"응—. 생각했던 것보다 늦어졌는걸~."

자쿠도는 단안경을 만지며 혼잣말을 중얼거렸다. 늦어졌다는 것치고 귀로를 서두르려는 기색은 없었다.

"영차……."

자쿠도는 지붕 위에 대자로 누워서 머리 위에 펼쳐진 군청색의 밤하늘을 올려다보았다.

오늘은 초하루인 것에 더해 구름도 짙어서, 하늘에서 빛날 터인 별들도 전혀 보이지 않았다. 그야말로 어둠의 세계였으나, 밤눈은 밝았기 때문에 딱히 곤란한 점은 없었다.

이곳은 이리스 제국 안에 있는 제33지주, 그곳에 속한 시골의 작은 마을이었다. 볼일을 보고 돌아가는 길에, 개인적인 용무가 있어서 이 지역에 들른 것이었다.

본래는 좀 더 일찍 돌아올 생각이었는데, 총독과의 교섭이 생각보다 길어지고 말았다. 때문에 아예 생각을 바꾸어 관광이라도 할까 하고 총독의 저택이 있는 주도에서 조금 떨어진 이 마을에 왔다.

"……올 거라고 생각했어."

자쿠도는 하늘을 올려다 본 채, 여느 때의 가벼운 어조로 입을 열었다. 그의 바로 옆에 사람의 기척이 나타났다.

"……자쿠도. 이런 곳에서 뭘 하는 거냐."

"이야. 미르 군."

지붕 위에 벌렁 누운 채로 히죽히죽 교활한 미소를 짓는 자쿠도를 밀그레인이 날카로운 눈초리로 내려다보고 있었다.

자쿠도는 검은 장갑을 낀 양손을 팔짱 낀 채로 말없이 변명의 말을 기다리는 밀그레인에게 인사를 던졌다. 귀환예정 시각을 크게 넘겼으니, 어르신이 사람을 보내리라는 것은 이미 예상하고 있었다.

"……얼버무리지 마라."

"얼버무리는게 아닌데 말이지~."

한층 더 시선과 표정이 더 험악해지는 밀그레인의 모습에 자쿠도는 킬킬 웃으며 표표한 태도를 무너뜨리지 않았다.

"잠깐 기분전환을 하러 마을에 들른 것뿐이야."

"말도 안 되는 소리. 네놈이 기분전환이라는 말을 입에 올릴 때에는 대개 뭔가를 꾸미고 있다."

"아무것도 안 한다니까. 그저 관광이라고 할까 하고 생각해서 말이지~."

"그렇다면 일부러 이 마을에 들르는 건 이상하다. 거짓말을 하려면 좀 더 제대로 된 거짓말을 해라."

"의심이 많네. 그런 건 말이지, 인간, 언제나 마음에 여유를 가져야해."

"그럴 틈이 어디 있나. 관광을 한답시고 한눈을 팔 시간이 있다면, 한시라도 빨리 마스터의 비원을 이루어 드려야한다."

"……변함없이 더럽게 고지식하네, 미르 군은."

"뭐라고 했냐?"

"아무것도 아—니야."

밀그레인은 자쿠도의 말을 모두 단칼에 잘라버렸다. 자쿠도를 노려보는 시선에서는 상당한 박력이 흘러넘치고 있었다.

선천적으로 붉은 눈을 갖고 있는 자쿠도와 달리, 후천적으로 주석을 박아 넣어 조건을 갖춰 주술의 힘을 얻은 밀그레인의 눈은 붉은색이 아니었다.

"거짓말은 안 했어. 자자. 제도의 조사와 정보수집 결과 보고서."

"……."

"진짜 열심히 했다니까? 작전에 적절한 장소와 범위도 제대로 정리해놨으니까, 관광 정도는 너그럽게 봐줘."

"그럴 수는 없지. 그건 당연히 수행해야 할 임무다."

"에에~."

자쿠도는 어렵고 거북한 서류와 눈싸움을 하면서 작성한 보고서를 밀그레인에게 건넸다. 밀그레인은 변함없이 험악한 얼굴로 그것을 훑어보았다.

"……이건 마스터에게 제출하도록 하지."

"봐, 그래서 말했잖아. 게다가, 내 행동은 어르신의 목표에도 좋은 방향으로 작용할 거라고 생각하는데 말이지."

"그걸 정하는 것은 네가 아니라, 마스터다."

"무섭네~, 미르 군은. 괜찮다니까. 어르신이 말한 작업은 제대로 다 하고 있어."

"그 이름으로 부르는 건 그만둬."

밀그레인이 즉각 선을 그었다. 미르 군은 박정해. 에구에구.

"그것과 이건 얘기가 다르다. 네놈은 충분히 마스터의 뜻을 등질 수 있어."

"아, 너무하네~. 그럴 생각은 없는데."

"네놈이 제멋대로 움직이면 마스터의 비원을 방해할 가능성이 있다. 이 일은 마스터에게 보고하겠다."

"네네—. 마음대로 하세요~."

"……마스터를 방해한다면, 용서하지 않겠다."

자쿠도의 대답에 한층 더 짜증이 난 것일까, 밀그레인은 흥 코웃음을 치고는 소리를 내며 망토를 펄럭였다.

"아, 맞다. 작전개시 타이밍은 내게 생각이 있으니까, 어르신에게 잘 부탁한다고 말해 줘~."

"……."

밀그레인은 마지막으로 덧붙인 한 마디에는 대꾸하지 않고, 그대로 게이트를 열고 가버렸다. 뭐, 밀그레인은 성실하니까 아마도 제대로 보고해 줄 것이다.

밀그레인의 기척이 그 자리에서 완전히 사라져 없어질 때까지 자쿠도는 지붕 위에 누운 채 한 번도 밀그레인이 있던 장소, 사라진 장소를 돌아보지 않았다.

"……정말, 미르 군은 어르신 일만 되면 감정적이 되는구나."

밀그레인이 완전히 그 자리를 떠난 것을 확인하고 나서야 자쿠도는 영차하고 반동을 줘서 일어났다.

어르신이 처음 결사에 데려왔을 때의 밀그레인은 아직 어린아이였건만, 지금은 완전히 어르신의 충실한 하인이 되어 있었다.

"안심해. 어르신을 방해할 생각은 지금은 없으니까 말이야."

밀그레인이 사라진 장소를 힐끗 쳐다보며, 자쿠도는 작게 중얼거렸다. 그 목소리는, 그 누구에게도 닿지 않았다.

"……지금은, 말이지."

***

플라티나 왕국의 왕성 비아트리스 성은 소란스러웠다.

무리도 아니리라. 국왕 오스왈드가 며칠 전 갑자기 피를 토하며 쓰러진 뒤 침대에서 일어나지 못하고 있는 것에 더해, 이리스 제국의 침공이 겹친 것이다.

이런 상황에 침착하게 있을 수 있는 사람이 있을까. 그렇게, 내심 스스로도 초조해하며 라이오넬은 왕성의 복도를 걷고 있었다.

양손에 자료를 산더미처럼 끌어안은 관료들이 끊임없이 다양한 부서의 집무실을 뛰어다니고 있었다.

아버지 오스왈드의 건강상태가 갑자기 나빠져 병석에 눕게 된 것은 대략 한 달 정도 전부터였다. 거기에 더해 이번에는 제국으로부터의 선전포고. 이곳저곳에서 불안의 목소리가 들려오는 것은 어쩔 수 없는 일이리라.

동맹파기도, 전쟁도 그 자체로는 솔직히 말해 라이오넬에게는 그렇게까지 놀랍지 않았다. 라이오넬이 초조해하는 것은 그 모든 안건이 동시에 밀려왔기 때문이었다.

제국과 왕국의 힘의 차이가 분명한 것은 한참 전부터 알고 있던 일이었다. 왕국이 열세인 것은 사실이었으나, 초조해한다고 해서 그 격차가 좁혀지지는 않았다. 초조해함으로써 판단을 그르치는 일이야말로 가장 피해야 하는 일이었다.

게다가, 제국에서 유학했던 몸으로서 제국 내에 가시지 않고 남아 있던 반 왕국세력의 상황을 어느 정도 보고 들었고, 그에 따라 예감도, 각오도 하고 있었다. 늦든 빠르든 이렇게 됐을 것이다.

"……."

해야 할 일은 산더미처럼 많았으나, 라이오넬은 방으로 돌아가기 전에 성의 안뜰에 들렀다.

딱히 정원을 산책하며 마음을 누그러뜨리고 싶은 것은 아니었다. 이 장소는 관료들에게 좋은 휴식의 장이라, 이곳에 오면 관료들의 다양한 목소리를 들을 수 있었다. 이 긴급사태에 대책을 세우는 것도 중요했으나, 신하의 심경을 신속하게 파악하는 일도 필요했다.

안뜰의 한쪽 구석에는 덩굴로 덮인 것처럼 감춰진, 눈에 띄지 않는 정자가 있었다. 라이오넬은 그 안으로 들어가서 돌 의자에 앉아서 열심히 귀를 곤두세웠다.

이곳은 외부에서 봐도 그다지 두드러지지 않았고, 또 관료들이 빈번하게 사용하는 출입구와 가장 가까웠다. 마침 4명의 관료들이 라이오넬이 있는 정자 근처에까지 다가왔다.

"폐하의 용태는 아직도 안 좋으신건가?"

"글렀다는 것 같아. 역시 그 분은 즉위해서는 안 되는 재앙을 부르는 왕이었어."

"중요할 때 아무것도 하지 못하다니, 그러고도 왕인가."

자칫하면 불경죄로 문책당할 수도 있는 말을 하는데도, 다른 관료들은 그것을 훈계하지 않았고 오히려 찬동하는 자들도 있었다.

부왕은 라이오넬의 눈으로 봐도 좋은 왕이었다. 상류계급의 부패를 일소했고, 국가의 법제도를 확립했으며, 다시 세우는 것에 힘을 다했다. 다양한 연구 분야를 지원하고, 전쟁에서 백성들을 보호했으며 부가 서민에게까지 골고루 미치도록 늘 고심했다.

"이것이 저주받은 왕을 세운 우리나라의 운명인 건가……."

"지금은 그런 말을 해도 별 수 없잖아. 사람됨 자체는, 좋으신 분이니 말이지……."

"그건 그렇지만…… 붉은 눈이니까 말이야."

그래도 이렇게 급박한 상황에 몰리면 관료들이 원망을 토해낼 정도로는, 부왕에게는 부정적인 면도 많았다.

라이오넬이 태어났을 때, 오스왈드는 이미 나라를 훌륭하게 다스리고 있었다. 때문에 그의 즉위 전의 인생은 거의 들을 수 있는 일이 없었지만, 그래도 왕국이나 왕가의 역사를 거슬러 올라가면 싫어도 정보는 들어왔다.

오스왈드는 선왕의 장남이었다. 본래라면 가장 왕위에 가까운 존재였으나, 주위사람들이 그 꺼림칙하기까지 할 정도로 붉은 눈을 꺼려해 오랫동안 비아트리스 성 북동쪽에 있는 탑에 감금되어 있었다.

이 왕국에서 붉은 눈의 소유자는 재앙을 부르는 자로 불리며 두려움을 사고 미움을 받았다.

그렇게 된 이유는 정확하게 알려지지 않았다. 그렇지만 실제로 과거에 확인된 붉은 눈의 소유자중에는 성 루크레치아처럼 위대한 공적을 올린 자들도 있었으나, 그 태반은 극악한 죄인이나 인간의 도리에서 벗어난 영주 등 재앙을 흩뿌리는 쪽에 이름을 내걸고 있었다.

또 30세를 넘어서까지 오래 살아남는 자가 매우 적다는 등 불길한 일도 많았다. 그랬기에 제1왕자의 약혼자로 도로셀이 뽑혔을 때, 상대가 공작영애임에도 귀족이나 관료들이 사방에서 반대를 해 왔다.

"선제폐하의 제2왕자전하가 살아계셨더라면……."

"아드님도 포함해 모두 돌아가셨으니까 말이지."

"선왕께서도 어리석으셨지……."

원래라면 오스왈드는 탑에 감금된 채 일생을 끝냈을 터였다. 그러나 선왕이 사냥 때의 낙마가 원인으로 급서(急逝)함으로써 사태는 완전히 달라졌다.

당시 선왕에게는 오스왈드 외에 세 명의 왕자가 있었는데, 그 중 가장 총애하고 편애했던 셋째 왕자를 왕태자로 삼았다.

그러나 셋째 왕자는 애석하게도 왕으로서의 소질을 갖추질 못했다. 평소부터 사치와 향락을 즐기고 여자에 빠져서 정치는 전혀 돌아보지 않았다.

그런 왕세자와 빈번하게 비교 당하던 것이 교양 있고 우수했던 둘째 왕자였다.

온화하고 싸움을 싫어해 무술은 뛰어나지 않았으나, 학문이나 정치에는 조예가 깊었다고 한다. 사교계에서 사람을 사귀는 일도 그다지 잘하는 편은 아니었던 모양이었다.

선왕이 붕어하고 상복을 입는 한 달 동안은 대관식을 치를 수 없었다. 그 사이 왕태자가 실각하거나 죽는다면, 가장 연장자인 왕자가 왕위를 잇게 된다.

당연히 어리석은 왕태자보다도 우수한 둘째 왕자를 왕으로 삼고자 하는 자들이 적지 않았고, 수면 아래에서 왕태자 암살계획이 세워졌다.

그런 상황에 초조해진 것은 물론 왕태자였다. 왕위를 갖고 싶어 하던 왕태자는 둘째 왕자를 위험하다고 인식하고, 그를 계략에 빠뜨리기 위해 넷째 왕자를 이용했다. 넷째 왕자는 왕태자와 같은 어머니에게서 태어난 동생이었다. 왕태자는 동복동생을 살해하고 그 죄를 둘째 왕자에게 전가했다.

정치를 잘하지 못했던 둘째 왕자는 그 억울한 죄를 밝힐 처세술을 갖고 있질 못했다. 왕태자가 노린 대로, 둘째 왕자는 종신형을 선고받았고, 얼마 지나지 않아 옥중에서 숨을 거두었다.

왕태자는 그렇게 자신의 경쟁상대를 제거했으나, 자기 자신 역시 미리 준비해두었던 가짜증거의 모순을 추궁당해 동생을 죽인 죄가 밝혀져 왕가에서 추방당했다.

즉위식을 앞두고 왕위계승권을 가진 세 명의 왕자가 모두 없어진 것이다.

그랬기에, 비록 감금돼 있다고는 하나 마지막까지 남은 계승권을 가진 유일한 왕자인 오스왈드의 손에 본래는 돌아오지 않았을 왕위가 굴러들어왔다.

'……분명히 둘째 왕자의 자식도 둘째 왕자가 누명을 쓴 틈에 살해당했지.'

둘째 왕자가 옥사한 직후, 그의 가족이 구금되어 있던 저택에 화재가 나 아직 어리던 그의 아들이 죽었다.

당시에는 불행한 사고였다고 판단했으나, 왕태자의 수하가 벌인 짓이라는 사실이 그가 왕가에서 추방당한 뒤 판명되었다든가.

이름은, 뭐였더라…….

"폐하는 언제까지 버텨주실까……."

"저주받은 눈을 갖고 계시니 말이지…… 대가 바뀔 때가 가까워진 것일지도 모르겠군."

관료들의 화제는 어느새 또 다른 것으로 옮겨가 있었다. 그 내용에 라이오넬은 꿈틀 하고 눈썹을 움직였다.

현 국왕이 쓰러졌다면, 필연적으로 차기 왕에 대한 이야기가 화제에 오를 수밖에 없었다.

교외에서 요양 중인 로시포드는 이미 왕위계승권을 상실했기 때문에, 남은 것은 라이오넬이나 제3왕자 에델하르트가 되었다.

“하지만, 에델하르트 님은 안 되시겠지……. 그런 방탕왕자가 왕위를 이었다가는 나라가 어지러워져.”

“그렇다고 해서 라이오넬 님도 분명히 우수하시긴 하지만…….”

“코르데리카 님이 말이지…….”

“…….”

라이오넬은 잠시 동안 관료들의 대화를 잠자코 듣고 있었다.

그리고 어느 정도까지 이야기를 듣고, 벌떡 일어나 비밀의 정자에서 나가 그 관료들 앞에 모습을 나타냈다.

“……?! 저, 전하!”

“안녕하신가요. 모두 즐거워 보이시는군요.”

“아, 아닙니다……! 라이오넬 전하야말로 평온하신지요…….”

갑자기 모습을 나타낸 제2왕자의 존재에, 관료들은 곧바로 정색을 하고 더듬더듬 인사를 늘어놓았다.

이렇게까지 동요를 내보인다는 것은, 방금 전 자신들의 대화가 라이오넬이 들으면 곤란한 내용이라는 자각은 있는 것이리라.

“그, 그럼 저희는 이만 실례하겠습니다!”

“…….”

관료들은 거북한 나머지 도망치듯이 직무로 되돌아갔다. 라이오넬은 말없이 그 모습을 지켜보다가 발길을 돌려 그 자리를 떠났다. 일부러 쫓아갈 일도 아니리라.

다행히 자신의 방에 도착할 때까지 누군가와 마주치는 일은 없었다. 혼자가 되자 라이오넬은 꽉 쥐고 있던 오른손의 힘을 겨우 풀었다.

오른손에 얼얼한 통증이 느껴져 시선을 주자, 손바닥에는 다수의 핏자국이 붉게 번져 있었다. 아무래도 주먹을 너무 강하게 쥐어서 손톱이 피부를 뚫고 들어간 모양이었다. 라이오넬은 선반에서 구급상자를 꺼내 붕대를 대충 감아 지혈했다.

'……이놈이고 저놈이고.'

차기 왕위 계승자에 대한 화제는 이미 나라의 상층부와 귀족들 사이에 넓게 퍼져 있었다.

귀족들은 이미 제2왕자파와 제3왕자파로 나뉘고 있어서, 외부에서 왕위계승전쟁이 제멋대로 시작되었다.

왕성 안에서도 관료들의 의견이 꽤 나뉘어져 있다는 것을 싫을 정도로 잘 알았다. 그러나 한 가지 말할 수 있는 것은, 대체적으로 어느 쪽의 왕자에게도 순수하게 찬성을 보내지 않는다는 점이었다.

에델하르트에 대해서는, 지금까지 국정에 거의 관여하지 않고 성을 비운 채 1년 내내 각지를 방랑하고 다녔다는, 그 왕족으로서 너무나도 자유로운 언동이 왕으로는 어울리지 않는다는 말을 듣는 요인이 되었다. 그리고 라이오넬은…….

"라이오넬. 안에 있나요?"

문 건너편에서 노트소리와 함께 여성의 목소리가 들려왔다.

"예. 들어오십시오, 어머니."

라이오넬이 문을 열자, 모친인 코르데리카가 조용히 방 안으로 미끄러져 들어왔다. 수행하는 자는 없었다. 혼자서 온 모양이었다.

"이런 시간에 무슨 일이신가요? 어머니께서 먼저 절 찾아오시는 것은 그다지 좋은 행동이 아니라고 생각합니다만."

플라티나 왕국에서는 왕은 물론이었지만, 왕비 역시 왕자보다 존경을 받는 존재였다.

때문에 왕비와 왕자 사이에 오고갈 일이 발생한다면, 왕자 쪽에서 먼저 왕비를 찾는 쪽이 예의이자 상식이었다. 거꾸로, 왕비가 나서는 일은 상스러운 일로 여겨졌다.

"아무도 제 언동에 신경 쓰거나 하지 않아요. 저는 **천한** 왕비인걸요."

"그런 식으로 자신을 비하하지 말아 주십시오. 어머니는 이 나라의 제2왕비이시니까요."

"어머, 사실이 아니던가요? 왕비나 왕자의 지위 같은 것은 귀족들이 보면 얄팍한 것이랍니다. 그런 일은 당신 자신이 잘 알고 있을 것이면서."

코르데리카는 입가를 부채로 가리면서 라이오넬의 겉보기

뿐인 동정에 웃었다.

"……예. 알고 있습니다. 그 자들은 세끼 식사보다 전통과 신분을 더 좋아하니까요."

신분. 그것이 라이오넬의 발목을 잡는 최대요인이었다.

라이오넬의 모친 코르데리카는 귀족 안에서는 가장 저속하고 신분이 낮은 남작가의 딸이었다. 그것도 오래 전부터 이어져 내려온 전통 있는 가문도 아니고, 돈으로 신분을 산, 벼락출세한 가문이었다.

전통과 신분을 중시하는 시대착오적인 사교계에서, 코르데리카는 결혼 초기부터 신분이 낮은 천박한 왕비라고 멸시당했다. 아들을 낳았어도, 겉으로는 왕비로서 존경을 받아도, 뒤에서는 지금까지도 코르데리카를 경멸하는 자가 많다는 사실을 라이오넬은 알고 있었다.

그 비난의 화살은 라이오넬에게도 향했다. 왕가란 고귀한 혈통을 가진 자였고, 왕이란 혈통이 중시 여겨졌다.

그리고 라이오넬은 비천한 남작영애를 어머니로 두었다. 그 이유만으로도 왕위에 어울리지 않는다고 말하는 자들도 끊이지 않았다. 그랬기에, 그들 중 일부는 그렇다면 적어도 제3왕자 쪽의 혈통은 고귀하다면서 그쪽 파벌로 흘러들었다.

어릴 때부터 누구보다도 우수하고자 노력했다. 하지만 우수함 따위 아무도 평가해주지 않았다. 중요한 것은 혈통. 그리고 귀족들이 이용하기 좋은 허수아비 왕.

"왕성 안의 소문을 신경 쓰고 있는 건가요?"

"아뇨, 설마요. 누군가 제게 불만이 있다면 실력으로 그 불만을 잠재울 뿐입니다."

진심이었다. 라이오넬을 인정하지 않는 자가 있다면, 어떤 수단을 써서라도 따르게 해보이겠다. 그 정도도 못해서야 어떻게 왕이 되겠는가.

전통, 혈통, 신분. 그런 것 따위 시시했다. 그런 것은 권력 앞에서는 아무 의미도 없었다. 그런 것으로 인간의 가치가 결정된다면, 모두 힘으로 굴복시켜 버리겠다.

"그런가요? 그렇다면 됐어요."

코르데리카는 부채를 접고 사랑스럽다는 듯이 라이오넬의 뺨을 어루만졌다.

"라이오넬. 당신이야말로 이 나라의 왕에 어울립니다. 알고 있지요?"

"예. 물론입니다, 어머니."

미소 짓는 코르데리카에게, 라이오넬도 미소로 답했다.

끝까지 말하지 않아도 그녀의 의지는 잘 알고 있었다. 라이오넬이 왕이 되는 것. 그러기 위한 싸움은 이미 시작되었다.

라이오넬은 한쪽 무릎을 꿇고, 어머니의 손을 잡아 그 손등에 이마를 갖다 대었다. 무슨 일이 있어도, 반드시 왕위를 손에 넣어 보이겠다.

그것이 어머니의 복수이며, 라이오넬의 비원이니까.

3장 개전

왕국 북쪽 국경선에서 이리스 군과 플라티나 군의 싸움의 막이 오른 것은 사흘 전의 일이었다.

왕도 니르반은 현재 물리적으로는 눈에 띄는 영향은 받지 않았지만, 물가의 상승이나 대규모 징병 등 간적접인 영향을 뒤집어쓰고 있었다.

신문에서는 연일 전쟁이나 현재의 상황에 관한 기사가 신문의 일면을 점령했다. 그것을 읽는 한, 아직 국경에서 그럭저럭 제국군의 전진을 막고 있다는 것 같았다.

그러나 플라티나 왕국과 이리스 제국 사이에는 기술격차라는, 메울 수 없는 압도적인 불리함이 존재했다. 이제 사흘째이니 지금은 대항할 수 있어도, 내일 어떻게 될지는 모를 일이었다.

따라서 왕국은 어떤 의미에서 모든 힘을 다해 이 전쟁에 임하고 있다고 해도 과언이 아니었다.

식품이나 의료품 등은 전장으로 돌리는 몫을 최우선시 하게 되어 시장에 나오는 물건은 양도 적어졌을 뿐 아니라, 가격도 크게 뛰었다.

알기 쉬운 곳으로 예를 든다면, 루크레치아 학원의 식당에 가장 여파가 컸다. 귀족 자제들이 다니는 이 학원은 요리도 호화로웠으나, 지금은 시장에서 좀 괜찮은 수준의 레스토랑에 나올 법한 요리밖에 없었다.

"……어머나. 식사가 어쩜 이리도 초라한가요."

"이런 것을 먹어야 한다니, 굴욕이에요."

여기저기에서 학생들의 불만이 들려왔다. 아마도 신분이 높은 귀족의 자제들인 것 같았다.

천 년 전에는 왕족의 식사조차 지금 눈앞에 놓인 요리보다도 간소했기 때문에 레티시엘은 전혀 신경 쓰지 않았다. 그러나 태어나면서 귀족이었던 영애영식들에게 분명히 이런 식사는 너무 간소해서, 불평불만 하나 정도는 늘어놓고 싶어질 것이다.

그러나 어조로 봐서는 순수한 불만이라기보다, 불만을 늘어놓는 것으로 끌어안고 있는 불안을 토해내려 한다는 느낌이 들었다.

"도로셀 님? 왜 그러세요?"

레티시엘이 멍하니 있자, 맞은편에 앉아있던 미란다레트가 걱정스럽다는 듯이 물었다.

"아무것도 아니에요."

"그러신가요."

"예. 다들 불만이 있구나, 싶어서요."

"과연."

"……."

"……."

서로 말이 많지 않아서 대화는 이어지지 않았고, 어쩌다보니 각자 침묵하고 말았다.

평소라면 이런 일은 없었지만, 드디어 전쟁이 시작돼 버린 일이 서로의 마음에 그림자를 드리우고 있는 것 같았다.

"……어라? 뭡니까? 싸웠습니까?"

덕분에 음료를 가지러 갔던 히르메스가 레티시엘과 미란다레트의 모습을 보고 놀라서 당황했다.

"안심하세요, 히르메스 님. 싸우거나 하지 않았으니까요."

"그런가요? 그렇다면 다행이지만요. 아, 이거 도로셀 님 몫의 홍차입니다!"

"고마워요."

레티시엘은 히르메스에게서 홍찻잔을 받아들었다. 미란다레트와 베로니카의 몫도 그가 나눠주었다.

"……왠지, 썰렁, 하네요."

"베로니카 님?"

"아, 아뇨. 그, 식당 전체가, 그렇다는, 말이에요."

"아아……."

분명히 학생들의 대화소리는 들렸지만, 대화의 내용은 모두 알맹이가 없는 이야기처럼 들렸다. 아마도 이곳에 있는 전원이, 전쟁을 불안하게 생각하는 것이리라.

세간에서는 호외신문이 매일같이 국경 부근의 전황을 알려주고 있었으나, 그것이 전부는 아니었고, 또 내용을 바꾸었을 가능성도 있었다.

나라는 전황에 대해 국민들에게 정보를 거의 개시하지 않았다. 민간이 얻을 수 있는 정보의 신빙성 따위 거의 존재하지 않았다.

쓸데없이 국민의 불안에 부채질 하지 않기 위한 배려이리라. 그러나 보호받으면 받을수록, 사실을 알고 싶은 자들의 불안은 오히려 증폭되어간다. 전쟁이 만들어내는 딜레마의 하나라고 레티시엘은 생각했다.

'……이 전쟁, 어떻게 될까.'

천 년 전, 레티시엘은 진절머리가 날 정도로 전쟁으로 날밤을 지새울 수밖에 없었으나, 아직까지도 전쟁은 기피해야 하는 것이라고 생각했다.

게다가, 이번 싸움은 나라의 모든 것을 건 총력전. 제국은 왕국이 그렇게 해야지만 당해낼 상대인 것은 분명했으나, 그것은 다시 말해 지금의 플라티나 왕국은 이리스 제국 이외의 다른 세력에게는 대응할 여유가 전혀 없다는 뜻이기도 했다.

만약 그 틈을 타 라피스 국이 공격하기라도 한다면…… 자꾸 나쁜 방향으로만 기울어지는 사고를, 레티시엘은 억지로 떨쳐냈다.

결과를 내기에는 전쟁은 이제 막 시작된 참이었다. 신중하게 경과를 관찰해야만 했다. 게다가, 지금의 레티시엘에게는 나라의 방침에 참견할 힘도 없었다. 기껏해야 학원장에게 의견을 개진하는 정도일까.

"그렇다 쳐도, 히르메스 님은 늘 기운차시네요."

"기운 넘치는 것과 검술 실력만이 장점이니까요!"

"불안하지는, 않으신가요……?"

"그야 불안하죠. 하지만 여기서 우물쭈물하고 있어도 어차피 우리는 아무것도 할 수 없잖습니까. 그렇다면 평소대로 지내는 쪽이 더 마음이 편해요."

"그럴 수만 있다면, 분명히 모두들 고민하거나 하지 않을 거야……."

"하하. 그럴지도 모르지."

곤란하다는 듯이 웃는 미란다레트에게 이끌려 히르메스도 조용히 웃었다. 분명히, 모든 사람이 그와 같은 마음가짐으로 있을 수 있다면 좀 더 마음이 편해질 것이리라.

하지만, 누구나가 그런 감정으로 전쟁을 마주할 수 있을 리가 없었다. 인간은 그렇게까지 강하지 않았다.

아스트레아 대륙전쟁 때조차도, 전쟁이 일어날 때마다 사람들의 불안으로 치안이 악화되기도 했고, 심하면 스스로 목숨을 끊기도 했다. 전쟁이 거의 일어나지 않은 태평한 시대를 살아온 이 나라의 사람들은 더욱 그러리라.

'……이럴 때, 지크라면 뭐라고 말할까.'

테이블을 둘러싸고 앉은 언제나의 멤버. 그러나 그 안에 지크의 모습은 없었다.

양국의 전쟁이 시작된 다음날부터, 지크는 왜인지 레티시엘과 친구들 앞에 모습을 보이지 않게 되었다.

동은 달라도 기숙사에서 같이 생활하는 베로니카에게 이것저것 물어보았으나, 아무래도 기숙사에 있는 자기 방에도 돌아가지 않는 것 같았다.

데이비드도 그렇고 지크도 그렇고, 최근 학원에서 사람이 없어지는 일이 유독 많은 것 같은 기분이 들었다. 얼마 전에 박물관의 폭발사고에 휘말려 죽은 길름의 시신도 아직까지 발견되지 않았고, 대체 뭐가 일어나려 하고 있는 것일까.

"아, 도로셀 님. 여기 계셨습니까."

그때, 레티시엘 일행의 테이블에 한 사람의 교사가 다가왔다. 통통하고 동그란 체형, 창문으로 쏟아져 들어오는 빛을 반사해 빛나는 머리. 빛나리 선생님. 즉, 반가운 발트라나였다.

"오랜만에 뵙네요. 발트라나 선생님."

"예. 오랜만입니…… 아니, 한가하게 인사를 할 때가 아니지."

"……?"

"학원장님의 호출이십니다. 시급히 학원장실로 와 달라고 하십니다."

"……학원장님이?"

무슨 용건인지는 전혀 짐작되지 않았지만, 어쨌든 급한 용건인 것은 틀림없었다. 레티시엘은 친구들에게 양해를 구하고 잰걸음으로 학원장실로 향했다.

"학원장님, 도로셀입니다. 부르셨나요?"

"그래. 잠깐 기다려라."

방 앞까지 와서 문을 노크하자, 안에서 루카스의 목소리가 들려왔다. 잠시 기다리자 문이 열리고 루카스가 나왔다. 교사의 복장이 아니었다. 무려 정장을 입고 있었다.

"학원장님, 그 차림은……."

"보다시피 정장이다. 어쨌든 나가자. 마차는 이미 준비돼 있다."

"예? 나가자니, 어디로 말씀이죠?"

"왕성이다."

짧게 대화를 끝맺고, 루카스는 저벅저벅 복도를 나아가기 시작했다. 일단 레티시엘도 그 뒤를 쫓았다. 지금 대화로 추측하건데, 왕성에서 호출이 온 모양이었다. 아마도, 레티시엘에게도 함께.

학원장실이 있는 별관의 현관을 나서자, 검게 칠해진 마차가 세워져 있었다. 레티시엘과 루카스가 올라타자, 마차는 곧바로 움직였다.

마차에 올라 기세 좋게 왕도의 도로를 달려 나가길 약 10

여 분. 레티시엘은 루카스와 비아트리스 왕성의 복도를 걷고 있었다.

이런 시기이기도 해서, 관료들은 지금 맡은 업무만으로도 벅찬 것인지 안내역은 없었다. 그러나 루카스는 망설이는 기색도 없이 척척 성 안쪽으로 나아갔다.

아무래도 목적지는 왕좌의 방도, 알현의 방도, 응접실도 아닌 것 같았다. 대체 어디에 가려는 것일까.

"도착했다. 여기다."

루카스가 마침내 멈춘 곳은 손잡이에 금세공이 되어있는 중후한 문 앞 이었다.

양쪽으로 열리는 문은 어두운 색의 나무로 되어 있었고, 매끄럽고 윤이 나는 표면에는 세밀한 문양이 새겨져 있었다.

"루카스입니다. 막 도착했습니다."

"……들어오라."

노크와 함께 루카스가 말을 걸자, 조금 늦게 안에서 살짝 쉰 남성의 목소리가 돌아왔다. 루카스는 레티시엘을 한 번 돌아보고 고개를 끄덕이고는 문을 열었다.

그곳은 금색과 검은색, 적색을 바탕으로 한 넓은 침실이었다. 방금 전까지의 왕성의 화려함과는 다르게 이 방의 가구와 도구들은 수도 적었고 디자인도 간결했다.

방 가장 안쪽의 창문가에는 화려한 천장이 달린 커다란 침대가 놓여 있었고, 그곳에 누군가가 있었다. 방금 전까지 누워 있던 것일까, 마침 침대에서 몸을 일으키려고 용을 쓰는 중이었다.

"……! 폐하!"

그 모습에 루카스가 눈을 크게 뜨고는, 곧바로 침대 곁으로 달려가 방의 주인을 두 손으로 부축했다.

그 부름에 레티시엘은 놀랐다. 자신이 기억하는 오스왈드의 모습과, 루카스의 도움을 받아 겨우 몸을 일으킨 눈앞의 남성이 이어지질 않았다.

그 정도로 오스왈드의 외모는 완전히 변해 있었다. 짙은 갈색이었던 머리카락은 대부분 탈색되어 흰색이 두드러졌고, 얼굴이나 손에 새겨진 주름은 깊었다. 손가락과 몸은 마치 마른 나무처럼 바짝 야위어 매우 가늘었다.

불과 몇 개월 전에 공작가의 재판에서 만났건만, 그때로부터 십 년은 늙은 것 같은 인상이었다. 무엇이 이렇게까지 오스왈드를 쇠약하게 만든 것일까.

그러나 오스왈드의 붉은 두 눈만큼은 왕이 이렇게까지 쇠약해졌어도 그 빛을 잃지 않았다. 오히려 이전에 만났을 때 이상으로 그 불길함이 더해졌고, 색도 더 짙어진 것 같은 느낌마저 들었다.

"……문제없다. 아직 부축을 받을 정도로 약해지지 않았어."

"하오나, 폐하. 그렇다고 해서 무리하게 몸을 움직이실 필요도 없을 겁니다."

억지로 침대에서 내려오려는 오스왈드를 루카스가 겨우 설득했다.

환자 취급하지 말라며 오스왈드가 눈썹을 찌푸렸으나 그 상태로는 어떻게 봐도 환자로만 보였으니 무리하지 않았으면 했다.

"미안하다, 도로셀. 이런 꼴사나운 모습이라."

최종적으로 승리한 것은 루카스인 모양이었다. 오스왈드가 침대로 돌아가면서 그렇게 말했다. 얼굴에서 생기는 느껴지지 않았으나, 왕의 위엄은 사라지지 않았다.

"아뇨. 꼴사납다니, 당치도 않습니다. 부디 무리하지 마십시오. 필요하시다면 제가 곁으로 가겠습니다."

"그러느냐……."

이 몇 개월 사이에 무슨 일이 있던 것인가, 왕은 왜 이렇게 쇠약해진 것인가.

턱 밑까지 차오른 질문은 수도 없이 많았으나, 레티시엘은 그것들을 모두 다 삼켜버렸다. 쓰러져서도 왕으로 있고자하는 오스왈드에게 그런 질문을 해서는 안 될 것 같은 기분이 들었다.

"오늘, 그대들을 부른 것은 다름이 아니다. 전쟁에 대해서다."

가볍게 헛기침을 하고 난 뒤, 오스왈드는 그렇게 용건을 꺼냈다.

"그대들도 알고 있겠지만, 제국의 공격을 받고 있는 지금,

우리 군은 압도적으로 불리한 상황에 처해 있다."

"알고 있습니다. 왕국군의 약 2배에 가까운 병력으로 국경을 따라 침공하고 있다고……."

"그렇다. 영지를 통치하고 있는 백작위 이상의 귀족들도 사병을 모아 응전하고 있지만, 그래도 상대의 병력이나 기술력에 밀려 패배를 거듭하고 있다."

루카스의 대답에 작게 고개를 끄덕이고는, 오스왈드는 레티시엘을 향해 시선을 그대로 옆으로 미끄러뜨렸다.

"도로셀이여."

"예."

"네 힘을 믿고 하는 말이다만, 국경군의 증원으로 가주었으면 한다."

오스왈드의 그 말에 레티시엘은 딱히 놀라지 않았다. 어렴풋이 그 일로 소환된 것이겠거니, 짐작은 하고 있었다.

"무리한 요구를 강요하고 있다는 것은 자각하고 있다. 허나, 일반병의 증원만으로는 제국군을 막을 수 없다. 그들만으로는 제국의 군사력을 당해내지 못해."

콜록콜록 몇 번인가 작게 기침을 하고 오스왈드는 붉은 두 눈을 멍하니 창밖으로 향했다. 창밖에는 하얀 구름에 덮인 하늘이 펼쳐져 있었다.

"이대로 병사를 계속 보내봤자 두 눈 빤히 뜨고 국민들을 사지로 몰아넣는 것밖에 아니 된다. 제국에 이기는 것은 불가능할뿐더러, 희생된 자들의 죽음도 헛된 것으로 만들겠지."

오스왈드는 주름이 깊게 생길만큼 얼굴을 찡그렸다. 그 말은 틀리지 않았으리라. 레티시엘은 오스왈드의 마음을 잘 알 수 있었다.

가령, 처음부터 열세라는 것이 자명하더라도, 그래도 이겨야만 하는 싸움이란 것은 존재했다. 그 싸움에서 이기지 못한다면, 단순히 개죽음이 될 뿐이었다.

그 최후의 전쟁이 그러했다. 결국 그때 레티시엘은 나라도, 가족도 모두 지키지 못했다. 남은 것은 시체의 산과 절망뿐. 승리를 믿고 죽어간 병사들과 국민들의 바람은 리제네로제 왕국의 멸망과 함께 헛된 것이 되어 버렸다.

"게다가, 전장에서는 아무래도 하얀 망토 차림을 한 자들이 목격된 적도 있다고 한다."

"……그것은, 결사의 인간인가요?"

"그렇겠지. 녀석들이 무엇을 위해 전장에서 암약하는지 그것까지는 알 수 없으나, 어쩌면 이번 전쟁 그 자체도 그 자들이 뒤에서 꾸민 일일지도 모른다."

"……그렇겠죠."

그 가능성도 부정할 수 없으리라. 그러나 한편으로 레티시엘은 뭔가 납득이 되지 않는 것이 있는 것을 느꼈다.

백의 결사…… 사라의 목적은 마술을 근절시키는 것이라고 했다. 하지만, 제국에서는 마술은커녕 마법조차도 철저하게 금지하고 있었다. 그런 나라를 일부러 움직일 필요가 있을까.

"도로셀이여. 이것은 왕으로서의 명령이 아니다. 나, 오스왈드 개인으로서의 부탁이다."

"폐하……."

"사실상 네게 왕국군의 승패를 책임지게 하는 일이 되는 것이다 그러니, 네가 선택하거라."

"……."

오스왈드가 레티시엘에게 면목 없다고 생각하는 마음은 거짓말이 아니리라. 그것은 그의 표정에 배어나온 그늘에서도 왠지 모르게 헤아릴 수 있었다.

그래도 이 분은 역시 일국의 왕이구나. 레티시엘은 그렇게 생각하며 속으로 한숨을 내쉬었다.

분명히 레티시엘이 전장으로 향한다면, 기술력이 제국에 아득히 뒤지는 왕국군으로서는 필연적으로 레티시엘이 최대이자 최후의 생명선이 될 것이다.

그것은 즉, 레티시엘이 쓰러지는 것이 왕국군의 패배가 된다는 것이었다.

'……하지만 백의 결사도 얽혀 있어.'

신출귀몰하게 어느 곳에나 모습을 나타내는 백의 결사의 의도는 사라와의 해후로 판명되었다. 그러나 그것이 무엇을 의미하고 어떤 일을 불러올지는 여전히 알 수 없었다.

이번 전쟁에서도 어쩌면 녀석들은 뭔가 계략을 꾸미고 있을지도 몰랐다. 그들이 관계되어 있는 이상, 분명 이 전쟁은 그냥은 끝나지 않을 것이다. 그냥은, 끝나지 못할 것이다.

그들을, 그리고 사라를 막기 위해서라도 레티시엘은 여기서 물러선다는 선택지는 고를 수 없었다.

“걱정하실 필요는 없습니다. 책임을 짊어지는 일은 익숙합니다.”

레티시엘은 오스왈드의 얼굴을 똑바로 바라보았다.

천 년 전, 레티시엘은 왕녀였다. 타국과의 전쟁이 일어날 때마다, 레티시엘은 국가의 명운과 백성들의 목숨 전부를 짊어지고 전선에서 싸워왔다. 새삼스럽게 끌어안게 되는 것의 무게에 주저하지 않았다.

물론, 리제네로제와 플라티나 왕국은 규모도, 국민의 수도 압도적으로 달랐다. 짊어지게 되는 책임의 무게도 비교할 수 없으리라.

그래도 레티시엘이 나라의 명운을 짊어지는 것으로 이 상황을 타개할 수 있는 길이 보인다면 그 중압감, 기꺼이 떠맡으리라.

“증원의 건, 삼가 받아들이겠습니다.”

“……고맙다. 미안하구나.”

레티시엘의 대답에, 오스왈드는 작게 미소를 지었다.

그 미소에는 요청이 받아들여진 것에 대한 안도와, 어딘가 면목이 없다는 것 같은 빛이 같이 잠재해 있었다.

후회의 빛은, 보이지 않았다.

"감사인사를 하실 필요는 없습니다. 게다가, 폐하는 처음부터 제가 거절하지 않으리라는 것을 알고계시지 않으셨나요?"

"하하하. 글쎄, 과연 어떨까."

그렇게 말하며 웃는 오스왈드의 표정은 오늘 레티시엘이 본 것 중에서 가장 밝았다.

***

플라티나 왕국과 이리스 제국의 국경에는 술타 강이라는 강이 흐르고 있었다.

제국군과 왕국군은 그 술타 강을 사이에 둔 양쪽 강변에 각각 진을 치고 밤낮없이 공방을 계속하고 있었다.

개전으로부터 닷새째 되는 저녁. 이미 몇 번째일지 모를 왕도로부터의 물자수송대가 왕국군의 진지에 들어섰다.

그 부대에는 물자를 나르기 위한 짐마차만이 아니라, 갑옷을 입은 병사들의 모습도 있었다. 수송대에는 전선에 증원 병력을 데리고 오는 임무도 있었고, 새로이 참전하는 병사들도 도중에는 수송대를 경호하는 역할을 수행했다.

새롭게 파견된 병사들 사이에 섞여 망토와 후드를 걸친 한 사람의 마도사가 있었다.

주변의 병사들과 비교해도 상당히 체구가 작고 가냘퍼서, 언뜻 보기에는 도저히 무기를 들고 싸울 수 있을 것처럼 보이지는 않았다.

"이봐. 당신들이 이번에 온 증원인가…… 응? 저 망토는 또 누구야?"

"아, 그게…… 저희도 자세히는…… 다만 왕가에서 직접 파견한 마도사라고 들었습니다."

진지의 입구를 경비하는 병사와 수송대와 함께 온 새로운 병사들이 쑥덕거렸다.

그 속삭임과 시선에 아랑곳하지 않고, 마도사는 앉아있던 짐마차의 끄트머리에서 훌쩍 뛰어내려서 성큼성큼 진지로 들어갔다.

"……자, 총대장의 텐트는 어디일까?"

이 마도사는 물론 레티시엘이었다. 마술은 그 존재를 대중들에게 공표하지 않았기 때문에, 윗사람들은 알고 있어도 일반병들은 알지 못했다. 그래서 이렇게 마도사라는 신분을 빌려서 전장까지 온 것이었다.

도착하면 우선 총대장에게 지령을 건네라고 오스왈드가 말했는데, 어느 것이 총대장의 텐트일까……. 저 안쪽에 보이는 가장 커다란 텐트일까.

"응? 뭐냐? 저 쬐끄만 건."

"아— 뭔지는 몰라도 마도사님이라는 것 같아. 왕님이 직접 파견했다더군."

"이봐이봐. 저렇게 쬐끄만 걸 보내봤자 제대로 써먹을 수나 있겠어…… 어, 잠깐, 저거 여자잖아?"

스쳐지나가는 병사들의 속삭임이 바람에 실려 들려왔다. 뭐, 예상은 했지만 다들 아주 훌륭하게 레티시엘을 수상쩍어 하고 있었다. 분명히, 레티시엘의 겉모습은 의심할 여지없이 어린 소녀였으니, 그렇게 생각해도 어쩔 수 없었지만.

레티시엘은 이동하면서 가볍게 주위를 관찰했다. 전선의 상황은 그곳에서 싸우는 병사들의 상태를 보면 그럭저럭 파악할 수 있다. 그것은 천 년 전 아스트레아 대륙전쟁 시절부터 이어진 레티시엘의 지론이었다.

밤이라고 해서 한가하게 있는 병사는 한 명도 없었다. 무기와 물자를 나르거나, 전령으로 뛰어 다니거나, 경비를 위해 눈을 빛내고 있었다.

긴박한 공기는 틀림없이 떠돌고 있었지만, 병사들의 표정은 사람마다 다양했다. 일부, 제국에 대해 투지를 불태우는 자들도 있는 것 같았지만, 대부분의 병사는 그렇지 않고 제국의 힘에 위축된 것 같았다.

오히려 이 전쟁에 정말로 이길 수 있을 것인가 하는 불안이 강해서, 그것이 전파되어 전체의 사기가 저하된 요인으로 추정되었다. 무리도 아니라는 것은 알지만.

덧붙여 루카스도 나중에 지원하러 온다고 했다. 스피리아 전쟁의 영웅『감벽의 사자』가 온다면, 병사들의 사기도 조금은 더 오를 것이다.

"죄송합니다. 이곳이 왕국군 총대장의 텐트가 맞나요?"

어쨌든, 레티시엘은 목적한 텐트 앞까지 와서 입구에 선 문지기에게 말을 걸었다. 일단 자신이 멋대로 예상한 것이었기 때문에, 정말로 이곳이 맞는지 확인하고 싶었다.

"응? 그런데, 뭐냐? 넌."

자신의 가슴팍 정도까지밖에 오지 않는 레티시엘에게 문지기는 의아하다는 얼굴을 했다. 성인 남성과 16세 소녀는 그 정도의 차이가 있는 것이 당연했지만.

"금번 국왕폐하의 명으로 파견된 마도사입니다."

"……마도사라고오?"

문지기는 수상쩍은 표정을 감추려고도 하지 않은 채 레티시엘을 머리끝에서 발끝까지 살펴보았다. 이쪽의 말을 그다지 믿지 않는 것 같았다.

"……잠깐 기다려라."

"고맙습니다."

그래도 레티시엘의 말을 받아들여 준 것은, 사전에 마도사의 존재를 알고 있었기 때문인가, 그렇지 않으면 망토자락에 고정한 브로치 때문인가.

이번 증원을 앞두고, 병사들에게 이런 반응이 일어날 것을 예상해 오스왈드는 레티시엘에게 특제 브로치를 건넸다.

왕가의 문장이 새겨진 황금브로치로, 특수한 가공이 되어 있는 듯 표면에는 독특한 광택이 있었다.

레티시엘이 문지기에게 고개를 숙여 인사를 하자, 문지기는 여전히 이쪽을 빤히 쳐다보면서 보고를 위해 텐트 안으로 사라졌다. 그리고, 잠시 기다리자 바로 밖으로 나왔다.

"들어가라."

아무래도 허가가 나온 모양이었다. 레티시엘은 이번에야말로 입구의 천을 걷어 올리고 텐트 안으로 들어섰다.

밖에서 봤을 때에는 꽤 큰 텐트였는데, 내부에는 널찍한 공간 하나뿐으로 겉보기만큼 크지는 않은 것 같았다.

중앙에는 군사회의를 할 수 있을 것 같을 정도로 넓은 책상이 놓여 있었고, 그 가장 안쪽의 의자에 한 남자가 앉아 있었……어라?

"……라이오넬 전하?"

그곳에 앉아있던 사람은 제2왕자 라이오넬이었다. 아무래도 왕국군을 통솔하는 총대장은 그인 모양이었다.

"기다리고 있었습니다. 놀라셨습니까?"

라이오넬은 손에 들고 있던 두루마리를 내려놓고 의자에서 일어나서는 이쪽을 향해 작게 미소를 지었다.

"예. 설마 친히 지휘를 하시리라고는 생각도 못했습니다."

"우리나라의 명운이 걸린 전쟁입니다. 왕가에 속한 자인 저만 안전지대에서 보호받고 있을 수는 없습니다."

망설임 없이 그렇게 잘라 말하는 라이오넬의 모습에서 레티시엘은 적지 않게 전생의 자신의 모습을 떠올렸다.

덧붙여 제3왕자 에델하르트는 왕도에 머무르고 있었다. 왕위 계승자를 모두 전장에 내보내는 것은 매우 위험한 일이었다.

게다가, 제국이 방비가 허술해진 왕도로 침공할 가능성도 있었기에, 만에 하나의 사태를 대비해 지휘관 후보를 남겨놓기 위함이기도 했다.

"도로셀 양은…… 아, 지금은 그렇게 부르면 안 되었지요."

"예. 전장에서는 『마도사 시엘』로서 싸울 겁니다."

물론 가명이었다. 전장에 파견된 이상, 레티시엘은 왕국군의 일원으로서 싸우게 된다. 즉, 제국군이나 아군 앞에서 마술을 사용하게 되는 것은 필연이었다.

마술은 제국에게도 왕국군 일반병들에게도 미지의 힘이었다. 아군은 둘째 치고, 제국은 반드시 왕국에 대해 탐색하려 들 터였다.

그때 『도로셀』이라는 진실에 다다르지 못하도록, 다른 인간으로서 활동하라는 말을 들었다.

만약 『도로셀』의 존재가 특정되면, 제국은 아마도 레티시엘을 암살하려 하리라. 그렇지 않아도 기술면에서 크게 뒤처지는 왕국에게 그것은 치명상이 될 수도 있다, 라는 것이 오스왈드의 생각이었다.

“예. 앞으로 부디 잘 부탁합니다, 마도사 시엘 공. ……그런데 왜 이 이름으로 하신 겁니까?”

“별다른 이유는 없습니다. 적당히 생각해서 떠올린 이름이에요.”

“과연. 그렇군요.”

명명한 경위는 정말로 즉흥적이었다. 가명을 생각하라는 말을 들었을 때, 가명의 후보가 너무나도 생각나지 않았기 때문에, 자신의 전생의 이름에서 떠오른 것을 그 자리에서 내놓은 것뿐이었다.

“그럼 바로 본론으로 들어가지요. 현재의 전황에 대해 들려줄 수 있으신가요?”

“물론입니다. 이쪽으로 오십시오.”

레티시엘은 라이오넬이 손짓하는 대로 가장 안쪽으로 들어갔다. 그러자 탁자 위에는 이미 전장의 지도가 펼쳐져 있었다.

양피지로 만들어진 지도에는 다수의 붉은 X표와 숫자가 적혀 있었다. 지금까지 교전한 장소와 전투별 피해자 수가 적혀 있는 것이리라.

검은 잉크로 쓰인 군세가 왕국군, 파란 잉크로 술타 강 건너편 강가에 쓰여 있는 것이 적군인 제국군이었다.

“……10만, 인가요.”

“예. 우리 군과의 병력 차는 무시할 수 없습니다.”

"그런 것 같네요."

푸른색의 군세 옆에 쓰인 숫자에 레티시엘은 눈을 슥 가늘게 떴다.

10만이라는 숫자는 틀림없이 제국군의 규모를 나타내는 것이었다. 제국군은 10만의 군세를 이끌고 전쟁에 임하고 있었다.

그에 비해, 검은색의 군세…… 왕국군 옆에 적힌 숫자는 6만. 병사의 숫자에서도 플라티나 왕국이 뒤지고 있었다.

하지만, 이상했다. 전생에서의 전쟁 경험이 있기에, 레티시엘은 지도에 쓰인 정보만으로도 바로 위화감을 알아차렸다.

"꽤, 묘한 전쟁이네요."

"묘하다?"

시치미 떼는 표정으로 라이오넬이 이쪽을 바라보았다.

그 표정을 보건대 레티시엘이 알아차린 위화감이 무엇인지 알고 있는 것 같았지만, 아무래도 레티시엘의 입으로 말해주기를 바라는 것 같았다.

"전황이 너무나도 평온합니다."

이쪽의 능력을 확인하려 하는 것이겠지. 그렇게 생각하면서도 레티시엘은 제국군의 군세를 가리키며 말을 이었다.

"10만과 6만의 군세로는 쌍방이 동등한 기술력을 보유하고 있어도 6만의 군세 쪽이 압도적으로 불리합니다."

"그건 그렇지요."

“물론 우리 군이 불리한 것은 분명합니다만, 불리한 것치고 우리 군은 너무 여유롭습니다.”

그렇게 말하며 레티시엘이 가리킨 곳은 왕국군의 피해자 수가 기록된 위치였다.

병력적으로도 기술적으로도 불리함에도 왕국군의 피해는 레티시엘의 예상보다 크게 밑돌고 있었다.

“이쪽이 선전하고 있을 가능성도 물론 생각할 수 있습니다만, 현재의 우리 군의 장비나 정밀도를 봐도 그럴 가능성은 낮을 겁니다.”

“…….”

“그렇다면 생각할 수 있는 이유는 한정됩니다.”

“흐응. 예를 들면 어떤 것이 있을까요?”

“생각건대, 제국군의 기세가 약한 것 아닌가요? 그렇지 않으면 우리 군의 피해가 이 정도로 끝날 리가 없다고 생각합니다만.”

“그 말대로입니다. 훌륭하십니다, 시엘 공.”

레티시엘의 지적을 다 들은 뒤, 라이오넬은 어딘가 만족스럽다는 듯이 고개를 끄덕였다. 역시 지금 그것은 테스트였던 모양이었다.

“제국 쪽에서 선제공격을 해온 지 닷새가 지났습니다만, 제국군의 공격이 예상보다 약합니다.”

“약하다면, 구체적으로 어떤 식으로 말인가요?”

"그 말대로의 의미입니다. 그들은 10만의 병사를 동원해 놓고도 하나가 되어 이쪽을 공격하지를 않습니다."

"그런 작전인 것은 아닌 것이군요."

"예. 작전이라고 하기엔 교전장소가 너무나도 불규칙하게 흩어져 있습니다."

라이오넬은 그렇게 말하고 지도의 한 곳을 가리켰다. 그 곳에는 붉은 X표가 그려져 있고, 그 옆에는 희생자 수가 적혀 있었다.

"이곳을 봐 주십시오. 이것은 첫날 오후, 처음으로 양군이 전투를 한 장소입니다만, 왕국군은 이 전투에서 가장 큰 피해를 입었습니다."

"……그런 것치고, 사망자는 2천 명 정도군요."

"예. 이 정도의 병력과 기술력의 차이가 존재함에도 우리 군의 사상자 수는 보시다시피 적습니다."

천년 전쟁 때에는 절망적인 병력 차로 싸움에 임해야 했던 경우 따위는 쌔고 쌨다. 농성전은 둘째 치고, 야외전이 되면 열세인 쪽은 수 천 명, 자칫하면 만 명을 넘는 희생을 각오해야만 했다.

제국은 정밀한 총과 견고한 검, 갑옷 등의 군사물품을 다수 소유했고, 소문에 따르면 아르마·리액터를 사용한 군사병기까지 있다고 했다.

그에 대항하는 왕국 측의 무기는 마법뿐이었다. 총의 정밀도도, 검과 방어구의 질도 제국에 미치지 못했다. 도저히 수 백 명의 희생으로 끝날 싸움이라고는 생각할 수 없었다.

"간격을 두지 않고 계속 추가공격을 한다면, 일부러 장기전으로 끌고 가려 하지 않는 한 단기 결전으로 결판을 낼 수 있는 기회로군요."

"그렇지요. 만약 제가 제국의 지휘관이었다면 그렇게 했을 겁니다."

첫 전투는 그 뒤의 전황에도 큰 영향을 준다. 병력차가 있다면 더욱 그러해서, 적에 막대한 피해를 입힐 수 있다면 그것만으로도 차후의 전투가 편해졌다.

게다가, 개전한 것이 오후라면, 그대로 밤에 또 한 번 야습을 하는 것도 가능하리라. 오후에서 이어지는 밤에는, 적은 습격을 경계할 수는 있어도 실제로는 대응할 수 없을 가능성이 높았다.

식량이나 무기, 병사들의 체력도 무한하지 않기 때문에 초전은 대부분의 경우 전력의 태반을 투입해 치러진다. 시간을 끌면 끌수록 병사들은 지치고 쇠약해진다.

"하지만 제국군은 그렇게 하지 않았습니다.

"……다음 전투는 그 다음 날 저녁때라고 되어있군요."

"장소는 전날과 마찬가지, 적의 수는 전날의 전투보다 적었습니다."

라이오넬은 첫날부터 일어난 전투와 당시 상황을 지도에

서 가리키면서 순서대로 이야기해 주었다.

현재로서는 대부분의 전투는 제국군의 승리였지만, 일단 왕국군은 그럭저럭 제국군을 저지하고 있는 것 같았다.

하지만, 들으면 들을수록 기묘한 흐름이었다.

첫날 술타 강 북동쪽의 벌판에서 제1전투가 벌어졌고, 제2전투는 그로부터 하루가 지난 다음 날 저녁 때 치러졌다. 그리고 그날 밤, 제3의 전투인 야습이 있었으나, 전날보다 경계태세를 강화한 왕국군은 그럭저럭 제국군을 격퇴했다.

제국은 그 다음 날도 공격을 해 왔지만, 어느 것이나 출격한 병사의 수와 총 병력의 비율이 이상했다.

10만의 병사를 거느리고 있는 주제에, 전투에는 출격하는 병사 수는 많아봤자 5만 명 정도. 심지어 병력이 만 명을 밑도는 전투조차 있었다.

천년 전쟁을 경험한 몸으로서는, 제국 측의 움직임은 매우 부자연스러웠다. 모든 수가 비효율적이었고, 무엇을 생각하고 있는지 전혀 예측할 수 없었다.

뭐라고 할까, 통제가 되어 있지 않았다. 하나의 군에 소속되어 있으면서도 하나하나의 소대가 완전히 따로따로 움직이는 것 같은, 그런 인상을 받았다.

"제국군의 상황에 대해, 정기적으로 정찰병을 파견하는 편이 좋을 것 같네요."

"그에 대해서는 이틀 정도 전부터 밀정에게 정보를 모으게 하고 있습니다. 자료가 있습니다만, 읽으시겠습니까?"

"아무쪼록 부탁드립니다. 그리고 전하, 제국 국내에도 별도의 밀정을 파견하는 편이 좋지 않을까 싶습니다."

"호오. 별도로, 말입니까?"

"예. 별도로, 입니다. 제국군의 이 엉망진창인 병력 운용은 군에만 원인이 있는 것 같지는 않습니다."

레티시엘은 라이오넬에게 그렇게 진언했다.

전장에서 군의 통제가 흐트러지는 이유는 몇 개인가 생각할 수 있었는데, 그 중 가장 유력한 원인은 군 내부에서의 파벌 대립이었다.

이번 전쟁의 제국군도 한 파벌에 속한 자들로 구성된 것이 아니리라…… 오히려 그런 구조를 한 군대 쪽이 더 희소했는데, 어쨌든 그러한 대립은 이쪽에게는 매우 유익한 것이었다.

그러나, 그 배경에는 제국의 정세나 힘 관계, 개인의 이익 등이 밀접하게 얽혀 있었다. 그것들을 철저하게 조사하는 것은 적의 약점을 손에 넣는 일이었다. 적이 아군의 인재를 뽑아가거나 아군이 배신하고 적에게 붙으려고 할 때에도 중요한 정보원이 될 수 있었다.

"현재, 이리스 제국의 내부 정세도 불안정한 상태라고 들었습니다. 어쩌면 국내의 정세와도 관계가 있는지도 모릅니다."

"과연. 분명히 일리가 있군요. 바로 준비하도록 하지요."

라이오넬은 한 번 고개를 끄덕이고는 바로 문지기를 불러

왕녀 전하는 화가 나셨나 봅니다 6
©Kou Yatsuhashi/OVERLAP
Illustration Mito Nagishiro
[NOT FOR SALE]

전령을 불러오라고 전했다. 망설이는 기색이 전혀 없었다. 혹시 이것도 테스트의 일환인 것일까.

"그렇지만, 시엘 공은 전쟁에 대해 잘 아시는군요."

"예. 뭐, 학원의 도서실에서 병법서 같은 것도 많이 읽었으니까요."

표정을 다잡은 채, 레티시엘은 아무렇지도 않게 거짓말을 했다.

모두 천 년 전의 아스트레아 대륙 전쟁 시에 레티시엘로서 전장을 누비며 기른 경험과 감을 총동원한 것에 지나지 않았다. 라이오넬에게 뭔가 의도가 있는 것이 아니라는 것은 알았지만, 순간 뜨끔했다.

"왕국군의 상태는 어떤가요? 이곳에 올 때까지 본 느낌으로는 사기는 별로 높지 않은 것 같았습니다만."

"예. 역시 패전이 계속되고 있기 때문에 사기가 저공비행하는 것은 어쩔 수 없는 일이긴 합니다. 그렇긴 하나, 이것만큼은 물자 등을 보급한다고 올라가는 것이 아니니까 말입니다."

"식량이나 무기, 방어구의 재고는 어떤가요?"

"그것에 관해서는 지원물자 덕분에 그럭저럭 비축하고 있습니다. 식량은 수확기가 아니라서 아슬아슬합니다만."

"그렇군요……."

배가 고파서 싸울 수 없다, 라는 말은 그야말로 이런 상황이리라. 식사도 사기의 저하에 관련되어 있으리라.

"지원물자의 수송경로의 안전은 확보해두는 편이 좋지 않을까요? 지금 우리 군은 지원물자가 있기 때문에 겨우 버티고 있는 것입니다. 지원이 끊어지면, 취할 수 있는 수단이 아무것도 없습니다."

"그렇군요. 그건 이쪽에서 생각해두겠습니다. 하지만, 현재 병력을 분산시키는 것은 득책이 아니지 않습니까?"

"일부러 부대를 편성할 필요는 없을 겁니다. 우리 군은 현재 매우 바쁜 상태이니, 병력을 확산하지 않고 국경 부근을 중점적으로 견제하면 되지 않을까 싶습니다."

"과연. 수송대의 경호 자체는 수송대와 동행한 증원병들이 맡아주고 있겠다, 그렇게 하면 수고를 덜 수 있겠군요."

"초계대나 순찰대의 부담은 늘어나버립니다만, 제국이 지원경로의 차단을 목적으로 왕국령에 들어온다면, 경로는 저절로 제한됩니다. 그 지점만 잘 파악해두면 상당한 리스크 경감으로 이어질 겁니다."

"그렇다면, 군의 편성도 조금은 손을 봐야할까요……."

그 뒤로 라이오넬과 레티시엘은 군의 현재 상황과 자신들의 전법에 대해 상세한 토론을 했다.

왕도에서 끊이지 않고 전달되는 보급물자 덕분에 현상유지에 문제는 없었으나, 전투 때마다 그 나름대로의 피해를 입는 왕국군에게는 식량보다도 의료품 쪽이 만성적으로 부족한 것 같았다.

그것에 대해서는 일단 주위의 자연을 조사하기로 했다.

의료품이 부족하다고 해도, 그것은 왕도에서 만들어진 물건을 말하는 것이었다. 이 전장 주변의 자원은 해당되지 않았다.

이 주변의 숲은 이번 전투로 전장이 되기 전까지 사람이 거의 드나들지 않는 장소였다. 생태계는 아직 보존되고 있을 터. 그리고, 산과 숲에 자생하는 식물에는 지혈 등의 약효가 있는 경우가 많았다.

“어쨌든, 현재 전해드릴 수 있는 정보는 이 정도네요. 시엘 공도 오랜 이동으로 지치셨지요? 텐트를 준비시켜 놓았으니, 오늘 밤은 그곳에서 쉬십시오.”

“알았습니다. 그럼 실례하겠습니다.”

라이오넬에게 텐트의 위치를 듣고, 레티시엘은 고개를 숙여 인사를 한 뒤 총대장의 텐트를 뒤로 했다.

라이오넬이 준비해둔 텐트는 진지 서쪽 한켠에 있었다. 주위에 있는 다른 텐트보다 한층 작아 보이는, 겉보기에는 1인용 사이즈였다.

안으로 들어가자, 어둑한 가운데 간결한 침대와 나무 테이블, 의자가 하나씩, 그리고 바닥에는 짐을 넣어두는 지푸라기로 짠 상자가 놓여 있는 것이 희미하게 보였다.

레티시엘은 마술로 손가락 끝에 작은 불을 켜서는 테이블

위에 놓아둔 양초에 불을 붙였다. 텐트 안이 좁은 덕분에 양초 하나로도 충분히 밝았다.

그리고 의자에 앉아 망토 주머니에서 천으로 쌓인 건빵을 꺼내들었다.

오늘 점심으로 배급받은 것의 일부였는데, 도착시간을 봤을 때 도저히 저녁 식사에는 때를 맞출 수 없을 것 같아 남겨둔 것이었다.

그것을 아작아작 씹어 삼킨 뒤, 갖고 온 물통에서 물을 마셔 목을 축였다. 내일 해도 되긴 하지만, 수원을 확보해놔야할 것 같았다.

“자. 쉴 수 있을 때 쉬어야지…….”

이곳은 전장. 무슨 일이 언제 일어나도 이상하지 않았다. 레티시엘은 망토만을 벗고 침대에 올라서는 모포를 둘러쓰고 눈을 감았다.

바로 옅은 잠으로 의식이 가라앉았다. 자신이 말하는 것도 그렇지만, 전생에서부터 쌓인 경험 덕분에 자는 것은 잘했다.

***

다음 날. 기상한 지 얼마 되지도 않은 왕국군 진영에 제국군 습격이라는 알림이 전해졌다.

장소는 술타 강 남부의 삼림지대. 레티시엘도 망토를 걸치고 출격하는 병사들과 함께 전장으로 걸음을 서둘렀다.

전장에 가까워짐에 따라, 검이 부딪치는 새된 소리와 탕 하는 메마른 파열음이 연속으로 들려오게 되었다.

이 소리는 공작령에서의 전투 때 들은 적이 있었다. 총의 발포음이었다.

"전선, 부상자 2명!"

"바로 물러나게 해라! 조금이라도 손이 빈 녀석들은 응급 처치를 해!"

"증원이 올 때까지 버텨라!"

연달아 목소리가 들려왔다. 아무래도 선발대가 제국군을 상대로 고전하고 있는 것 같았다. 레티시엘은 자신에게 원시마술을 걸었다. 시야가 전방으로 확대되며 숲 안에서 펼쳐지고 있는 전투를 비추었다.

왕국군과 제국군이 나무 사이에 숨어 각각 상대의 동향을 살피고 있었다.

왕국군은 본래의 병력차도 있어서 공격에는 매우 신중해진 반면, 제국군은 이쪽을 하찮은 상대라고 생각한 것일까. 기회가 있으면 곧바로 공격을 가하려 하고 있었다.

그 중에는 원거리용 무기를 쏴대는 병사도 있었다. 이렇게나 나무와 풀이 많은 상태에서 원거리 무기를 사용해봤자 명중률은 제로라고 생각하지만, 위협을 하려는 목적인 것일까.

"이봐! 지금 지원하러……."

"조용히 하세요."

"읍?!"

지원군에 속한 병사가 숲 안에 있는 아군을 향해 큰 목소리로 말을 걸려고 했으나, 그 직전에 레티시엘이 그 입을 막았다.

"뭐, 뭐 하는 거냐!?"

"상대는 아직 이쪽의 원군을 알아차리지 못했습니다. 섣불리 소리를 내면, 상대가 우리의 존재를 알아차리고 경계할 뿐이에요."

그렇지 않아도 이쪽은 여러 면에서 불리하니, 쓸 수 있는 패가 하나라도 있으면 최대한 활용해야만 할 것이다.

"하지만, 빨리 구하러 가지 않으면 늦잖아!"

"알고 있습니다. 그러니 조금만 기다려 주세요. 아, 몸을 숙이고 전진해주세요. 그 편이 숲속에서 봤을 때 발견하기 어려우니까요."

솔선해서 자신부터 몸을 숙이고 앞으로 나아가면서 레티시엘은 손으로 지면으로 쓸었다.

그녀의 손이 지나간 장소에는 신비로운 문양의 녹색 빛이 떠올랐다. 레티시엘이 발동시킨, 대지에 간섭하는 마술이었다.

레티시엘은 녹색 빛을 이끌고 숲으로 접근해갔다. 그리고 숲 바로 앞에 멈춰 서서, 지면에 대고 있던 손을 빙글 한 바

휙 돌렸다.

그 순간, 지면에서 빛나고 있던 녹색 빛은 그 자리에서 진행방향을 바꾸어 일직선으로 숲 안으로 사라져갔다.

"으악!"

"끄악!"

원시마술이 비쳐내는 시야에는, 갑자기 땅을 뚫고 올라온 흙의 창에 허벅지를 관통당해 자세를 잃고 쓰러지는 제국 병사들의 모습이 보였다.

"기습을 하고 오겠습니다. 신호와 함께 돌입해 주세요."

"어? 아, 어어, 알았다!"

가장 가까이에 있던 병사에게 그런 말을 남기고 레티시엘은 자신의 몸에 신체강화마술을 걸고는 대지를 박찼다.

이번 전장은 시야가 나쁜 삼림. 대규모의 마술로 단숨에 적들을 쓸어버리는 것보다, 소규모의 술식을 병용해 한 사람 한 사람 확실하게 쓰러뜨리는 편이 효율이 좋았다.

도약의 힘이 실린 대지의 흙이 함몰되고, 다음 순간 레티시엘은 나무 사이에 섞여 몸을 숨기고 있는 제국병사의 앞에 모습을 나타냈다.

"억! 어디에서……!"

제국병들에게는 아무것도 없는 곳에서 낯선 소녀가 갑자기 나타난 것처럼 보인 것이리라. 그러나 동요한 것은 한순간으로, 곧바로 이쪽을 향해 총구를 향하기 위해 자세를 바로잡았다.

레티시엘은 그것을 용납지 않았다.

병사들의 조준이 끝나는 것보다 먼저, 레티시엘의 두 손에서 생긴 다수의 고드름이 일제히 그들의 무기에 덤벼들었다.

일섬.

병사들의 총은 방아쇠를 당기는 것과 동시에 쩡 하는 소리를 내면서 산산히 부서졌다.

총구로 침입한 고드름이 발사된 총알과 부딪쳐 마찰과 열에 의해 기화, 가열된 공기가 내부에서 팽창하면서 안쪽에서부터 총을 파괴한 것이었다.

"으앗!"

"크아악!"

레티시엘의 공격을 받은 이십 여 명의 제국 병사들은 대부분이 파괴된 총의 파편에 손이나 몸, 얼굴에 크게 부상을 입었다.

그 결과, 그들의 대다수는 그 자리에 무릎을 꿇었고 무기를 손에 들 수 있는 상태의 적은 없어졌다

"지금이에요!"

레티시엘은 숲밖에 대기하고 있을 원군을 향해 외쳤다.

아군들은 레티시엘이 남긴 지시를 지키고 있던 모양이었다. 곧바로 우렁찬 외침과 함께 병사들이 숲 안으로 돌입해 왔다.

레티시엘은 자신에게 탐색마술을 걸고 재빠르게 주위를

둘러보며 상황을 정리했다. 시야가 나쁜 숲 안에서는 육안으로 적을 포착하는 것은 어려웠다.

주위 일대에 전개된 탐색망이, 그것에 걸려 감지된 인간의 기척을 알려주었다.

'오른쪽에 20, 왼쪽에 56…… 그리고 그 후방에도 적 반응 다수인가…….'

적의 수가 얼추 파악되자 레티시엘은 전이마술을 발동했다.

제국군과 왕국군의 차이점은, 병력을 제외하면 하나밖에 없었다. 바로 무기의 차이였다. 그것이 없어지면, 지금의 왕국병들로도 대응할 수 있었다.

때문에 제국병의 섬멸은 어느 정도는 아군에게 맡기고 레티시엘은 제국병의 무기파괴에 전념하기로 했다.

현재 상황에서는 제국이 사용하는 정예무기의 간격 안으로 들어갈 수 있는 것은 레티시엘 정도일 것이다. 한순간도 헛되이 할 수 없는 상황에서는 자신만이 할 수 있는 일을 완수해야 했다.

"뭐, 뭐냐?!"

"어, 어디에서 나타난 거야……!"

레티시엘이 전이로 지근거리까지 이동하자, 제국병들은 갑자기 출현한 소녀에게 쩔쩔맸다.

레티시엘의 뇌리에 퍼뜩 과거 가면의 소년…… 사라가 레티시엘의 저택을 공격했을 때, 전이로 생각되는 방법으로 퇴각했던 것이 떠올랐다. 하지만 병사들의 반응을 보건대 제국에는 그 기술이 없는 모양이었다.

"바, 바보 자식! 적습이다!"

"곧바로 요격 준비를—."

"……늦어."

레티시엘은 당황해서 총알을 장전하려고 하는 제국병의 총을 그 자리에서 얼음마술로 얼려버렸다.

총과 싸워보고 레티시엘이 생각한 것은 총이라는 무기는 간격 안으로 들어가기만 하면 그렇게까지 위협이 되는 무기가 아니라는 것이었다.

레티시엘은 오른손에 바람의 마술을 휘감은 채 막대기처럼 세로로 휘둘러 총신을 피하고, 몸을 비튼 기세를 이용해 오른손을 휘둘렀다.

검처럼 오른손에 얇게 휘감긴 바람이 울부짖고, 가벼운 금속음과 함께 눈앞의 총신에 가로로 균열이 내달렸다.

그 균열은 그대로 크게 번져서 제국병이 들고 있던 총을 두 쪽 냈다.

"이, 이……!"

"그렇게 놔두진 않아요."

곧바로 검으로 바꿔 쥐려고 하는 제국병의 팔을, 레티시엘은 총을 절단한 것과 같은 바람의 술식으로 베어버렸다.

"끄아아악!!"

선혈이 뿜어져 올라오고, 제국병의 팔꿈치 아래 부분이 풀썩 하고 지면에 떨어졌다.

고통으로 비명을 지르는 제국병의 목을 마술로 만들어낸 고드름으로 꿰뚫었다. 병사의 비명이 사라지고, 이윽고 지면에 쓰러져 절명했다.

공작령에서의 싸움과 전쟁에서의 전투는 그 의미가 전혀 달랐다. 반란에서는 반란분자를 진압하기 위한 것이었지만, 전쟁에서는 나라 그 자체를 지키기 위한 것이었다.

공작령에서는 적을 무력화하기 위해 싸웠으나, 지금은 그럴 수는 없었다. 적병은 포로로 삼지 않는 한, 목숨을 완전히 끊어놓지 않으면 내 소중한 존재를 위태롭게 하는 요소가 될 수 있었다.

'……역시 전쟁은 싫어.'

자신들의 목숨을 위협하는 존재인 이상, 적당히 봐줄 수는 없었다. 하지만 사람을 죽이는 것으로 다른 장소에서 새로운 증오를 만들어냈다.

지금 막 자신이 죽인 제국병의 시체를 내려다보며, 레티시엘은 속으로 기도를 올렸다. 설령 사람의 목숨을 빼앗은 것이 사실이라고 해도, 사람의 목숨을 빼앗은 죄악감은 있어도 적병을 죽인 일에 후회는 없었다.

"……너, 잘도 우리 편을 죽였겠다!"

"겁먹지 마라! 상대는 혼자다!"

"덤벼라!"

눈앞에서 동료가 살해당한 일로, 다른 병사들의 살의가 일제히 레티시엘에게 쏠렸다.

차례차례 총을 버리고 검을 들고 덤비는 제국병들. 그 움직임을 가볍게 시선으로 따라가며, 레티시엘은 오른손에 칼을 들고 응전했다.

실체가 없는 칼이었다. 바람의 마도술식을 가늘고 길게 전개한, 닿는 것은 전부 베어버리는『바람의 검』.

"큭, 아아아!"

어깨에서 허리까지 비스듬하게 내리쳐진 검을 피하고 그 주인의 팔에『바람의 검』을 미끄러뜨렸다.

검을 휘두른 기세에 몸을 비틀어 등 뒤에서 검을 찔러오려고 하는 남자의 목을 관통시켰다. 남자는 비명도 지르지 못한 채 절명했다.

레티시엘은 춤추듯이 검을 휘두르면서 적병 사이를 종횡무진 누볐다.

레티시엘이 지나간 장소에는 붉은 흔적이 남고, 노성과 비명이 메아리처럼 뒤를 쫓아왔다.

이십여 명이나 있던 제국병들은 한 사람 또 한 사람 줄어갔고, 녹색이었던 풀밭과 숲은 조금씩 검붉은 피와 살에 침식되어 갔다.

"사, 살려 줘!!"

“싫어! 싫어싫어싫어!”

“우와아아아!”

처음에는 의연하게 맞아 싸우려고 하던 남자들은, 그러나 지금은 살아남은 자 대부분이 무기를 버리고 도망치려 하고 있었다.

꼴사납게 적을 앞에 두고 등을 돌린 병사들을 레티시엘은 놓치지 않았다.

『바람의 검』에서 분열되듯이 녹색의 바람을 두른 작은 칼날이 두 개 출현하더니, 그 칼날은 도주를 시도하는 제국병들의 등을 향해 일직선으로 날아갔다.

소리도 없이 병사들의 몸을 관통한 칼날은 그대로 방향전환을 해서 『바람의 검』 본체로 되돌아왔다.

그것과 동시에, 몸에 바람구멍이 뚫린 남자들은 지면에 쓰러졌다. 칼날은 그들의 심장을 정확하게 꿰뚫었다.

“……”

침묵한 제국병사들을 앞에 두고, 레티시엘은 그들이 장비하고 있던 무기에 시선을 떨어뜨렸다.

그 총이라는 물건, 이 하나만 놓고 봐도 왕국군이 사용하는 것보다 훨씬 정밀하고 다루기 쉬우리라.

레티시엘은 총을 손에 들고 지면을 향해 방아쇠를 당겨보았다.

탕!

파열음과 함께 총구를 향한 지면에 구멍이 뚫렸다. 제국의 병사여야만 사용할 수 있는 구조는 아닌 것 같았다.

레티시엘은 몇 번인가 방아쇠를 당겨보았다. 두 발의 총알이 발사되고 난 뒤, 총은 침묵했다. 아무래도 탄알은 세 발까지 장전할 수 있는 듯 했다.

레티시엘은 아공간마술을 사용해서 이곳에 떨어진 무기를 모두 회수해 돌아가기로 했다.

아공간마술은 수납한 물건의 무게에 따라 술식제어의 사용영역이 넓어져서, 마술을 사용하는 전투에 크든 작든 영향을 미쳤다. 그렇지만 지금 그것은 일단 나중으로 미루기로 하자.

"으랴아아아!"

"이대로 완전히 밀어낸다!"

"오른쪽에 두 사람, 도망쳤으니 조심해라!"

"돌아들어가!"

회수작업이 모두 끝나자, 레티시엘은 다른 적군에게로 이동을 개시했다,

이동 중에 힐끗 아군의 상황을 살펴보자, 진형을 잘 짜서 공방을 벌이고 있었다. 이 부대의 병사들은 꽤나 전투에 익숙한 것 같았다.

스피리아 전쟁 때에는 용병들이 왕국군 병사로서 싸웠다고 들은 적이 있었다. 혹시 그런 직업에 종사하는 사람들일까.

그런 생각을 하면서, 레티시엘은 탐색마술이 이끄는 대로 적군이 있는 방향으로 향했다.

***

"보고 드립니다! 왕국군 측에 정체불명의 마도사가 나타났습니다!"

전장이 된 숲의 조금 안쪽, 전선의 아군을 지원하기 위해 대기 중이던 제국의 후방군에게 그런 보고가 전달되었다.

"뭐냐. 소란스럽게."

"그것이, 갑자기 왕국 측에 정체불명의 마도사가 나타나, 우리 군을 유린하고 있다는 보고가……!"

"사악한 수를 쓰는 플라티나 놈들."

그 보고를 들은 제국의 병사들은 하나같이 왕국에 대한 원망의 말을 내뱉었다. 마도사라는 존재는 제국에서는 처벌을 피할 수 없었다.

그것을 당당하게 전쟁에 투입하는 왕국군에게 그들은 혐오감을 감추지 않았다. 그 중에는 큰 소리로 욕설을 하는 이도 있었다.

어차피 이 전쟁에 참가한 사람은 플라티나 왕국을 증오하는 자들뿐이었으니까.

"걱정하지 마라. 우리에게는 신성한 병기가 존재한다. 비천한 사술 따위에는 지지 않아!"

병사들 속에서 리더 격이기도 한 남자가 그렇게 말하며 아군 병사들을 고무시켰다. 그 손에는 은색의 총과 비슷한 무기가 들려 있었다.

은색으로 칠해진 총신이 빛을 받아 반사하는 가운데, 그 중앙에 끼워진 탁한 오렌지색의 보옥이 눈을 끌었다.

"병기의 가동을 허가한다, 즉시 요격에 나선다!"

"옛!"

"사악한 왕국군을 섬멸하라!"

"오오!"

리더의 호령에 제국병들이 일제히 열광했다.

마치 그 사기의 상승과 함께, 그 반응에 호응하듯이 천천히 보옥이 빛나기 시작했다.

***

레티시엘이 새로 도착한 그곳에는 방금 전의 2배 이상의 적병이 있었다.

탐색마술을 유지하고 있는 왼쪽 눈에는 그 후방에서 여전히 많은 적이 이쪽으로 진군해오고 있는 것이 보였다.

일찌감치 정리하는 편이 좋을 것 같다. 그렇게 판단한 레티시엘은 곧바로 술식을 전개하기 시작했다.

그 적군에는 두 종류의 병사가 있는 것 같았다.

방금 전의 일진처럼 보통의 총과 검을 들고 무장한 병사와 그 뒤에서 보호받듯이 선, 다른 갑옷을 입은 병사들.

후방의 병사들은 두 팔에 무거워 보이는 팔찌를 차고, 하나같이 같이 희한한 형태의 무기를 갖고 있었다. 처음 보는 형태의 병기였다.

형태로 추측하건대 총과 같은 것이겠거니 하고 생각되긴 했다. 그러나 그 총신은 모두 은색으로 칠해져 있었고, 그 중앙에 박힌 오렌지색 보옥만이 이상한 존재감을 내뿜고 있었다.

'……저건?'

적이 진을 치고 있는 장소는 숲 안에서도 나무가 적어 비교적 개방된 장소였다.

반원형으로 진을 치고 공격해오는 그들은 자신들이 있는 지형의 이점을 잘 살리고 있는 것 같았다.

"당황하지 마라. 목표를 조준하고 일제히 쏴라!"

리더로 생각되는 남자가 호령을 하고, 조준자세를 취한 무수한 총구에서 탄환이 일제히 발사되었다.

색다른 것이 없는 평범한 총알에 섞여 희미하게 푸르스름하게 빛나는 빛의 탄환이 잔상을 그리면서 이쪽으로 날아왔다.

이것이 예의 병기에서 발사된 탄환이라는 것은 쉽게 상상이 되었다. 레티시엘은 그 탄환의 궤적을 육안으로 읽고 회피했다.

그렇다고는 하나, 아공간 마술을 상시전개하고 있는 것도 있어서 평소의 움직임보다 아주 약간 속도가 느려져 있었다.

때문에 레티시엘은 나무 사이를 이용해 탄환을 피했다. 상대가 지형의 이점을 이용한다면, 이쪽도 그것을 이용할 뿐이었다.

나무줄기가 삐걱삐걱 소리를 냈다. 레티시엘의 옆을 스쳐 지나간 탄환이 나무에 바람구멍이 만들었다. 주위의 나무들에는 피해가 미쳤으나, 그 탄환은 레티시엘에게는 닿지 않았다.

그러나 딱 한 발, 운이 나쁘게도 레티시엘이 회피한 바로 그 지점의 땅에 조준이 겹쳐져 있었다. 레티시엘은 순간적으로 자신을 감싸듯이 구체의 결계를 발동했다.

반투명한 하얀 벽이 주위를 둘러싼 순간, 하얀 광선은 날카로운 섬광을 뿌리면서 결계에 정면충돌했다.

"이건……."

정체불명의 하얀 광선과 격돌한 결계마술이 묵직하게 흔들리고, 전개된 결계에 가느다란 금이 한 줄 생겼다.

'아르마·리액터를 사용한 군사병기의 소문은 사실이었던 것 같네…….'

결계를 파괴할 수 있을 정도의 위력은 아니라고 하나, 레티시엘의 술식에 금이 가게 만들다니. 만약 인간에게 명중했더라면 단박에 숯이 되어버렸을 것이다.

제2탄은 지체 없이 바로 날아왔다. 레티시엘은 결계를 수복하고 신체강화마술을 이용해 광선을 피하며, 때로는 실드로 쳐 떨어뜨렸다.

실드에 맞고 지면에 충돌한 광선은 굉음과 함께 지면에 바람구멍을 만들었다.

레티시엘은 그 바람구멍 속에 탄알의 잔해가 없는 것을 알아차렸다. 방금의 광선이 실탄이 아니라면, 마법마술의 종류인 것일까.

그렇다고 하기에는 레티시엘이 아는 어떤 힘들과도 특징이 일치하지 않았다. 마법은 이 정도로 높은 위력을 발휘할 수 없었고, 애초에 술식의 발동이 보이지 않았으니 마술도 아니었다.

연금술이라는 가능성도 없지는 않았으나, 연금술도 역시 특수한 진의 매개를 통해 마력과 마소의 융합을 꾀했다.

그 병기의 방아쇠를 당겼을 때부터 착탄할 때까지, 병기를 다루는 병사들이 그런 모습을 보인 적은 없었다.

"지금이다! 밀어붙여라!"

정체불명의 병기가 계속해서 집중포화를 쏟아 붓는 가운데, 적의 공세가 강해졌다. 레티시엘이 멈춰 섰기 때문에, 아마도 기회라고 생각한 것이리라. 그때까지 함께 저격에 참가했던 일반병들이 검으로 바꿔들고 레티시엘에게 달려들었다.

더 나아가 저격병들의 뒤쪽에서도 다른 병사들이 20명 정도 뛰어나왔다. 통상무장을 한 병사들과는 다른 갑옷을 두르고, 손에는 은색의 검을 들고 있었다.

앞뒤로 모두 날이 세워진 양날형태의 검이었다. 칼날과 손잡이가 만나는 부분, 날밑의 중앙에 총 형태의 것과 똑같이 오렌지색 구슬이 박혀 있어서, 총 형태의 병기와 같은 계통의 것이라고 추측할 수 있었다.

과연. 그러니까 예의 병기에는 근거리용과 원거리용 두 가지 패턴이 존재한다는 것인가.

병기에 따른 공격과 함께, 일반병들도 용감하게 이쪽에게 달려들었다.

발사된 하얀 광선은 가령 진행방향에 아군이 있으면 그 몸에 닿기 직전에 빙글 하고 방향 전환을 해 아군을 우회한 뒤, 레티시엘에게로 향했다.

혹시 저 병기, 피아식별 기능이라도 탑재되어 있는 것일까. 아니면 특정대상을 직접 조준하고 있는 것일까.

'……성가신걸.'

레티시엘은 저도 모르게 미간에 주름을 잡았다.

병기로 인한 단체공격도, 일반 병사들의 공격도 그렇게까지 고생할만한 것은 아니었다. 그러나 그 두 가지가 동시에 발생하면 대응이 복잡해졌다.

한순간의 사고.

결계마술을 최대출력으로 유지하면서, 레티시엘은 소규모의 마술로 응전하기로 했다.

안그래도 아공간마술의 병행발동으로 술식제어도 조금 귀찮아졌으니까, 의미도 없이 대규모의 술식을 쓸 일도 없으리라.

게다가 한 발 한 발은 어떻게든 대응할 수 있어도, 만에 하나 복수의 광선이 한 곳에 집중된다면, 약해진 결계로는 깨져버릴 가능성이 있었다.

결계에 할애하는 마소와 제어 쪽이 압도적으로 많아지기 때문에 동시에 사용할 수 있는 술식은 그렇게까지 강력하지 않았다. 하지만 보통의 병사를 상대하는 것은 충분하리라.

"어이, 마도사! 무사하냐!"

그때, 레티시엘의 뒤쪽에서 덤불을 헤치는 복수의 발소리와 함께 레티시엘과 같이 출격한 왕국병들이 달려왔다.

그 목소리가 말을 끝내기도 전에, 적병의 한 사람이 새롭게 나타난 남자들을 향해 총형 병기의 방아쇠를 당겼다.

레티시엘은 바로 결계마술의 유효범위를 2배로 확장했다.

왕국병들을 향해 똑바로 날아간 하얀 광선은 반투명한 결계에 튕겨나, 치익 하는 소리를 내며 나뭇가지와 잎을 태우면서 하늘로 튀어 올라갔다.

위험하다위험해…… 불확정요소의 난입에 초조해져서 아

공간 마술의 제어가 무너질 뻔해졌다.

"갑자기 튀어나오지 말아 주세요. 위험합니다."

"미, 미안."

"저는 아무 문제없습니다. 여러분들이야말로 적병은 어떻게 됐나요?"

"방금 전의 녀석들이라면 그럭저럭 섬멸했다. 지금 몇 명인가가 우리 쪽 부상자를 숲 밖으로 옮기고 있어."

"그런가요."

달려온 아군 중에는 팔이나 다리에 상처나 붕대가 보이는 사람도 있었지만, 일단 막대한 피해를 입는 일은 면한 것 같았다.

레티시엘은 그 사실에 살짝 안도하며 적에게서 시선을 돌리지 않은 채, 무영창으로 마술을 발동했다.

레티시엘의 발밑에 주황색의 마법진이 출현해 조금씩 확대되어갔다. 확대되면 될수록 마법진 안에는 복잡한 문자와 기호가 새겨졌고, 주위에 빽빽하게 들어찬 나무들이 마치 호응하듯이 바람도 없는데 바스락바스락 흔들렸다.

"이, 이봐! 당장 이 자리에서 벗어나라!"

위험을 감지한 부대장이 지령을 내렸지만, 그것이 적병 전원에게 닿기 전에 레티시엘의 술식이 완성되었다.

대지가 흔들렸다. 나무들이 술렁거리고, 새들이 일제히 날아올랐다.

굉음이 이는 가운데, 땅속에서 무수한 덩굴이 모습을 나타냈다. 실제 식물이 아니라, 레티시엘이 마술로 만들어낸 덩굴이었다.

"으, 으와아아아!"

"뭐, 뭐야?! 이건!"

일부 병사들은 자유자재로 움직이는 덩굴에 발이 휘감겨, 휘어지는 덩굴에 휘둘려 그 자리에서 내던져졌다.

레티시엘이 노린 것은 통상무장을 한 병사들이었다. 특수병기를 갖지 않은 일반 병사라면, 다른 왕국병들에게 맡겨도 괜찮으리라.

통상 병기와 특수 병기의 동시 대응에 애를 먹는 것이라면, 물리적으로 두 개의 병력으로 분단시키면 되었다.

"여러분. 총과 저 정체불명의 병기를 구분할 수 있죠?"

"아, 아아. 그거야 뭐, 줄곧 저것과 싸워왔으니까."

과연. 즉, 왕국군과 제국군의 기술력 차이의 일례가 저 정체불명의 병기라는 것인가.

"그렇다면 여러분은 총을 가진 적을 중점적으로 노려주세요. 병기 쪽은 제가 처리하겠습니다."

"총 쪽이라고 해도, 저렇게 멀리에서 쏘면 접근할 수도 없잖아?"

"평원이라면 그렇겠지만, 이곳은 숲입니다. 수목 등의 장해물이 많은 만큼, 총은 조준을 맞추기 어려워질 겁니다."

이것은 레티시엘의 실제 경험이 아니었다. 과거에 나오가 자신의 고향에 대해 설명해 주었을 때, 총의 화제에서 나온 이야기였다.

"게다가 총에는 탄알의 장전이라는 시간손실이 발생합니다. 방금 전까지의 전투에서 살펴보니, 상대가 사용하는 총은 3연발짜리인 것 같습니다. 세 발을 쏘면 탄알이 떨어져서 새롭게 장전해야만 하죠."

"세, 세 발을 쏘면 잠시 동안은 멈춘다는 건가?"

"예. 그러니 타이밍을 잘 재면, 장전시간을 노려서 접근하는 일은 어렵지 않을 겁니다."

게다가 총이라는 것은 원거리에서는 힘을 발휘하지만, 근거리전투에는 대응하기 어렵기 때문에 간격 안에 들어가기만 하면 곧바로 대처하기 어려워졌다.

"접근전으로 끌고 들어가면 적은 총을 버리지 않을 수 없을 겁니다. 그럼 우리 쪽에도 승산이 있어요."

"그, 그렇군……!"

"할 수 있을지 어떨지는 모르지만, 하지 않는 것보다는 낫겠군."

전투에 익숙한 만큼, 처음에는 당혹스러움을 보이던 병사들도 곧바로 작전을 이해하고 고개를 끄덕였다.

그것을 확인하고 레티시엘은 곧바로 적병의 간격 안으로 뛰어 들어갔다.

숲에서는 적도 총을 맞추기 어려웠지만, 그것은 마술의 제어도 마찬가지였다. 그렇기 때문에 숲에서의 전투는 마술을 사용해도 지근거리에서 공격하는 편이 효율이 좋았다.

"크아악!!"

마술로 소환한 덩굴이 채찍처럼 휘어져 레티시엘을 검으로 찌르려고 돌진해 온 남자의 옆구리를 후려쳤다.

지근거리에서 작렬한 채찍공격은 그 병사의 갑옷을 부수고 몸의 살을 파고들면서, 그를 가까이에 있는 나무줄기에 힘껏 때려 박았다.

그 덩굴은 휘두른 기세를 남긴 채 한층 더 가속해, 레티시엘의 등 뒤를 노리려고 검을 들어 올린 적병의 몸을 휘감았다.

"커억!"

우드득우드득 몸을 조여 오는 덩굴에 뼈가 부서져 병사는 입에서 피를 쏟으며 그 자리에 쓰러졌다.

"으, 으아아!"

공포의 한계에 달한 것일까, 착란을 일으킨 제국병이 아무렇게나 검을 휘두르며 달려들었다.

레티시엘은 그 공격을 흙으로 구축한 방패로 튕겨내고, 옆으로 빠져나가는 기세를 이용해 적의 가슴에 돌창을 박아 넣었다.

레티시엘은 숲속을 춤추듯이 종횡무진 누비고 다녔다. 그녀가 지나간 장소에는 적병의 비명과 피와 시체만이 나뒹굴었다.

"……뭐냐, 저 계집은."

뒤쪽에서 무슨 소리가 들린 것 같은 느낌이 들었지만, 귓가를 빠져나가는 바람 소리에 지워져 잘 들을 수 없었다.

"산개해라! 사방에서 포위한다!"

적도 레티시엘의 행동에 곧바로 대책을 세우고 했다.

병기 보유자들이 일제히 레티시엘을 둘러싸려고 했으나, 애초에 이쪽의 속도를 따라오지 못하는 것 같았다.

레티시엘은 그 모습을 한 번 힐끗 살피고는 강하게 지면을 박차고 도약했다.

신체강화가 걸린 점프로 머리 위에 펼쳐진 나뭇가지에 쉽게 닿을 수 있었다. 레티시엘은 나뭇가지를 손으로 잡고, 반동을 이용해 한층 더 몸을 날렸다.

착지지점은 제국병들의 바로 뒤. 순간적인 이동에 제국병들은 이쪽을 막 돌아본 참이었다.

레티시엘은 그 틈을 놓치지 않았다.

레티시엘의 전방에 10자루가 넘는 보라색의 창이 출현했다. 모든 창은 황금으로 빛나는 번개를 두르고 있었다.

방금 전 나뭇가지를 잡고 몸을 날렸을 때, 착지 후 즉시 사용할 수 있도록 준비해 둔 번개 속성의 공격마술이었다.

허공에 던져진 보라색의 창들은 각각 다른 적병의 몸을

관통했다.

"끄엑?!"

"컥!"

창은 적의 몸을 상처 입히는 것만이 아니라, 관통과 동시에 무수한 번개로 변해 주변으로 튀었다.

그리고 남자들의 전신을 뒤덮은 번개는 둘로 나뉘어 거듭 다른 병사의 몸에 마수를 뻗쳤다.

번개마술을 형상고정한 뒤 분열효과와 확산효과를 부여한 마술이었다.

본래는 번개를 유도하는 술식도 함께 짜넣을 필요가 있었지만, 정체불명의 병기의 소유병들은 금속제 갑옷을 입고 있었다.

때문에 일부러 유도기능을 부여하지 않아도 그들의 체온과 입고 있는 금속갑옷 덕분에 분열한 번개는 반자동적으로 다른 갑옷으로 끌려갔다.

번개의 공격을 받은 적병은 몸에서 연기를 피워 올리면서 털썩털썩 쓰러졌다.

남은 제국병들은 아군 병사들이 눈 깜짝할 사이에 절반 가까이 쓰러지는 모습을 목격하고 겁을 먹은 것인지, 슬금슬금 뒷걸음질을 쳤다.

그때, 적군의 후방에서 다수의 검은 그림자가 튀어나왔다.

역광 때문에 얼굴까지 보이지는 않았으나 금속제 갑옷을

입고 있었다. 손에는 대검과도 같은 형태의 커다란 무기를 들고 있었다.

"!"

적의 증원부대가 착지한 장소를 보고 레티시엘은 숨을 삼켰다. 그곳에는 총을 든 제국병을 상대로 싸우는 아군도 있었다.

"뭐지?!"

"하늘에서 사람이 떨어졌다?!"

예상대로, 왕국병들은 갑자기 나타난 적의 증원에 주춤했다. 그 한순간의 틈을 놓칠 만큼 적도 바보는 아니었다.

"죽어라!!"

원군으로 나타난 적은 그렇게 외치면서 근거리용의 병기를 휘두르려 했다.

레티시엘은 곧바로 손바닥에 회색의 구체를 압축 출현시킨 뒤 궤도를 계산해 투척했다.

날아간 회색의 구체는 적이 막 휘두르려 한 검 끝을 정확하게 타격했다.

챙!

그리고 내리치는 검은 타이밍 좋게 앞쪽을 통과한 회색의 구체와 격돌해, 새된 금속음을 울렸다.

그 회색의 구체는 흙 속성 마술을 기본으로 굳혀서 생성한 돌멩이로, 밀도와 경도를 높이기 위해 무속성의 강화마술로 표면을 코팅해 두었다.

"크!"

힘에서 밀린 것은 적병 쪽이었다. 구체의 강도에 정체불명의 검이 튕겨난 것이었다.

"……이게, 방해하지 마라!"

적병은 구체를 던진 레티시엘의 존재를 알아차리고 곧바로 목표를 바꾸어 이쪽으로 돌진해왔다.

"……흐응."

기세 좋게 내리친 일격을 피하며 레티시엘은 감탄했다는 듯이 작게 중얼거렸다.

무거워 보이는 외관과 달리, 허공을 세로로 가른 방금 전의 공격은 예상했던 것보다 빨랐다. 피하는 것이 조금만 더 늦었더라면 맞았을지도 몰랐다.

원거리용 무기와 똑같은 보옥을 갖고 있으니, 이 속도와 무게는 그것에 의한 강화의 산물인 것일까.

그 위력, 어느 정도나 될까. 레티시엘은 손에 몇 개의 돌창을 구축해서는, 시험 삼아 그것을 적에게 던져보았다.

"얕보지 마라!"

적병인 남자는 날아오는 창을 정확하게 포착해 재빠르게 검을 내리쳤다. 그 움직임에는 군더더기가 없었다. 싸움에 익숙한 인간인 것 같았다.

돌창은 그대로 남자의 얼굴을 향해 날아갔으나, 그것이

그에게 꽂히는 일은 없었다. 창은 그에게 닿기 전에 깔끔하게 둘로 쪼개져, 후방에 있는 나무줄기에 깊숙이 박혔다.

'……그래. 방금 전의 그 일격으로 창을 가른 거구나.'

"겁먹지 마라! 이기지 못할 상대가 아니다!"

그것으로 기세가 붙은 마도병들은 레티시엘이 내던진 돌창을 베어버리며 레티시엘의 사방을 둘러쌌다.

"흥. 이걸로 끝이다."

"……."

"네가 누구인지는 모르지만, 이제 잔재주는 통하지 않아."

"……어머, 그건 과연 어떨까요?"

자신의 마도병기로 마술을 잘라버렸기 때문에, 그들은 이제 레티시엘이 어쩔 도리가 없다고 생각하는 것 같았다.

불온한 미소를 띠는 레티시엘의 모습에 뭔가를 예감한 것일까. 제국병들은 일제히 경계태세를 취했다. 그러나 그때에는 이미, 레티시엘의 술식은 완성돼 있었다.

대지가 크게 흔들렸다. 파도가 밀려오는 것 같은 굉음과 함께 지면이 격렬하게 흔들렸다.

당연히 타이밍 좋게 지진이 일어난 것이 아니었다. 레티시엘이 이 주변의 지면 일대에 전개한 마술을 발동한 것이었다.

돌창을 검으로 베어버릴 수는 있어도, 애초에 서있는 지면 그 자체가 불안정해지면 아무리 강력한 무기를 갖고 있어도 의미가 없었다.

적들은 똑바로 서지 못하고 땅에 무릎을 꿇었다. 지면에 검을 꽂아 자세를 바로잡으려는 자들도 있었지만 임시방편에 불과했다.

"뭐냐, 지진?!"

"직접 공격을 할 수 없다면, 간접 공격을 할뿐이에요."

흔들림은 한층 더 심해지고, 땅속에서 무수하게 많은 날카로운 가시형태의 흙창이 무작위로 땅을 뚫고 솟아났다.

적도 그것을 곧바로 알아차리고 대응하려 했다. 그러나 격렬한 흔들림 탓에 무기를 쥐기는커녕 일어서는 것도 마음대로 되지 않았다.

"윽."

"크억……."

무작위로 출현한 흙창이 적병의 몸을 꿰뚫었다. 그들이 전원 말없는 시체가 되기까지는 그렇게까지 긴 시간이 필요로 하지는 않았다.

마지막으로 레티시엘은 막 이쪽으로 달려오려고 하는 적의 원군에게 오른손을 내밀었다.

그 손바닥을 중심으로 옅은 붉은 색의 오망성이 복잡하게 얽힌 술식이 떠올랐다. 그것은 곧 두 마리의 붉은 용의 형상으로 바뀌어 적의 진로 앞을 바람처럼 달려 나가서는 사라졌다.

퍼퍼퍼퍼벙!!

폭음과 함께, 거대한 붉은 불꽃의 장벽이 대지에서 뿜어져 올라왔다. 그 충격으로 불꽃이 활활 타오르는 장소의 지면은 크게 갈라졌고, 그 균열은 쩍쩍 소리를 내면서 퍼져나갔다.

숲 안이 전장이라면, 불의 마술은 기본적으로 사용금지였다. 그러나 이 불은 주위에 옮겨 붙지 않도록 레티시엘이 사전에 조정해두었다.

그렇다고는 해도, 실제로 불타고 있는 것은 극히 일부로, 붉은 빛과 연기 대부분은 술식을 섞어서 아지랑이처럼 보이게 하는 것인지라 그곳을 통과해도 화상 하나 입지 않았지만.

천 년 전에는 어린아이도 속일 수 없는 방법이었지만, 마술에 대한 이해도가 낮은 제국병을 속이는 정도는 간단했다. 불꽃의 벽과 지면을 가르는 진동에, 전진하던 적군의 진형이 무너졌다.

아지랑이의 건너편에서 봤을 때, 제국병의 시체 속에 홀로 서있는 레티시엘은 어떻게 비쳤을까.

"무, 물러나라! 철수한다!"

전장의 후방에서 증원으로 오려던 적의 대군은 자신들 앞에서 갈라진 균열에 동요해서, 호령과 함께 쏜살같이 퇴각했다.

제국 측이 무슨 생각을 하고 있는지는 알 수 없었으나, 전군이 덤벼도 레티시엘에게 이길 수 없다고 예상한 것일까.

"……해, 해냈다."

"물러났나? 물러난 건가?"

"우리, 이긴 건가?"

왕국군의 병사들은 아직 눈앞의 상황을 이해하지 못한 것 같았다. 혹시 개전한 뒤로 이렇게까지 빨리 제국군을 퇴각시킨 일이 없었던 것일까.

"……해냈다!"

"우리가 이겼다!"

한 박자 늦게 병사들 사이에서 환성이 일었다.

전투에서 한 번 이긴 것일 뿐 전쟁 자체는 아직 끝나지 않았는데 기뻐하는 것은 좀 이른 것 같았다. 그렇지만 생각해보면, 이 시대에서 전쟁 같은 것은 오랫동안 일어나지 않았다.

기껏해야 라피스 국과의 스피리아 전쟁이 십 수 년 전에 있던 정도였다. 이 시대의 사람들은 기본적으로 전쟁에 대해 천 년 전 만큼 극한의 긴장과 공포를 느끼지 않는 것일지도 몰랐다.

'스피리아 전쟁은 애초에 진 전쟁이었던 거네…….'

레티시엘은 그런 생각을 하며 납득했다.

근처에 있는 병사에게 이야기를 들어보니, 역시 이번 전투가 왕국군의 첫 승리라는 것 같았다. 피해 규모도 적었고, 적이 철수하기까지 걸린 시간도 가장 짧았다고 한다.

진심으로 기뻐하는 병사들 중에는 레티시엘의 곁으로 와

서 여러 번 감사의 인사를 하는 사람도 있었다.

그것을 적당히 받아넘기며 레티시엘은 적의 무기회수에 나섰다

지면에는 총이나 검 등의 무기와 함께 주인을 잃어버린 정체불명의 병기들이 다수 굴러다니고 있었다.

그러나 기분 탓인지 수가 적은 것 같았다. 눈으로 확인할 수 있는 것으로 원거리용과 근거리용을 합쳐서 몇 개밖에 되지 않았다.

소유 병력의 수는 좀 더 많았을 터인데……. 레티시엘은 가장 가까이에 떨어져 있던 것을 주워들어 보았다.

"……?"

손에 든 순간, 그녀는 위화감을 느꼈다. 정체불명의 무기는, 상상했던 것보다 훨씬 무거웠다.

그러나 이렇게까지 무거운 물건을 갖고 있으면서, 소유병들은 오히려 일반병들보다도 신속하게 움직였다.

병기가 이정도의 무게라면, 아무리 레티시엘이라도 신체강화마술을 사용해야 움직임이나 속도에 제한이 생기지 않았다. 하물며 그들은 갑옷 등의 방어구도 걸치고 있었다.

그렇다고 해서 소유병들이 특별한 훈련을 받은 것 같은 기색도 없었다. 체격도, 기술도 일반병과 그렇게 다르지 않았다.

'어떻게, 이렇게 무거운 것을 그렇게 가볍게 휘두를 수 있

었을까?'

의문스럽게 생각하면서 레티시엘은 주워든 원거리용 총형 병기의 방아쇠를 가볍게 당겨보았다.

쩍.

"!"

방아쇠는 전혀 움직이지 않았다. 대신 뭔가에 금이 가는 것 같은 소리가 났다.

그것이 방아쇠 부분이 갈라진 소리라는 것을 알아차렸을 때에는, 이미 균열은 병기 전체로 퍼져 있었다.

레티시엘은 서둘러 수복마술을 걸려고 했으나, 병기의 붕괴는 멈추지 않았다. 본체에 생긴 균열은 순식간에 자잘하게 퍼져나가 이윽고 레티시엘의 손 안에서 산산이 부서져 흩어졌다.

"……사라졌다?"

레티시엘의 손에는 마도병기가 붕괴하며 남긴 극소량의 분말만이 남겨졌다.

'이게, 대체 무슨……'

소멸하리라고는 예상하지 못했다. 병사 수에 맞지 않게 남아있던 마도병기의 수가 적었던 이유는 이미 사라져 없어졌기 때문일까.

하지만 왜 멋대로 사라져 버리는 것일까. 소유자의 손을 떠나면 자연적으로 붕괴하도록 설정되어 있는 것일까. 그렇지 않으면 뭔가 다른 장치가 있는 것일까……? 레티시엘은 이리저리 생각을 해봤으나, 현재 상황만으로는 알 수 없었다. 왕국에 있는 정보만으로는 도저히 짐작이 되지 않았다.

어쨌든, 전장에 언제까지고 머무는 것은 위험했기 때문에, 레티시엘은 일단 부대를 철수시켰다.

돌아가는 도중, 부대는 줄곧 어디에서인가 환성이 터져 올랐다.

레티시엘을 보는 눈도 호의적인 것으로 바뀌어, 이제는 정체를 알 수 없는 마도사 계집애라는 의심과 불안의 시선을 보내오는 사람은 없었다.

"……."

그러나 레티시엘은 앞선 전투를 냉정하게 분석하고 있었다. 병사들은 들떠 있었지만, 레티시엘도 그에 영합할 수는 없는 노릇이었다.

아군의 피해를 최소한으로 억제할 수 있던 것은 다행이지만, 그것은 이 전쟁의 근본적인 대책이 아니었다. 피해를 억제할 수 있어도 반격의 수단이 없다면 이길 가망은 없었다.

'그런 점에서, 그 병기에 대한 대책이 최대 과제가 되겠네…….'

이번 전투에서 확인한 바로는 적어도 근거리용의 도검형과 원거리용의 총형, 두 종류가 존재하는 것 같았다.

총만을 휴대한 병사가 반 정도 있었기 때문에, 그 무기는 제국의 전 병사에게 널리 보급된 것은 아니리라. 사용 후에

병기 자체가 산산이 분해되었기 때문에, 어쩌면 한 번 쓰고 버리는 것일지도 몰랐다.

분명히 마술은 그 묘한 병기에 충분히 대항할 수 있었고, 이번 전투처럼 제국군의 통제가 흐트러진 상태에서는 레티시엘 혼자서라도 어떻게든 아군을 지킬 수 있었다.

그러나 제국군의 통제가 언제까지고 흐트러져 있으리라고는 보장할 수 없었다. 만약 적이 통제를 되찾아 공격해 온다면, 역시나 레티시엘이라도 대응할 수 없으리라. 시급히 제국의 병기에 대응할 수 있는 방법을 왕국군에게 쥐어줘야만 했다.

'……그런 것에, 어떻게 대항하면 좋을까?'

아군의 환성이 아직도 이어지는 가운데, 레티시엘은 턱에 손을 대고 눈썹을 찌푸린 채 생각에 잠겨 있었다.

***

진지에 돌아오니 전선에서의 소식이 도착해있던 것인지, 병사들은 이미 들떠 있었다.

우선 전과를 보고하러 가기 위해 레티시엘은 라이오넬의 텐트로 직행했다. 하지만 도중에 스쳐지나가는 병사들의 시선이 아무리 해도 신경이 쓰여서 참을 수 없었다.

이른 아침에 진지를 나섰을 때에는 어디에서 굴러먹던 말뼈다구인지도 모를 젊은 계집애가 전투 같은 걸 할 수 있겠나, 하고 노골적으로 얼굴을 찡그리는 자, 코웃음치는 자, 불쌍한 눈으로 쳐다보던 자들이 대부분이었다.

"……아, 무사하셔서 다행입니다."

"이봐, 저기 봐. 그 마도사님이다."

"혼자 몇 십명이나 되는 제국군을 상대로 압도했다면서?"

"굉장한데……."

"아니, 정말로 저 소녀가 그런 재주를 부릴 수 있다고?"

그랬던 것이, 전투에게 이기고 돌아오자, 180도 달라져 그 일부가 태도를 바꾸었다.

물론 레티시엘의 전과를 믿지 못하는 사람도 있어서 그런 두 종류의 감정이 여과없이 날아와 박혔다.

하나부터 열까지 의심받던 때에는 의심 이외의 감정은 날아오지 않으니 신경이 쓰이지 않았지만, 이렇게 다양한 감정이 뒤섞여 날아오자 진정이 되지 않았다.

'천 년 전에도, 이런 상황은 거북했어…….'

과거 전쟁에 쫓기며 살 때에도, 타국과의 연합군으로 전쟁에 참가할 적에 타국의 병사들이 호의와 혐오가 뒤섞인 감정을 부딪쳐 오는 일에는 익숙해지지 않았다.

그 시선은 마치 자신이 싸우기 위한 병기로서 품평 받는 것 같은 느낌이라…… 그런 것은 아무래도 좋은 이야기였지만.

"전하, 시엘입니다. 방금 돌아왔습니다."

"들어오십시오."

빠른 걸음으로 총대장의 텐트에 도착하자, 레티시엘은 라이오넬의 대답을 기다렸다가 재빨리 안으로 들어갔다.

텐트 입구를 통과하자, 텐트 안에는 라이오넬 외에 몇 명의 남자들이 회의탁자에 앉아있었다.

남자들은 모두 큰 키와 풍채 좋은 몸을 가지고 있었으며, 몸에는 가죽갑옷을 걸치고 허리에는 검을 늘어뜨리고 있었다. 왕국군의 간부들일까.

"잘 돌아오셨습니다, 시엘 공. 전과에 대해서는 한 발 앞서 보고를 들었습니다."

"예. 제국병의 격퇴를 마치고 방금 귀환했습니다."

한자리에 모여 있는 간부 중에도 레티시엘에게 호의적인 자들과 그렇지 않은 자들이 있는 모양이었다.

감탄하듯이 이쪽을 관찰하는 사람도 있는가 하면, 정말로 너 따위가 그런 전과를 올린 것이냐 하고 의혹의 눈길을 보내는 사람도 있었다.

"덕분에 우리 군의 피해도 최소한으로 막을 수 있었습니다. 정말로 감사합니다."

"당연한 일을 했을 뿐입니다. 감사 인사를 들을 만한 일은 아무것도 하지 않았습니다."

"그래도 당신이 계시지 않았더라면, 이번 승리는 얻을 수 없었을 것입니다. 과연 아바마마께서 기대하신 분다우십니다."

"과분한 말씀, 감사합니다."

라이오넬은 어딘가 만족스러운 듯이 고개를 끄덕였다. 구체적인 부상병의 수는 아직 알려주지 않았으나, 어제 보았던 기록으로 추측건대 분명히 이번이 가장 적었던 것이리라.

간부들 앞이기 때문일까. 라이오넬은 레티시엘을 몹시나 칭찬했다.

레티시엘은 왕가에서 직접 파견한 마도사라고 되어있었다. 아마도 같은 왕가에 속한 자로서, 레티시엘의 유용성을 다른 사람들에게 알리고 싶은 것이리라.

"귀환하자마자 죄송합니다만, 전장에서의 상황을 보고해 주실 수 있겠습니까?"

"예, 알겠습니다."

라이오넬의 요구에 레티시엘은 전장에서의 일에 대해 간결하게 보고했다. 적의 병력과 아군의 피해, 전투 중의 양쪽 병사들의 능력차와 유효진형 등.

"과연. 역시 제국군의 기술력을 따라잡을 수 있다면, 이 전쟁, 우리나라의 승리도 있을 수 없는 것은 아닌 것 같군요."

"그것에 대해서입니다만, 한 가지 전하께 여쭙고 싶은 일이 있습니다."

"무엇입니까?"

"제국병의 장비를 재이용하는 것은 어떻겠습니까?"

레티시엘의 제안에, 라이오넬도 간부들도 한 순간 의아한 표정을 지었다.

"제국 쪽의 장비 말입니까…… 하지만, 예의 그 병기는……."

"그 병기…… 임시로 마도병기라고 부르겠습니다. 그것이 소멸해버린다는 사실은 알고 있습니다."

물론 그 마도병기를 재이용할 수 있다면 가장 좋겠지만, 현재 그 무기는 소유자의 손을 떠나면 타인이 기동시킬 수 없다고 생각되었다.

그러나 모든 제국병이 마도병기를 갖고 있는 것은 아니었다. 수로 따지면 반반. 일반무장을 한 병사도 적지 않았다.

필시 제국군에도 계급이 있을 것이기에, 정체불명의 병기가 주어지는 것은 높은 계급의 병사들이 아닐까 싶었다.

통상의 검이나 총에서도 제국의 것과 왕국의 것은 그 질이 하늘과 땅만큼 차이 났다. 이쪽은 사용하는데 제한이 없으니, 그것을 사용하지 않을 수 없었다.

"……아아, 그런가. 실례했습니다. 이 제가 그 사실을 깜빡 잊고 있었습니다."

아차 하는 얼굴로 라이오넬은 자신의 이마를 짚었다. 아마도, 지금까지의 전투에서는 살아남아 방어하는 것만으로도 벅차서 제국군의 무기를 상세하게 살필 여유가 없던 것이리라.

하물며, 병력에서도 기술력에서도 당해낼 수 없었던 상대의 무기를 빼앗고자 하다니, 생각은 할 수 있어도 실행하려고 하지는 않을 터였다.

"그렇다면 전하, 우리 쪽에서 전장의 무기를 회수해서—."

"그러실 필요는 없습니다. 이미 회수를 끝냈습니다."

레티시엘은 한 초로의 간부의 발언을 가로막고 그렇게 말했다. 중간에 말이 가로막힌 간부가 날카로운 시선으로 레티시엘을 노려보았다.

"회수를 끝냈다고? 그런 물건이 있다는 보고는 받지 못했다."

"그건 당연하지요. 병사들과는 아무 관계가 없는 일이니 말입니다. 전하. 이 책상을 써도 괜찮을까요?"

"물론, 상관없습니다."

라이오넬이 허가를 내리자, 레티시엘은 아공간마술을 발동했다.

세로로 긴 회의탁자의 상공이 한 순간 일그러지고, 그 일그러진 부분에서 차례로 총이 모습을 나타내 덜그럭 덜그럭 탁자 위로 떨어졌다.

"""?!"""

갑자기 공중에 나타난 무기들에 마술을 아는 라이오넬 이외의 간부들이 눈을 부릅떴다.

"이것이 회수해 온 제국병의 총입니다."

그에 개의치 않고 레티시엘은 라이오넬에게 보고를 이어갔다.

"이번 전투에서 제국병이 사용하던 이 총은 아무래도 저격에 특화된 타입인 것 같습니다. 일부, 어쩔 수 없는 사정으로 파괴해버린 것도 있습니다만, 가능한 한 복원해서 가져왔습니다."

내부에서 폭발해 대파된 것은 역시나 무리였으나, 단순히 총구를 막았거나 총신을 절단했을 뿐인 것은 마술로 수복해 놓았다.

"시엘 공의 그 힘은 언제 봐도 근사하군요."

"칭찬해주셔서 영광입니다."

"그런데, 이것이 총인가……. 역시나 본가의 물건은 다르군. 바로 연구를 시작하지. 이것이 있으면 이쪽의 기술에 적용할 수 있게 되겠군요."

우리나라는 결국 제대로 된 총은 만들지 못했으니 말입니다, 라고 말하며 랴이오넬은 한숨을 내쉬면서 작게 웃었다.

공작령에서 메이가 총검을 사용하던 것을 본 적이 있었으나, 총 부분은 분명히 장탄 수 한 발에 조준도 불안정해서 겉만 번드르르한 총이라는 말을 들은 적이 있는 것 같은 느낌이 들었다.

"총의 제조법은 제국 측이 완고하게 공개하려고 하지 않았습니다만, 이만큼의 샘플이 있다면 우리 군의 무장 수준에도 도움이 되겠지요."

"총탄의 종류에 대해서는 딱히 제약은 없는 것 같았습니다. 전장에서도 병사에 따라 사용하던 탄의 종류는 달랐기 때문에, 왕국제 탄알이라도 사용할 수 있을 것이라고 생각합니다."

"그러려면 우선, 탄알의 강도를 높여야 하겠군요. 지금 상태로는 발사할 수는 있어도 큰 위력은 발휘할 수 없을 겁니다. 총알의 샘플은 없나요?"

"죄송합니다. 제게는…… 하지만 이번 전투에서 총상을 입은 병사가 몇 명 있으니, 적출한 총알이라면 입수할 수 있지 않을까 싶습니다."

"그렇다면 제가 치료부대에 전달을 하지요."

"그것과, 훈련은 어떻게 하실 건가요? 검과 비교하면 총 쪽이 초심자도 다루기 쉽겠습니다만, 그래도 저격을 하려면 기술이 필요할 겁니다."

"그렇다면 총을 다루는 부대를 새롭게 편성하지요. 우선 총의 조작과 훈련을 그 부대를 최우선으로 진행하면, 확실하게 전력이 될 터이니 말입니다. 시엘 공, 총을 다루는데 자신이 있으십니까?"

"……총을 다뤄본 경험이 없기 때문에 뭐라고 말할 수가 없네요. 바라신다면 훈련하겠습니다만."

"아니, 지금은 아직 괜찮습니다. 이쪽의 전력증강이 안정될 때까지는 아직 당신에게 기대야만 하니까요."

간부들은 마치 공을 주고받듯이 대화를 이어나가는 제2 왕자와 젊은 여마도사를 그 자리에서 멍하니 지켜보는 수밖에 없었다.

그들은 이미 중간부터 두 사람의 대화 속도를 따라갈 수가 없었고, 지금은 완전히 대화에서 제외되어 있었다.

제2왕자가 전쟁에 대해 박식하고 지혜로운 것은 모두 알고 있었다. 공부로 각종 지식에 정통한 수재라는 사실도 전부터 국민 사이에 널리 알려져 있었다.

그런데 그런 제2왕자와 거뜬히 대화를 주고받고, 뿐만 아니라 때때로 조언까지 하는 저 소녀는 대체 누구인가.

아름다운 은색의 머리카락을 가진 소녀였다. 두르고 있는 망토 밖으로 드러난 하얀 팔은 연약하고 가늘어서 무기를 제대로 쥘 수도 없을 것 같았다. 마치 집밖에조차 제대로 나간 적이 없을 것 같은 인상을 주는 소녀였다.

좌우의 색이 다른 눈동자에는 불길한 붉은색이 깃들고, 그 지나온 자취부터 모든 것이 죄다 수수께끼에 싸인 소녀. 설령 왕가에서 하사한 브로치를 갖고 있다고 해도 수상하기가 이를 데 없었다.

자그마한 체구에 그야말로 온실 속의 화초로 자란 것 같은 풍모의 여마도사에게 당초 호의적인 시선을 보내는 사람은 없었다. 여자가 이런 곳에 뭘 하러 온 거냐, 전장은 놀이터가 아니다, 이런 것을 파견한 왕실은 대체 뭘 하고 싶은 거냐. 그렇게까지 말하는 사람도 있었다.

그러나 남자들은 그녀의 능력을 오인했다는 사실을 깨달

았다.

어떻게 보아도 제2왕자와 비슷해 보이는 나이였건만, 눈앞에서 전략을 늘어놓는 그녀의 몸짓과 분위기는 역전의 전사 혹은 군사 그 자체였다.

"총의 훈련에 대해서는 전하께 맡겨도 괜찮겠습니까?"

"예. 괜찮습니다. 다만, 이쪽도 완전히 구조와 원리를 파악한 것은 아니니 시엘 공도 무슨 일이 있다면 언제라도 조언을 해 주십시오."

"알겠습니다. 그러시다면, 우선 총을 쥐는 법에 대해—."

제2왕자와 여마도사의 대화는 아직도 계속되고 있었다.

간부들은 그 대화를 들으면서 또다시 감탄하듯이 아군의 중추를 담당하는 두 사람을 지켜보았다. 그 시선에는, 이미 소녀의 능력을 의심하는 빛은 없었다.

4장 마도병기

레티시엘이 왕국군에 가세한지 이틀, 개전한 지 7일이 경과했다.

제국군의 기세는 아직도 꺾일 기미를 보이지 않았으나, 변함없이 공격은 부대에 따라 제각각이었다. 그 덕분에 왕국군도 피해를 내면서도 계속 버틸 수 있었다.

레티시엘도 전투로 바쁘게 뛰어다녔으나, 마음속으로는 늘 제국군 병기에 대한 대항책을 생각하고 있었다.

지금은 아직 저항할 수 있어도 사흘 후까지 버틸 수 있다는 보장은 없었다. 소모가 격렬한 것도, 열세인 것도 모두 이쪽으로, 상대편은 아직 진심조차 내지 않았으니까

병력차는 현재 어떻게도 할 수 없다고 치고, 적어도 제국군이 다루는 정체불명의 병기는 어떻게든 하고 싶었다. 그렇게 하는 것만으로도 왕국 측의 부담이 가벼워질 터였다.

어제와 마찬가지로 레티시엘은 전장으로 파견되어, 무사히 적군을 격퇴하고 진지로 돌아왔다. 그러나 예의 병기에 대항할 수 있는 유효한 방안은 아직 생각해내지 못했다.

현재 아는 것은 그 병기는 아마도 소유자를 잃거나 손에서 멀리 떨어진 단계에서 기능이 정지하도록 설계되어있으리

라는 것. 그리고 특수한 탄환을 사용하는 것. 그 정도였다.

"……."

그런 한편, 레티시엘은 지금의 자신에게 뭐라 말할 수 없는 감각을 느끼고 있었다.

전장으로 향할 때마다 레티시엘 안에서 부풀어 오르는 감각이 있었다. 전장에 서서 적을 죽이고 아군을 격려한다. 먼 옛날의 전생에서는 일상처럼 곤두세우고 있던 다양한 감각. 이 시대에 와서 조금씩 잊어가고 있던 감각.

그 감각들 덕분에 이번 전투에서 아군의 원호와 전술작전에 공헌할 수 있던 것은 분명했으나, 되찾아서 기쁜 감각은 아니었다.

"……아니. 정신 차려, 레티시엘."

레티시엘은 곧바로 고개를 젓고는 자신을 타일렀다.

레티시엘은 싸워야 했다. 그것이 지금 자신에게 주어진 책무이자, 기대였다.

그렇다면 지금은 그 기대에 응해야만 했다. 그것에 개인적인 감정은 필요 없었다.

우선은 그 병기의 구조를 어떻게든 알아내야 하겠으나, 평범하게 회수하려고 해도 그 마도병기는 고철덩어리로 변해 사라져버렸다.

"……입수방법인가."

"오. 아무래도 지금 돌아온 것 같구나."

레티시엘이 지면에 시선을 떨어뜨린 채 생각을 하면서 자신의 텐트로 돌아가려던 때, 누군가가 앞쪽에서 말을 걸어왔다.

그 소리에 레티시엘은 뭐지? 하고 고개를 들었다. 그러자 갑옷을 걸친 루카스가 이쪽을 향해 가볍게 손을 들어보였다.

"어라? 학원자……."

"잠깐. 여기서는 그렇게 부르지 마라."

루카스가 레티시엘의 말을 가로막으며 눈으로 부정의 뜻을 전해왔다.

그리고, 레티시엘은 그를 이 자리에서 학원장이라고 부르는 것은 위험하다는 것을 이해할 수 있었다.

레티시엘은 왕국군에게 정체불명의 마도사 『시엘』로 불리고 있었다. 제국군이 조사하려고 해도, 아마도 그 이상의 정보는 나오지 않을 것이다.

그러나 루카스가 루크레치아 학원의 학원장을 하고 있다는 사실은, 아군이라면 태반은 알고 었다. 적도 조사하려고 한다면 조사할 수 있었다.

『시엘』이 루카스를 학원장이라고 부른다면, 그것은 그녀가 루크레치아 학원의 학생이라는 사실은 공언하는 것이나 마찬가지였다.

"실례했습니다. 그래서, 루카스 님은 언제 이곳에 도착하셨나요?"

"오늘 아침에 막 도착한 참이다."

하늘을 올려다보니, 동쪽 하늘에는 지평선에서 지금 막 완전히 모습을 드러낸 태양이 빛나고 있었다.

오늘 아침은 일출 전에 초계로부터 기습이 보고되어, 아직 어슴푸레한 가운데 적을 물리치기 위해 나섰다. 레티시엘은 그 임무를 마치고 돌아오는 길이었다. 루카스와는 마침 엇갈렸던 모양이었다.

"본업 쪽은 문제없으신 건가요?"

"그래. 업무는 이미 아래 녀석들에게 모두 넘겼다. 회의에서도 필요한 사항은 통달해두었으니까 당분간은 문제없을 거다."

학원장과 학생이라는 관계성이 드러나지 않도록, 레티시엘은 단어에는 주의하면서 학원에 대해 물었다.

참고로, 학원은 휴교하지는 않은 것 같았다. 이 타이밍에 휴교하는 것은 쓸데없이 학생이나 교원들의 불안만 부채질할 뿐이기 때문에, 되도록 평소대로의 생활을 유지하고 있다고 했다.

"그런데, 방금 전에는 뭘 중얼거리고 있던 거냐? 입수방법이라느니 뭐라느니 하는 말이 들렸는데."

불현듯 루카스가 그렇게 물어왔다. 아무래도 방금 전의 그 중얼거림을 다 들었던 모양이었다. 뭐, 루카스가 들었다고 문제가 있는 것은 아니었기 때문에 상관은 없었지만.

"그것에 대해서는 지금의 상황을 공유하면 이해하실 수 있을 겁니다."

"알았다. 들어보마. 어차피 라이오넬 전하께 정보를 들으러 갈 참이었으니까 말이다."

레티시엘은 오가는 병사들에게 방해되지 않도록 옆으로 비켜서서 지금까지의 왕국군에 대한 정보를 루카스에게 전했다.

제국군이 사용하는 마도병기와 그 위력, 그것으로 왕국군이 입은 피해의 데이터, 적의 통솔의 혼란과 그에 따른 단결력의 약화, 전쟁의 이유와 제국의 현 정세 등.

레티시엘이 참전하기 전의 전투에 대한 상세정보는 라이오넬에게 들은 것만을 이야기했으나, 자세한 내용은 본인에게 들을 수 있을 것이다.

"다시 말해서, 적이 아직 결속을 굳히지 못한 덕분에 지금은 아직 전력차가 있어도 전선을 유지할 수 있다는 거지?"

"그렇습니다. 그렇다고는 해도, 이 상황이 계속될지 어떨지는 미지수예요. 제국군의 이 약해빠진 통솔력에는 제국 국내의 정세도 맞물려 있는 것 같으니, 그쪽에 대해서도 지금 조사 중입니다."

"그렇다면 이번 전쟁의 총대장은 누구냐? 이쪽을 공격하는 부대에는 제국군 전체의 지휘자와는 별개의 리더가 있을 거잖아?"

"그에 대해서는 군 쪽에서도 이제 막 파악한 참입니다. 디오르그 브룩본이라는 남자로 제국령 제33지주의 총독을 맡고 있다고 합니다."

그 정보가 전해진 것은 어젯밤으로, 그 디오르그라는 남자의 상세한 정보는 아직 다 갖춰지지 않았지만.

이리스 제국은 복수의 주에 각각 통치자를 두고, 그 통치자들을 황제가 통솔하는 구조였다. 제33지주는 지도에서 확인하는 한, 플라티나 왕국과의 국경이 아닌, 오히려 라피스 국과의 국경을 따르듯이 위치하고 있었다.

"총독인가…… 침략이 목적은 아닌 것 같군."

"예. 자신의 영지가 왕국과 인접해있지도 않으니 아마도 그럴 겁니다. 뭔가 야망을 숨기고 있을 가능성 쪽이 높은 것 같습니다."

"그렇게 생각하는 이유는?"

"현재 제국의 정세입니다. 아무래도 이 디오르그라는 총독은 옛날부터 왕국에 부정적인 입장을 취해온 자인 것 같아서 말이지요."

라이오넬의 밀정이 현재 가져오는 정보에 따르면, 레티시엘의 예상대로 역시 제국군 내에서는 아군끼리 대립이 일어나고 있었다.

제국은 플라티나와의 동맹을 파기했으나, 애초에 상층부는 동맹파기에 소극적이었다는 것 같았다. 그러나 각 지방의 총독들 중 일부는 『마법이라는 사악한 술수를 쓰는 나라』의 섬멸을 주장했고, 결국 채택되었다.

근래의 이리스 제국은 황제나 예전부터의 의사결정기관인 의회의 권력이 약화되고, 그 대신 지방을 다스리는 총독들이 권력과 군사력을 얻고 있었다.

황제가 장식이 되고 총독의 권한이 강해지면 당연히 이번에는 총독들끼리의 분쟁이 격화된다.

아무래도 제국 내에서는 아직도 재동맹파의 총독과 전쟁파의 총독이 대립하는 것 같았다. 이 전쟁도 전쟁파 안에서도 과격파인 총독이 움직이지 않는 다른 총독들을 기다리다 지쳐서 멋대로 움직인 것이 시작이었다는 것 같았다.

"과연. 상황이 그렇게 됐던 건가."

"예. 한동안 견제하는 정도는 괜찮지만 이대로 교착상태를 계속 유지할 수는 없습니다."

"그 견제를 위해서라도 우선은 적의 병기를 공략해야만 한다는 거로군. 대책은, 없는 거였지?"

"예. 없습니다."

그러나 대책이 없다는 것은 전쟁에서는 치명적이라는 사실을 레티시엘은 뼈저리게 알고 있었다.

그것은 아마도 루카스도 잘 이해하고 있을 터였다. 무엇보다, 스피리아 전쟁 당시 주술병이 그러했다. 주술병에 대한 정보도, 그에 대한 대책도 얻지 못한 채 왕국은 그저 지는 수밖에 없었다.

미지의 힘과 눈싸움을 하고 있어봤자 소용이 없었다. 모르는 것이 있다면 그것을 이해해야만 적을 상대할 전략도 세울 수 있었다.

"그렇다면 개발부의 텐트에 가보는 건 어떠냐?"

그러자 루카스가 그런 제안을 해 왔다. 개발부…… 개발부?

"개발부, 요?"

"그래. 병기개발을 담당하는 소대가 조직되어있다. 이곳에서 우리끼리 얘기를 해봤자 답이 나오진 않잖아?"

잘은 몰라도 이번 왕국군 안에는 병기개발부라는, 이름 그대로 무기나 방어구의 제작이나 개발을 전문으로 하는 소대가 조직되어 있다고 했다.

일각을 다투는 이 상황에서는 왕도에서 느긋하게 연구 같은 것을 하고 있을 여유는 없었다. 때문에 위험을 무릅쓰고 일부러 전쟁 지대에 병기개발부를 설치한 것이었다.

"무기 얘기를 할 거라면, 그 쪽이 전문인 녀석들에게 이야기를 듣는 편이 빠르지."

"그렇군요. 분명히, 대책을 짠다면 그들과도 이야기를 할 필요가 있겠군요."

"지금 바로 가볼 테냐?"

"예, 물론입니다. 내일까지 기다리는 시간이 아까우니까요."

"그러냐. 그럼 따라와라. 안내해주마."

"……? 루카스 님이 말씀인가요?"

"그래. 나도 마침 병기개발부에 볼일이 있다."

루카스가 걸음을 옮기기 시작했고, 레티시엘도 그를 따라 진지 안을 나아갔다.

루카스는 의수의 건으로 개발부에 할 이야기가 있다고 했다. 전장에서 만약 의수가 파손되기라도 한다면, 수리하는 것은 개발부의 일이었다. 그래서 사전에 미리 이야기를 해두고 싶다는 것 같았다.

"여기다."

루카스가 걸음을 멈춘 곳은, 왕국군 진지의 가장 남쪽에 있는 한 곳이었다.

총대장의 텐트와 비슷할 정도로 커다란 텐트를 중심으로, 다수의 작은 텐트가 중앙의 텐트에 바짝 맞대듯이 설치되어 있었다.

"잠시 실례 좀 하겠다."

루카스는 가장 큰 중앙의 텐트입구를 통과했다. 레티시엘도 그것을 뒤따랐다.

텐트 안은 대량의 책상과 의자로 복잡했다. 그 외에도 자료가 넣어두는 선반이나 무기나 설계도가 꽂힌 나무상자 같은 것도 있었다.

한가운데 있는 한층 더 큰 책상에는 제작 중인 총이나 세세한 그림, 숫자가 적힌 종이들이 흩어져 있었고, 몇 명의 연구원이 작업에 힘쓰고 있었다.

"예. 무슨 일이신가요?"

안쪽에서 루카스의 목소리에 답하는 청년의 목소리가 되돌아왔다. 목소리로 보아 꽤나 젊은……이라고 할까, 이 목소리도 엄청나게 귀에 익은데…….

"미안하다. 이런 때에."

"아뇨. 이쪽이야말로 좀처럼 손을 뗄 수가 없어서…… 어라?"

뒤늦게 이쪽으로 다가온 목소리의 주인은 나란히 선 레티시엘과 루카스를 보고 눈을 동그랗게 뜨고 있었다. 레티시엘도 아마도 그와 똑같은 얼굴을 하고 있으리라.

"……지크?"

"도로셀 님……?"

한참 전부터 학원에서 모습을 보지 못하게 된 지크가, 설마 전장에 나와 있을 줄은 생각도 하지 못했다.

"저는 시엘. 국왕폐하의 특명으로 파견된 마도사예요. 반갑습니다."

그러나 곧 마음을 다잡고 레티시엘은 시치미를 떼며 지크에게 오른손을 내밀었다.

왕국군의 일원으로 싸우는 한, 레티시엘은 『시엘』이었다. 그리고 『시엘』은 이 장소에 지인 따위 존재하지 않았고, 지크도 알지 못했다.

"……아아. 처음 뵙겠습니다, 시엘 님. 병기개발부에 소속된 지크라고 합니다. 잘 부탁합니다."

레티시엘의 의도를 간파하고, 지크는 진지한 표정으로 이쪽의 악수에 응해주었다.

"……그런데, 지크는 어째서 왕국군에 있는 거죠?"

일단 다른 사람들에게 대화가 들리지 않도록 목소리를 낮추어 레티시엘은 지크에게 질문했다.

"보시다시피, 병기개발 인원으로서 차출되었습니다. 제 연구 분야는 수학이나 기계와 궁합이 잘 맞는 분야이니까요."

미성년, 그것도 학생을 기용하는 것에는 반대하는 마음도 없지는 않았으나, 지금 이 일손부족의 상황 속에서 입바른 소리만 하고 있을 수도 없다는 것 같았다.

"……그러고 보니, 기계를 만지는 것은 잘한다고 언젠가 말했었죠."

이쪽 시대에 전생하고 학원에서 지크와 처음 만났을 때에도, 그는 기계실에서 기계정비에 힘쓰고 있었다.

"고향에 있을 때부터 기계를 다루는 것은 좋아했습니다. 베를 짜는 재능은 없었습니다만, 방적기의 정비는 곧잘 했죠."

"그랬군요……."

"왕도에 있는 기계는 역시 마을의 기계보다 훨씬 복잡해서 말입니다. 그것이 재미있어서 기계실에는 자주 가곤 했습니다."

잘은 몰라도 지크가 학원에서 하던 연구는 수학과 관계된 분야로, 같은 숫자라는 관련성에서 총의 조준계산이나 대포의 궤도측정 등 병기개발의 기술연구도 하고 있었다고 한다.

현재 왕국제 병기의 정밀도가 모두 실제로 사용할 수 있는 수준에 이르지 못했다는 점도 있어서, 지크의 연구는 무척 주목받았다.

얼마 전 입학식 때 상등생이 지크에게 말을 걸었는데, 연구에 흥미를 갖고 있다는 것은 그들도 같은 생각을 하고 있던 것일지도 몰랐다.

"실은 병기개발 분야에서는 좀 유명하다. 작년에도 지크의 연구논문이 학회에서 높은 평가받아서 천재이니 뭐니 큰 소동이 벌어졌었지."

"그렇게 거창한 일은 아니니까요……그것보다 하지마시라니까요."

그렇게 말하며 호쾌하게 지크의 머리를 쓰다듬는 루카스에게 지크는 뚱한 얼굴을 하면서 그것을 피하려 했다.

'그런 실적이 있었다니…….'

레티시엘은 지크의 경력에 순수하게 놀랐다. 작년이라면 이미 레티시엘과 만났을 때인데, 그때에는 아무것도 알지 못했다.

이야기를 더 들어보니, 아무래도 지크는 오래 전부터 병기개발업계에서는 그럭저럭 이름이 알려진 인물이었던 것 같았다.

여하튼 급진적이고 참신한 안을 내놓는 젊은 연구자로 유명해서, 그가 고안하거나 시작(試作)한 무기는 다루기 쉬운 것이 많다고 했다.

애초에 루크레치아 학원에 특등생으로 입학한 것도 학원 측에서 수학과 기계적인 지식을 높이 샀기 때문이었다. 그랬기에 입학과 동시에 연구실도 주어졌고 수업에 출석하는 일도 면제되었다.

'……나오도 같은 일을 하고 있었지.'

레티시엘의 뇌리에, 천 년 전의 일이 떠올랐다.

어느 날 갑자기 하늘에서 떨어진 나오는 레티시엘과 사람들이 알지 못하는 신기한 무기의 정보나 만드는 법을 알고 있었다.

그뿐만 아니라, 정치면에서도 그 지식은 크게 위력을 발휘했다. 때문에 그는 온 나라에서 존경을 사고 있었다.

"나오……."

"시엘 님? 왜 그러시죠?"

"……아무것도 아니에요. 미안해요. 이야기가 딴 길로 샜네요."

의아해하는 지크에게 그렇게 말하고, 레티시엘은 일단 이야기를 끝냈다. 지크는 딱히 의아해하는 기색 없이 본론으로 들어갔다.

"그래서, 무슨 볼일이시죠? 할 이야기가 있으시지요?"

"……저부터 이야기해도 될까요?"

"상관없다. 나는 그저 이 의수의 정비에 대해 상담하러 온 것뿐이니까 말이지."

루카스는 장갑을 낀 왼손을 가볍게 한 번 흔들고는 다시 바지 주머니에 찔러 넣었다.

"오늘 이곳에 온 것은 다름이 아니라, 마도병기에 대해 상담을 하고 싶어서예요."

"마도병기? 어, 음. 그건 제국군이 사용하는 예의 그 묘한 병기를 말씀하시는 겁니까?"

"아아, 미안해요. 내가 멋대로 그렇게 부르고 있는데, 그 병기를 말하는 거예요."

"그거라면, 저도 개인적으로 연구하고 있습니다."

아무래도 지크도 이곳에 왔을 때부터 제국의 마도병기에 주목해서, 통상의 연구 작업 틈틈이 조사를 하고 있던 것 같았다.

무엇보다 전체적으로는 아직 정보가 부족하고 아군의 장비강화 쪽이 우선되어서, 본격적인 연구 프로젝트가 되지는 않았다는 것 같았지만.

"그렇다고는 해도, 왕국의 무기로는 마도병기에는 대항할 수 없어서 정보 수집을 할 계제가 아니라는 점도 있습니다만."

"그래요. 꽤나 까다로운 병기죠. 어디까지 도움이 될지는 모르겠지만, 내가 보고 들은 병기의 정보는 공유하겠어요."

“예. 부디 부탁드립니다.”

마침 뒤에 있던 텐트의 입구에서 백의를 걸친 청년이 돌아왔다. 지크와 레티시엘, 루카스는 입구 옆에 있는 선반 근처로 이동해 이야기를 재개했다.

“……과연.”

레티시엘이 한 차례 이야기를 마치자, 지크는 오른손으로 턱 끝을 잡고 지금까지 들은 이야기를 되뇌듯이 사고에 잠겼다.

“여러모로 흥미로운 이야기군요.”

“그런가요? 도움이 되었으면 좋겠네요.”

“예. 귀중한 정보입니다.”

지금까지 왕국군은 제국군의 침략을 막아내는 것으로도 벅차서, 마도병기를 가진 병사와의 구체적인 전투 데이터 같은 것은 그다지 모으지 못했다는 것 같았다.

“허나, 우선은 예의 병기의 구조를 알지 못하면 소용없잖아.”

“그렇죠. 다만, 그것에는 아직 정보가 부족한 것 같은—.”

“그것에 대해서입니다만…….”

레티시엘과 루카스의 대화를 지크가 약간 조심스럽게 가로막았다.

“제가 어떤 가설을 세워봤습니다.”

“가설?”

“예. 잠시 이쪽으로 와주시겠습니까?”

그렇게 말하고 지크는 그에게 주어진 것으로 생각되는 작업책상으로 돌아갔다. 레티시엘과 루카스도 그 뒤를 따랐다.

책상 위에는 한 장의 종이가 펼쳐져 있었다. 그 종이에는 무기의 그림과 수식이 빽빽하게 적혀 있었다.

"이 그림은…… 제국의 마도병기?"

"그렇습니다."

"하지만, 그 무기는 회수할 수 없던 거 아니었나요……?"

"아, 아닙니다. 병사들의 이야기를 듣고, 그것을 토대로 그린 겁니다."

지크는 종이에 그려진 원거리용 마도병기의 그림을 가리키면서 그렇게 대답해주었다. 구조의 정보는 얻지 못해도, 분명히 왕국병들은 남들보다 갑절은 마도병기를 봤을 것이리라.

"이야기에서, 마도병기의 기동이나 공격 시에는 중앙의 보옥이 반응한다고 들었습니다."

"그래요. 맞아요. 실탄이 장전된 기색도 없었고요."

"바로 그겁니다. 그 보옥이 열쇠가 아닐까 하고 생각한 겁니다."

지크는 그렇게 말하면서 도면에 그려진 보옥 부분을 가리켰다.

"병사들에게서 모은 이야기입니다만, 아무래도 이 보옥이 빛날 때 마도병기도 함께 희미하게 빛난다는 것 같습니다."

"그런가요?"

"뭐, 밤이 아니면 확실하게는 보이지 않겠지."

"보옥과 병기 본체의 빛은 이른바 에너지 공급에 의한 것이 아닐까 하고 생각합니다. 하지만 외부에서 공급되는 기색은 없습니다. 그러니까 에너지는 내부 혹은 병기와 접속해 있는 병사 본인에게서 나오는 것일 가능성이 높다고 생각합니다."

"……마력인가?"

루카스가 미간에 주름을 모은 채 그렇게 말하며 팔짱을 끼었다.

레티시엘도 같은 생각을 하고 있었다. 병사 본인이 공급할 수 있는, 에너지가 될 만한 것은 마력밖에 생각이 떠오르지 않았다.

"……아."

"시엘 님? 뭔가 짐작 가는 것이 있으십니까?"

"마도병기를 사용하던 병사들, 다들 두 팔에 묘한 팔찌 같은 것을 차고 있었어요. 전장에서 왜 그런 방해가 될 것 같은 것을 차고 있었는지, 무척 의아했어요."

"어쩌면, 그 팔찌가 에너지 공급에 관여하고 있을지 모르겠군요……."

지크가 레티시엘의 말을 이어받듯이 그렇게 중얼거렸다.

'……그렇다는건, 소유자와 그 팔찌만 있으면 그 마도병기는 사라지지 않고 가동한다는 것일까?'

아직 확증은 없었으나, 만약 이 가설이 사실이라면 마도병기의 회수에도 응용할 수 있을 것 같았다. 다음에 전장에서 그 병기와 마주친다면 검증해둘 필요가 있을 것 같았다.

"그건 그렇고, 용케 그 구조를 생각해냈네요."

"전에 학원장님의 의수를 연구한 적이 있어서, 그래서 생각이 미친 것뿐입니다.

"……? 루카스 님이 의수를 조사할 수 있게 해주셨나요?"

"예. 가볍게 내부구조를 조사한 것뿐입니다만, 흔쾌히 허가해 주셨습니다."

레티시엘은 무심하게 루카스 쪽에게로 시선을 보냈다. 그러자 그 당사자는 스윽 이쪽에서 시선을 돌렸다.

레티시엘은 두 번이나 연구를 요청했음에도 각하되었는데, 지크는 손쉽게 루카스의 의수연구를 허가받았다. 뭘까. 이 신용도의 차이는.

"어쨌든, 여기서 억측만 늘어놔도 결말이 나지 않습니다. 시엘 님, 어떻게 해서든 제대로 기동하는 마도병기를 입수해주시지 않으시겠습니까?"

"알았어요. 회수방법은 이쪽에서 생각해볼게요."

"부탁드립니다."

"기동하기만 하면 되는 거죠?"

"……가능하다면 깨끗하고 온전한 상태로 회수해주시면 감사하겠습니다."

레티시엘이 만일을 위해 확인했더니, 왜인지 지크가 곤란한 것 같기도 하고 어처구니가 없는 것 같기도 한 미묘한 미소를 지어보였다. 혹시 대파해서 회수해올 것이라고 생각하는 것일까.

그렇게 여기다니, 이외였다. 아무리 그래도 귀중한 연구재료이니 레티시엘도 그렇게 난폭하게 다룰 생각은 없었다.

무엇보다, 원만하게 회수할 수 있을 때의 이야기이지만.

***

제국의 마도병기에 관한 연구는 다음 날 지크의 주도로 바로 본격적인 프로젝트로서 시작되었다.

그렇다고는 해도 아직 중요한 병기 본체를 입수하지 못했기 때문에, 상세한 데이터는 아직 모자랐다.

"빠르게 대응해주셔서 감사합니다, 전하."

"감사의 인사를 들을 만한 일은 아닙니다. 우리나라의 승리에 필요한 일을, 어째서 뒤로 미룰 수 있겠습니까."

총대장의 텐트에서, 레티시엘은 라이오넬과 마주하고 있었다.

어제저녁에 마도병기연구에 대해 라이오넬에게 보고했더니, 다음 날 이른 아침에 일어났을 때에는 이미 전군체제로 프로젝트 시동이 통지되어 있었다.

과연이라고 해야 할까, 일처리가 빨랐다.

"성과는 기대할 수 있는 것입니까?"

"현재로는 모든 것이 부족하기 때문에 확실한 말은 아무것도 드릴 수가 없습니다."

"……그렇겠지요."

작게 미소를 짓는 라이오넬의 표정에는 놀람도, 낙담의 빛도 없었다. 아마도 예상했던 것이겠지만, 일단 물어본 것뿐이리라.

"시엘 공."

"예."

"당신이 병기개발 쪽에도 힘을 다해주는 일이 우리 군에게 유익한 일이라는 사실은 저도 이해하고 있습니다."

갑자기 레이오넬이 그런 말을 꺼냈다. 그 의도를 알 수 없어서, 레티시엘은 속으로 고개를 갸우뚱했다.

"그래도, 당신의 존재가 지금의 왕국군의 전황을 지탱하고 있다는 사실은 변함이 없습니다. 출동요청은, 지금까지와 마찬가지로 계속 하게 될 겁니다."

"……."

표면상으로는 온화한 미소를 유지하고 있었지만, 레티시엘을 보는 라이오넬의 시선에는 감정이 담겨있지 않았다. 신뢰라기보다 의심의 빛이 더 강한 것처럼 느껴졌다.

혹시라도 병기개발을 돕는 일 때문에 전장에서의 역할을

소홀히 할까 걱정하는 것일까. 일부러 못을 박지 않아도, 레티시엘은 결전병기로서의 역할을 내던질 생각은 없었다. 라이오넬을 배신할 생각은 더더욱 없다.

"앞으로도, 우리 군의 승리에 공헌해 주셨으면 합니다."

"알고 있습니다, 전하. 저는 제가 수행해야 하는 역할에 최선을 다할 뿐입니다."

"……."

"그럼 실례하겠습니다."

레티시엘이 텐트의 입구를 빠져나올 때까지, 라이오넬은 줄곧 잠자코 있었다.

이쪽을 배웅하는 그 시선에 어딘가 미안해하는 것 같은 감정이 담긴 것 같다는 느낌도 들었다. 그랬지만 한편으로는 그것은 어딘가 의무적이라는 인상도 함께 느껴졌다.

레티시엘은 텐트를 나오자마자 그 길로 병기개발부의 텐트로 향했다. 오늘은 아직 출격요청이 없었다.

"어라? 안녕하세요. 시엘 님."

레티시엘이 개발부에 도착하자, 지크는 변함없이 가장 안쪽 책상 앞에 앉아 있었다.

어제는 다른 사람들도 꽤 있었는데 아침이기 때문일까, 사람이 뜸했다. 덕분에 지크는 곧바로 레티시엘의 방문을 알아차렸다.

"안녕하세요, 지크. 오늘은 어쩐지 사람이 적네요."

“아직 이른 아침이니까요. 조금만 더 기다리면 다들 올 겁니다.”

“……? 해가 뜬지도 시간이 꽤 지났는데요?”

“아아. 그런 것이 아니라, 개발부 사람들은 철야로 연구에 힘쓰는 사람도 많습니다.”

그래서 그런 사람들에게 지금은 아직 막 휴식에 들어간 시간이지요. 지크가 자신의 눈을 손가락으로 누르면서 말했다.

“눈이 아픈가요?”

“아, 아뇨. 신경 쓰지 마십시오. 옛날부터 때때로 이랬습니다.”

그렇게 말하면서 지크는 보랏빛을 띤 자신의 왼쪽 눈을 가볍게 어루만졌다. 그러고 보니, 녹색과 보라색으로 좌우의 색이 다른 눈 밑에는 희미하게 다크서클이 생겨 있었다.

“……혹시, 지크도 밤을 샌 건가요?”

“예?”

“……샜군요.”

“……예.”

레티시엘이 눈썹을 살짝 찡그려 보이자, 지크는 순순히 자신의 밤샘사실을 인정했다. 어쩐지, 눈 밑에 다크서클이 생길 만도 했다.

“어제 이야기한 일에 대해서인가요?”

“예. 대책법은 조금이라도 빨리 생각해낼 수 있다면, 그것이 가장 좋으니까요.”

“……하지만, 무리는 안 돼요, 지크.”

지크가 서두르는 마음은 충분히 이해할 수 있었다. 하지만, 그 감정에 실제로 몸이 따라갈 수 있는지는 별개의 문제였다.

“연구와 대책법도 중요하지만, 그 일로 건강을 해치면 아무 의미도 없어요. 이 연구는 지크가 핵심이에요. 당신은 한 명밖에 없어요.”

“시엘 님…….”

“그러니까, 지금은 쉬어요. 연구는 마도병기를 회수하고 난 뒤에 언제라도 할 수 있어요. 하지만 당신의 건강은 기다려주지 않아요.”

“……그러, 네요.”

레티시엘의 말을 듣고, 지크는 조금 거북하다는 미소를 띠며 목 뒤쪽을 긁적거렸다.

“알았습니다. 그럼 저도 가서 조금 쉬고 오겠습니다.”

“그래요.”

“고맙습니다, 시엘 님. 걱정을 끼치고 말았네요.”

“신경 쓰지 말아요. 내 멋대로 걱정하는 거니까.”

“…….”

왜인지 지크가 멍한 얼굴로 이쪽을 바라보았다.

그 시선에 레티시엘도 고개를 갸우뚱했다. 실제로 이것은 레티시엘이 멋대로 걱정한 일이니, 놀랄 일은 아무것도 없을 텐데.

"……? 지크?"

"예? 아, 아뇨. 아무것도 아닙니다."

레티시엘이 말을 걸자, 지크는 왜인지 무척 당황했다. 귀가 약간 빨간 것 같기도 했는데, 사실은 열이라도 있는 것일까.

"……? 그럼, 나는 그만 가볼게요. 방해해서, 미안해요."

"아, 예……아뇨. 신경 쓰지 마십시오."

거동이 약간 수상쩍어 보이기도 하는 지크의 모습을 살피면서, 레티시엘은 일단 그와 헤어져 병기개발부 텐트를 떠났다.

특히 마지막에는 갑자기 어딘가 어색한 느낌이 돼 버렸는데, 무슨 일일까. 혹시 수면부족 때문에 뭔가 탈이 난 것일까.

"아, 있다있어! 시엘 님, 여기 있었나!"

레티시엘이 진지를 잠시 걷고 있자, 전방에서 가죽갑옷을 걸친 병사가 달려왔다.

"무슨 볼일이라도 있나요?"

"그럼. 출격명령이다. 진지 남서쪽에서 적의 소대를 확인했다. 여기에 다다르기 전에 섬멸하라는 명령이 내려왔어."

"알았습니다. 바로 가겠습니다."

레티시엘은 자신을 부르러 온 남성병사와 함께 진지 북쪽 입구로 향했다. 이곳을 빠져나간 그 앞쪽이, 주전장인 술타 강가였다.

출격할 예정인 병사들은 이미 질서정연하게 진형을 갖춰 대기하고 있었다. 아무래도 레티시엘이 가장 마지막이었던 모양이었다.

"늦어서 죄송합니다."

"아니, 신경 쓰지 마라. 대단한건 아니야."

레티시엘은 말에 탄 장군에게 한 마디 사죄를 했다. 그러자 장군은 아무 일도 아니라는 것처럼 손을 살랑살랑 흔들었다.

정말로 첫 전투가 끝난 뒤로, 지원군으로 온 이들의 태도가 놀랄 정도로 바뀌었는걸……. 내심 그런 생각을 하면서 레티시엘은 군을 따라 출격했다.

장소는 출발지에서 북동쪽에 위치한, 술타 강 수심이 얕아져서 가볍게 걸어서 건널 수 있는 강 주변의 평원이었다.

"……아무도 없어."

"선공부대와 싸우고 있는 게 아닐까……?"

도중에 전해진 정보로는, 왕국의 선공부대가 한 발 앞서 제국군과 교전상태에 들어갔다고 했다.

그러나 실제로 그 장소에는 아무도 없었다. 하지만 전투는 벌어졌던 듯, 강가에는 무기나 시체, 혈흔 등이 흩뿌려져 있었다.

'……선공부대는 어디 있지?'

레티시엘은 재빠르게 전장의 흔적을 살폈다.

정보에 따르면, 선공부대는 백 명이 넘는 부대다. 그러나, 이 장소에는 분명히 왕국군의 장비를 한 시체는 있었으나, 수가 맞지 않았다.

시체를 옮겼다는 것도 현실적이지 않았다. 전장 주변에서도 시체는 발견되지 않았으니까.

'그렇다면, 이제 생각할 수 있는 것은, 포로로 잡힌 것일까…….'

선공부대가 전멸하지 않았다면, 적군에게 패배해 생존자는 전원 사로잡혔을 가능성이 압도적으로 컸다.

레티시엘은 탐색마술을 발동했다. 이 장소에 혈흔이 남겨져 있다는 것은, 피의 흔적을 더듬어 가면 적의 행방을 알 수 있을지도 몰랐다.

혈흔의 적갈색으로 한정해 탐색한 결과, 흔적은 레티시엘이 예상했던 대로 특정한 방향을 향해 뻗어 있었다.

"장군님. 잠시 말씀을 드릴 수 있을까요?"

"응? 뭔가, 시엘 공."

레티시엘은 지금 막 얻은 탐색 결과를 자신의 추측과 함께 장군에게 전했다. 선공 부대는 이미 패배했으며, 일부 포로가 됐을 가능성이 있다고.

"음……. 그렇군."

그 말을 듣고, 장군은 천천히 생각하듯이 턱수염을 매만졌다.

“그렇다면 바로 구출하러 가지. 빠르면 빠를수록 좋을 것이야.”

“기다려 주십시오. 분명히 시급한 구출은 필요합니다만, 이 대인원으로 가는 것은 득책이 아니라고 생각됩니다.”

레티시엘은 즉시 지시를 내리려는 장군을 제지했다.

그녀는 이 전장에 도착한 뒤로, 자료와 라이오넬에게 들은 이야기를 통해 자신이 오기 이전의 전황에 대해서도 머릿속에 집어넣고 있었다.

레티시엘이 오기 이전에도 똑같이 아군이 포로가 되어 그것을 구조하러 간 케이스가 있었다. 그러나 그 전투에서 왕국군은 패배했다. 신속하게 행동했음에도 포로의 구출에는 실패했다.

“그럼 시엘 공은 어찌하고 싶은 겐가?”

“지금 있는 부대에서 우수한 병사를 몇 명 빌려주십시오. 열 명 정도면 충분합니다.”

“열 명, 이라고?”

“예. 이 전장의 상황을 보건대, 선공부대와 적군의 교전이 끝나고 그렇게까지 시간이 많이 흐르지는 않았을 겁니다. 만약 정말로 병사들을 포로로 삼았다면, 적군은 아직 이쪽의 습격을 경계하고 있을 겁니다.”

레티시엘은 지난 구조가 실패한 원인이 그저 포로들의 몸을 걱정해 일을 서두른 것에 있다고 생각했다.

분명히, 포로의 목숨은 언제까지고 보장되는 것은 아니었다. 허나, 적군도 습격을 경계하고 있었다. 빨리 구출한다고 좋은 것은 아니었다.

"그러니 일부러 그 경계에 편승해 보는 것은 어떻겠습니까? 제게 생각이 있습니다."

"그런가…… 알았다. 시엘 공의 작전에 따르지."

레티시엘이 자세한 작전내용을 설명하자, 장군은 그렇게 말하며 고개를 끄덕였다. 장군은 바로 가까이에 있던 병사에게 뭔가 귓속말을 하고, 그 병사는 다른 동료들이 있는 곳으로 달려갔다.

잠시 기다리자, 장군 앞으로 열 명 정도의 병사들이 달려왔다. 레티시엘과 함께 행동하게 되는 것은 그들인 것 같았다.

"그럼, 장군님. 잘 부탁드립니다."

"아아. 건투를 빌지."

장군에게 뒤를 맡기고 레티시엘은 열 명의 병사를 데리고 술타 강의 얕은 여울을 건넜다.

"……저기, 마도사. 어디로 가는 거냐?"

"숲입니다."

"적진은 그쪽이 아니잖아?"

"이 주변은 개방되어 있습니다. 바로 접근하는 것은 발각될 가능성이 높아요."

그러니, 조금 우회하게 되더라도 몸을 감출 장소로 부족함이 없는 숲을 선택하는 쪽이 좋았다. 숲에 들어가자, 레티시엘은 병사들에게 반쯤 앉은 자세로 전진할 것을 지시했다.

탐색마술을 계속 발동하고 있는 시야의 끄트머리에는 적갈색의 혈흔이 비치고 있었다. 그 혈흔이 향하는 방향을 의식해서 나아갔다.

잠시 그렇게 나아가자, 두 개의 숲 사이에 놓인 평탄한 초원에 목책으로 둘러싸인 적진이 보였다. 규모로 보면, 몇 천 명이나 있을 것 같은 대규모 진지는 아닌 것 같았다. 혈흔은 그 진지 안으로 사라졌다.

"이봐, 어떻게 할 거야? 기습할까?"

"조금 더 기다려 주세요. 곧 아군이 올 테니까요."

레티시엘은 진지 뒤쪽으로 돌아들어가듯이 살며시 접근해서는 귀를 바짝 세웠다.

그 자리에서 그렇게 가만히 숨죽이고 있으니, 이윽고 땅울림과 굉음이 들려왔다. 장군이 병사들을 이끌고 적진으로 돌입하는 소리였다.

그것을 확인한 레티시엘은 탐색마술의 탐색대상을 변경했다. 탐색하는 것은 적진 안의 인원수와 위치. 진지의 최북서부, 그곳에 있는 텐트 안에 부자연스럽게 많은 수의 인간이 잔뜩 들어차있는 것을 알 수 있었다.

'……저곳이구나.'

그 외에 사람이 밀집한 텐트는 없었고, 또, 애초에 포로를 서로 다른 장소에 감금하는 일도 생각할 수 없었다.

아군 쪽을 확인하자, 장군은 사전에 협의한 대로 여기저기 뛰어다니고 있는 것 같았다. 아군은 적과 싸우는 것처럼 보이면서도, 실제로는 도망치는 일에 전력을 다하고 있었다.

"가죠."

레티시엘은 자신을 따라온 병사들에게 신호를 했다. 그러자 그들은 전원 고개를 끄덕이고는, 레티시엘과 함께 숲에서 뛰쳐나왔다.

맞은편은 적진의 북쪽입구. 남쪽입구에서 장군과 병사들이 적을 유도해주고 있는 덕분에, 북쪽의 경비는 비교적 허술했다.

"뭐, 뭐냐, 네놈들……끄엑."

목소리를 높이려던 경비병은 말을 채 끝내기도 전에 작은 칼에 목을 단숨에 베였다. 레티시엘은 단검에 묻은 피를 닦아냈다.

"여러분은 아군을 구조하러 가주세요. 장소는 저 가장 안쪽에 보이는 텐트입니다."

"어? 당신은?"

"저는 여기서 적의 주의를 끌겠습니다. 여러분은 구조가 끝나면 바로 철수해주세요. 후미는 제가 맡을 테니까요."

"아, 알았다!"

남자들은 곧바로 레티시엘이 가리킨 텐트로 향했다.

그것과 동시에 레티시엘은, 후방에서의 소동을 점차 알아차려가는 제국병을 향해 거대한 빛 덩어리를 내던졌다.
빛 덩어리가 작열하고 한 순간 시야가 새하얗게 변했다. 시야를 가로막기 위해 사용하는 빛 마술이었다. 선수필승으로 적의 시야를 일시적으로 빼앗자, 레티시엘은 곧바로 움직였다.
"아, 아무것도 안 보여!"
"뭐가 어떻게 된…… 크아악!"
시야를 빼앗겨 우왕좌왕하는 적병 한 사람의 어깨에서 선혈이 솟구쳐 올랐다.
그리고 빛이 흩어질 무렵에는 또 한 사람. 레티시엘은 휴대하고 있던 단검에 바람의 술식을 휘감아 적을 제압했다.
'……좋아. 작전대로네.'
우선은 레티시엘이 소수의 병사를 이끌고 적진으로 향하고, 뒤늦게 장군과 나머지 병사들이 적진을 향해 진격한다.
적이 정면으로 돌진해오면, 비록 경계를 하고 있었더라도 그 인상은 강렬했다. 게다가 왕국군에게는 이미 패배한 전과가 있어서 적의 방심도 이끌어내기 쉬웠다.
그렇게 정면의 양동부대가 날뛰는 사이, 레티시엘의 부대가 포로를 구출한다. 그것이 레티시엘이 제안한 작전이었다.
"……큭! 죽어라!"
한 발 앞서 시력을 되찾은 병사가 달려들었으나, 레티시엘의 적은 되지 못했다.

내리친 검은 결계에 부딪쳐 튕겨나가고, 그와 동시에 레티시엘이 쏘아낸 무속성의 충격파가 그의 몸에 부딪쳐 적병을 뒤로 날려버렸다.

"적습이다! 상등병을 불러라!"

적병의 누군가가 외쳤다. 그 외침이 끝나기 무섭게, 뭔가의 그림자가 하늘 높이 뛰어오르는 것이 보였다.

무엇이 올 것인지는 이미 예상하고 있었다. 레티시엘이 이중의 결계를 전개한 것과, 근거리 마도병기를 장비한 적병이 하늘에서 떨어져 내린 것은 거의 동시였다.

채앵!

마도병기의 날과 결계가 부딪쳐 새된 소리를 만들어냈다.

튕겨져 나간 것은 마도병기 쪽이었다. 튕겨난 충격을 이용해 그 병사는 공중에서 한 바퀴 돌아, 그대로 지면에 착지했다.

'……어떻게 해서든 저 마도병기를 회수할 수 없을까?'

모처럼 눈앞에 마도병기가 등장해준 것이다. 연구는 빨리 시작할 수 있으면 그 편이 좋으리라.

어제의 결론에서는 마도병기를 소멸시키지 않고 회수하려면 소유자를 살려놓을 필요가 있었다. 방법은 있었으나, 준비에서 발동까지 조금 시간이 걸렸다.

"살려서 돌려보내지 않겠다!"

마도병기의 소유병…… 마도병은 그렇게 외치며 또다시 공격해왔다. 우선 결계와 약한 마술로 시간을 벌도록 하자.

"우리도 공격하자!"

거기에 주위에 있던 일반병들도 싸움에 끼어들었다.

레티시엘은 총탄은 쳐서 떨어뜨리고, 검은 피하는 등 직접 공격은 피하면서 술식의 준비를 진행해갔다.

마도병도 바보는 아닌 듯, 레티시엘이 뭔가를 꾸미고 있다는 것을 알아차린 모양이었다. 모든 방법을 동원해서 레티시엘의 움직임을 막으려 했다.

그러나 레티시엘은 개의치 않았다. 이쪽의 움직임을 막았다고 해도, 술식을 구축하는 일을 막을 수는 없으니까.

챙!

레티시엘은 가로로 휘두른 근거리 마도병기를 실드 결계로 받아 흘려서 튕겨냈다.

힘이 흘려나간 반동일까, 마도병의 자세가 불과 몇 초 동안이지만 무너졌다.

'……지금이다!'

마도병의 움직임이 멈춘 그 한순간의 틈을 노려, 레티시엘은 준비해둔 술식을 발동했다.

옅은 노란색으로 빛나는 반구의 막이 레티시엘을 중심으로 전개되어 안개처럼 주위를 떠돌았다.

레티시엘의 주위에는 한층 더 작은 결계가 전개되고, 결계 밖의 공간…… 적병들이 있는 공간에는 강한 바람이 소용돌이를 일으켰다가 사라졌다.

"뭐……."

놀란 것도 한순간, 공간 내의 공기를 들이마신 병사의 눈에서 조금씩 기력이 사라져갔다.

레티시엘이 마술과 병용한 것은 왕국에서 유통되는 수면제였다. 본진에서 발견한 것을, 적을 무력화하는데 사용할 수 있을 것 같아서 빌려온 것이었다.

액상의 약이었지만, 분량은 1인분에, 보통은 범위공격에 사용할 수 없었다. 그러나 레티시엘은 공중에 뿌린 수면제를 불 속성의 마술로 감쌌다.

온도상승으로 수면제가 증발하자, 그 효력을 무속성 마술로 보강하고 그것을 주위 일대에 바람을 일으키는 것으로 살포한 것이었다.

마도병은 그대로 지면에 엎어져 정신을 잃었다. 주변에 있던 적병도 마찬가지였다. 그곳에, 몇 명 남아있던 아군의 병사가 모여들었다.

포로의 구조가 끝난 모양이었다. 아군을 도망치게 한 뒤, 몇 명이 돌아온 것 같았다.

"이 녀석은?"

"옮겨 주세요. 그 옆에 굴러다니는 병기도 함께 부탁합니다."

"마도사. 포로 쪽도 다 도망치게 했어. 이제 어쩌지?"

"철수하겠습니다. 용건은 끝났으니까요."

구조가 성공했다는 것을 확인하고, 레티시엘은 빛 덩어리를 하늘로 쏘아 올렸다.

대단한 공격력을 갖지 않은, 그저 빛날 뿐인 구체였다. 그것은 머리 위 높은 곳까지 올라가자, 한층 더 크게 빛나더니 사방으로 빛을 흩뿌렸다.

이것으로 장군의 부대에 퇴각신호를 보낼 수 있었다. 레티시엘과 부대원들은 생포한 마도병기의 소유병을 데리고 서둘러 적진을 이탈했다.

"어떻게 되었나!"

숲의 녹음에 숨어 전장에서 멀리 떨어지자 한 발 앞서 합류지점에 와 있던 장군이 이쪽을 발견하고 빠른 어조로 물었다.

"성공했습니다. 협력, 감사드립니다."

"오오! 그런가!"

실제로 포로로 잡힌 병사들도 구출할 수 있었고, 마도병기도 회수할 수 있었다.

지금까지 없었던 성과에, 장군은 만족스러운 것 같았다. 추격대가 오기 전에 레티시엘과 왕국군은 신속하게 본진으로 돌아갔다.

왕국군의 본진에 돌아오자, 레티시엘은 곧바로 병기개발부의 텐트로 직행했다.

"지크, 있나요?"

입구를 통과하고, 레티시엘은 단도직입적으로 그렇게 물었다. 갑자기 찾아온 레티시엘을 보고 입구 근처에 있던 연구원들은 깜짝 놀랐다.

"어라? 시엘 님?"

등 뒤에서 목소리가 들려왔다. 그 소리에 레티시엘이 돌아보자, 금속부품이 담긴 나무상자를 끌어안은 지크가 레티시엘의 뒤에 서 있었다. 움직이기 편한 작업복 차림이었다.

"아, 밖에 있었나요? 안에 있는 줄 알았어요."

"죄송합니다. 무기를 조립할 부품을 가지러 다녀왔습니다. 그것보다, 뭔가 볼일이 있으신 거죠?"

"예의 마도병기, 회수해 왔어요. 그 말을 전하려고요."

"정말입니까?!"

레티시엘의 보고에 지크가 놀란 목소리를 냈다. 오늘 낸 소리 중 가장 큰 목소리일지도 몰랐다.

"예. 하지만, 이곳으로 갖고 올 수는 없어요. 지크가 와줘야만 해요."

"알았습니다. 잠시만 기다려 주세요."

지크는 바로 자신의 책상까지 서둘러 돌아가서는, 책상 위를 가볍게 정리하고 병기개발부 일원이라는 증거인 백의를 챙겨들고 돌아왔다.

"기다리게 해서 죄송합니다. 가죠."

레티시엘은 지크와 함께 병기개발부 텐트를 나섰다. 그리고 그대로 텐트 사이를 이리저리 이동해, 최종적으로 하나의 작은 텐트에 다다랐다.

"여기예요."

레티시엘이 찾아온 텐트에서는 병사들이 철통같은 경비를 펴고 있었다. 안에 들어가자 보초가 두 사람이 더 있었고, 안쪽의 침대에 전장에서 데리고 온 제국병이 잠든 채 누워 있었다.

"무기만 회수하는 것도, 소유자가 사망한 뒤에 회수하는 것도 불가능해서, 소유병을 재웠어요."

"과연. 이것도 시엘 님이시니까 가능했던 것이겠지요……."

기밀과 관련되어 직접적으로는 말할 수 없었으나, 아마도 마술을 말하는 것 같았다.

플라티나 왕국에 수면제는 존재했으나 넓은 범위에 걸쳐 복수의 인간을 수면상태에 빠뜨릴 수 있는 방법은 존재하지 않았으니까.

잠든 적병의 손에는 그가 사용하던 근거리 마도병기가 그대로 쥐어져 있었다. 반드시 쥐어놓아야 하는 것은 아니었으나, 가까이에 두지 않으면 풍화해버릴 가능성도 있었다. 그래서 만일을 위해 그대로 갖고 있게 했다.

"이것이……."

지크는 마도병기 본체에는 손이 닿지 않도록 침대 옆에 웅크리고 앉더니, 병기를 물끄러미 관찰하기 시작했다.

그 모습을 곁눈으로 살피며 레티시엘은 품에서 약병을 꺼냈다. 그리고 병 안의 액체를 몇 방울 손수건에 배어들게 한 뒤, 그것으로 적병의 얼굴을 덮었다. 발동시킨 복합마술로 수면제를 기화시켜, 수면효과의 지속시간을 늘리기 위함이었다.

“역시, 눈으로 살펴본 느낌으로는 구조는 학원장님의 의수와 흡사하네요.”

“연료는 마력이라는 건가요?”

“예. 틀림없을 겁니다.”

그래서 소유자를 잃거나 소유자에게서 떨어지면 부스러져서 소멸해버리는 것인가. 레티시엘은 납득했다.

“이 팔찌를 벗겨서 해석할 수 없는 것이 유감입니다만, 이 안쪽을 봐 주십시오.”

지크는 잠든 병사의 팔찌를 살짝 들어 올려서 빈틈을 만들었다.

그곳에서 팔찌 뒷면을 들여다보니, 뭔가 보옥과도 같은 것이 박혀 있는 것이 희미하게 보였다. 그렇게까지 크지 않은 것으로, 병사의 팔에 딱 밀착해 있었다.

“혹시, 이 보옥과 병기 본체의 오렌지색 구슬이 연동된 것일까요?”

“그런 가능성이 큰 것 같습니다.”

그 보옥이 피부에 닿아있었기 때문에 그곳으로 소유자의 마력이 마도병기에게 공급되는 것일지도 몰랐다.

“에너지가 마력이라고 한다면, 총알로 만들어 발사하거나 검에 둘렀던 것들은 마력 덩어리라는 것일까요.”

“아마도 그럴 겁니다. 마력 그 자체가 아니라고 해도, 마력에 가까운 것이겠지요.”

“마력을 튕겨낸다고 한다면, 나로서는 마소밖에 짚이는 것이 없는데요…….”

“저도 그렇게 생각했습니다만, 일반병들이 단시간에 능숙하게 다룰 수 있으리라고는 여겨지지 않습니다. 게다가, 마력과 마소가 인체에 미치는 반동도 있고요.”

“그렇죠……. 연금술처럼 마력을 밖으로 배출할 수 있다면, 이야기는 별개이겠지만요…….”

“……아, 그런가!”

갑자기 지크가 큰 소리를 냈다. 아무래도 지금의 대화에서 뭔가 힌트를 얻은 모양이었다.

“……? 뭔가 떠올랐나요?”

“예. 하지만 아직 가설 단계이기 때문에 좀 더 상세히 파고들어야 할 것 같습니다…… 잠시 시간을 주세요.”

“알았어요. 전하께는 제가 그렇게 전할게요.”

“고맙습니다. 아, 그리고…… 시엘님도 힘을 빌려주셨으면 합니다만.”

"나요? 내가 도움이 될 수 있나요?"

이쪽은 마도술식의 계산은 능숙해도, 무기나 병기의 구조나 계산식에 대해서는 어두운데…….

"예. 오히려 저 혼자서는 완성할 수 없는 부분이 나올 터이니까요."

그렇게 말하고 지크는 자신만만하게 고개를 끄덕여보였다.

***

마도병기 대책연구가 시작되고, 눈 깜짝할 사이에 일주일이 경과했다.

"우왁?!"

"이봐, 너무 앞으로 나가지 마라! 뒤로 물러나!"

제국측 병사가 고함치는 소리가 희미하게 이쪽까지 들려왔다. 왕국군의 반격에 생각대로 진군할 수 없는 것 같았다.

"적의 진형이 무너졌다. 이 기회를 놓치지 마라!"

"오오오오!"

현재 위치에서 내려다볼 수 있는 전선에서는 왕국군을 이끌고 적병을 무찌르는 루카스의 모습이 보였다.

역시나 구국의 영웅이 지휘하는 만큼, 왕국군의 사기는 꽤 높았다. 어쩌면 지금까지의 전투 중에서 가장 높을지도 몰랐다.

"좌우다! 좌우에서 돌아들어가!"

전장의 중심지에서 조금 떨어진 이곳에까지 적의 목소리가 울렸다.

전선을 보기 위한 탐색마술 발동을 중단하고, 레티시엘은 머리 위를 올려다보며 태양의 위치를 확인했다.

레티시엘이 있는 이 장소는 전장이 된 강가의 초원 바로 옆에 있는 작은 언덕의 중턱이었다. 나무는 별로 없고 커다란 암석 등이 그대로 드러난 황폐한 장소이기도 했다.

몸을 감추는 데에는 적합하지 않다고 판단한 것일까. 이 언덕에는 적병이 일절 다가오지 않았다.

실제로 몸을 숨기는데 최적인 나무들이 없이 그대로 드러나 있는 바위 밭은, 병사들의 잠복장소로는 적합하지 않았다. 그러나 레티시엘은 일부러 그 맹점을 찔러 이곳을 선택했다.

"시엘 님. 준비가 끝났습니다."

"알았습니다. 그럼, 위치로."

뒤에서 다가온 병사에게 고개를 끄덕이고는, 레티시엘은 작은 목소리로 지시를 내렸다.

레티시엘이 데려온 왕국병들은 그 지시를 받고 사전에 지정해 둔 위치까지 각자 이동했다.

"……."

레티시엘은 그것을 확인하고 또다시 탐색마술을 사용해

전장의 상황을 관찰했다.

사전에 협의한 대로 루카스는 적의 움직임에 맞춰 위화감 없이 조금씩 전선을 후퇴시키고 있었다.

그 의도적인 후퇴를 알아차리지 못하고 적군도 그에 맞추듯이 점점 앞으로 전진해 나와서, 곧 있으면 이 언덕의 전방을 통과하려고 하고 있었다.

'조금만, 더…….'

레티시엘은 적 부대를 응시한 채 가만히 때를 기다렸다.

적 부대의 가장 앞에 있는 병력은 점점 왕국군 쪽으로 접근하고 있었다. 병사들이 전진해, 이윽고 레티시엘의 부대가 숨어 있는 전범위 내로 들어섰다.

'……됐어.'

고대하던 타이밍이 왔다. 그 한순간을 놓치지 않고, 레티시엘은 전방을 향해 결계마술을 전개했다.

결계는 빠른 속도로 좌우로 퍼져, 아군이 대기하고 있는 모든 장소를 지키듯이 감쌌다.

"……! 전군 물러나라!"

결계의 발동으로, 언덕에서 반짝하고 빛이 번쩍이는 것이 보였다.

그것이 보이는 것과 동시에 루카스는 전군에게 후퇴명령을 내렸다. 병사들이 자신보다 앞으로 나오지 않도록 철저하게 지시했기 때문에, 명령에서 행동완료까지 걸리는 시간은 짧았다.
결계마술을 발동할 때, 한순간 수축한 빛의 마소가 빛을 모아 반짝인다. 그때의 빛을 신호탄 삼아 사용했던 것이다.
"뭐, 뭐냐—."
"으아악!"
다음 순간, 언덕에서 가장 가까운 위치에 있던 적병들이 일제히 비명을 지르며 쓰러졌다.
왕국군 1개 소대가 숨어있는 언덕에서는, 약간의 연기와도 같은 것이 피어오르는 것이 보였다. 총에 의한 공격이었다.
"궁병, 공격 개시!"
호령을 내리자, 사전에 후방으로 물러나 준비를 하고 있던 궁병들이 일제히 활을 들고 적군을 향해 화살을 발사했다. 궁병부대의 병력은 수천 명 전도였으나, 그래도 적에게는 충분히 위협이 될만한 수의 화살을 날릴 수 있었다.
"크억!"
"방패다! 방패를 장비해라!"
측면에서의 총 공격과 정면에서의 활 공격. 그 사이에 끼이는 것 같은 형태가 된 제국군의 전열은 급속하게 흐트러졌다.
혼란에 빠진 제국군에게 한층 더 거세진 왕국군의 활 공격이 쏟아졌다. 아군의 전선에서는 방패를 장비한 병사들이 방어를 굳건히 하여 궁병의 안전을 지키고 있었다.
"……."

레티시엘은 언덕의 바위 밭에서 그 광경을 똑똑하게 지켜보고 있었다. 숨는데 적합하지 않다, 라는 것은 숨는 것이 불가능하다는 뜻이 아니었다.

분명히 많은 병력이 몸을 숨기는 것은 어려웠으나, 소인원이라면 충분히 다 숨을 수 있는 공간이 존재했다. 이 언덕에는 커다란 바위가 많았다. 바위 그늘을 잘 활용하면, 나무에도 뒤지지 않는 은신처가 될 수 있었다.

"무, 무, 무슨 일이 벌어지고 있는 거냐?!"

"산개해라! 한 군데 모이지 마!"

"어, 어디서 날아오는 거냐?!"

일부 제국병들은 언덕에서 총을 겨누고 있는 이쪽 부대의 존재를 알아차리고 반격을 시도했으나, 지휘계통의 혼란으로 그것은 별 효과를 거두지 못했다.

"퇴각한다! 퇴각해라!"

"물러나! 물러나!"

이윽고 이 이상 피해를 내지 않기 위해서인가, 제국군은 철수명령을 내렸다.

조금씩 전장에서 이탈하는 제국군에 대해, 레티시엘은 아군에게 추격하지 말라고 지시를 내렸다. 여기서 제국군 잔당을 추격해도 앞으로의 전황에는 큰 영향을 끼치지 않았다.

왕국군도 무장이나 물자가 아슬아슬하게 유지되고 있는 정도이니, 시급히 전장을 이탈해야 할 것이다. 원래부터 전장에 오래 머무는 것은 위험했다.

"오오, 시엘이냐. 고생했다."

본군과 합류하자, 본군을 지휘하던 루카스가 맞아주었다.

"잘 됐구나."

"예. 성공해서 다행이에요."

레티시엘은 슥 본군 병사들의 기색을 관찰해 보았다. 아무래도 사격에 휘말린 아군병사는 없는 것 같아 안심했다.

"총을 사용해 본 느낌은 어떠냐?"

"나쁘지는 않은 것 같습니다. 연습시간이 짧았음에도 다들 다루는 법을 잘 익혀주신 것 같아요."

레티시엘은 자신이 이끌었던 부대의 병사를 돌아보며 대답했다.

마도병기에 대항하기 위한 무기 개발을 기다리는 사이, 레티시엘도 그저 싸우고 있던 것만은 아니었다. 출격하는 전투에서는 최대한 적의 총을 회수해 아군 전력의 강화를 꾀했다.

오늘 작전에서 레티시엘이 이끈 부대는 회수한 제국의 총을 전문적으로 다루게 하기 위해 레티시엘이 신청해 신설한 부대였다. 이 부대에만 총기를 허가해 단기간 내에 집중적으로 총을 다루는 법이나 사격을 훈련시킨, 말하자면 총 전문부대였다.

오늘 작전을 입안한 것 역시 레티시엘로, 이것은 마도병기에 대항할 신무기를 도입하기 전에 아군의 총기 운용능력이나 그 위력을 테스트하기 위한 것이기도 했다.

대마도병기용 신병기는 아마도 쉽게 양산할 수 없는 것일 터였다. 또, 적의 것을 아군이 빼앗아 사용할 수 있는 총도 값을 매길 수 없는 유용한 무기임에는 틀림없었다.

덧붙여, 총알은 역시나 적의 것을 회수하는 것은 어려웠기 때문에, 자국에서 생산하는 것을 사용하고 있었다.

"고생하셨습니다, 루카스 님, 시엘 님."

"응? 그래. 돌아가자. 너희도 잘 싸워주었다."

"아뇨. 두 분의 연대가 있었기 때문에 가능했던 승리입니다."

주변에 모여든 병사들이 자랑스러운 것 같기도 하고 기쁜 것 같기도 한 표정으로 말을 걸어왔다

"이야, 그런데 요 며칠은 계속 이기기만 하고 있네."

"이대로 가면, 이 전쟁에서 이길 수 있지 않을까? 시엘 님."

"……방심은 금물입니다. 이 상태가 언제까지고 계속되리라는 보장은 어디에도 없으니까요."

약간 경계심이 부족해진 것 같은 기미의 아군에게 레티시엘은 내심 한숨을 내쉬었다.

전쟁에 익숙지 않은 시대에 사는 사람들이기 때문일까, 승리를 해 본 적이 없는 사람들이기 때문일까. 아무래도 연속된 승리에 들뜬 것 같은 느낌이 들었다.

오히려 지금의 왕국군의 승리는 모두 제국군의 흐트러진

통제와 불화의 빈틈을 찌른 것이나 마찬가지였다. 정면에서 부딪친 성과가 아니었다.

'지금이 가장 사태가 어떻게 굴러갈지 알 수 없는 시기이건만…….'

"……아, 시엘 님!"

진지로 돌아오자 입구 바로 옆에 지크가 서 있는 것이 보였다. 지크는 귀환한 레티시엘을 발견하자, 이쪽을 향해 손을 흔들었다.

"지크? 무슨 일이죠?"

"보여드리고 싶은 것이 있습니다. 같이 가주시겠습니까?"

"예? 하지만, 나는 보고를 아직……."

"그건 내가 해둘 테니까 안심해라."

전과보고의 건이 레티시엘의 뇌리를 스쳤으나, 뒤에서 얼굴을 내민 루카스가 대신 해주겠노라 자청했다.

"……그럼 부탁드립니다."

"그래. 맡겨둬라."

그 제안을 고맙게 받아들여, 레티시엘은 즉시 지크와 함께 병기개발부로 향했다.

"지크, 혹시 대항병기가 완성된 건가요……?"

"예. 아직 조정 작업이 끝나지 않았지만, 시작기가 완성됐습니다."

지크의 연구책상 위에는 소형 총과 같은 형태의 무기가

놓여 있었다. 프레임도, 도장도 없이 회로나 부품이 그대로 드러나 있어서, 한 눈에도 시작품이라는 것을 알 수 있었다.

"이것이 그 병기?"

"예. 학원장님에게도 시범운용을 부탁드렸기 때문에, 성능은 보증할 수 있습니다."

"그럼 지크의 가설은 이론적으로는 아무 모순이 없던 것이네요."

"그렇습니다."

레티시엘은 허가를 얻은 뒤에 병기를 들어보았다. 형태는 소형 총이었지만, 이 병기에는 방아쇠는 있어도 총구는 없었다.

"이것을 당기는 것만으로 기동하는 건가요?"

"예. 그런 식으로 조정했습니다. 과정은 적은 편이 다루기도 편할 테니까요."

적도 간단히 사용할 수 있을 가능성이 있습니다만. 지크는 그렇게 말을 잇고는 쓴웃음을 지었다.

제국의 마도병기처럼 소유자를 고정하는 시스템을 집어넣을 수 있었다면 좋았겠지만, 그것의 해명에는 아직 시간이 걸리리라.

"방아쇠를 당기는 것으로 내장된 복합술식이 연쇄적으로 기동합니다. 그렇게 하면 병기를 중심으로 마소의 결계가 펼쳐지기 때문에, 그것이 마도술식의 공격을 무력화해줍니다."

"복합술식, 잘 기동할 수 있게 되었군요."

"예. 그것에 관해서는 정말로 신세를 많이 졌습니다. 시엘님이 계시지 않았다면 이렇게 빨리 완성할 수 없었을 겁니다."

이 병기에 사용된 복합술식은 연금술식의 일부와 마도술식의 일부를 조합한 특수한 술식이었다.

연금술식은 마력을 추출하여 외부로 배출하기 위해, 마도술식은 마력을 튕겨내는 마소결계를 구성하기 위해 집어넣었다. 이것으로 이 대항병기를 손에 든 자는 일시적으로 체내의 마력량이 감소해 마소를 받아들일 수 있는 상태가 될 수 있었다.

지크가 레티시엘에게 협력을 부탁한 곳은 바로 이 부분으로, 전혀 다른 힘 속에서 사용되는 술식을 어떻게 융합할지 레티시엘도 골머리를 앓았다.

"다만, 역시 장시간 운용은 어렵네요. 마력량 감소는 일시적으로만 유지할 수 있으니까요."

"그 부분은 어떨 도리가 없어요. 방아쇠를 한 번 당길 때마다 술식이 발동되는 횟수는 한 번뿐이고, 발동직후의 냉각시간도 있는걸요."

"그 점은 앞으로의 과제로서 개선해 나가기로 하고…… 이제 정말 얼마 남지 않았네요."

"그러게요. 라스트스퍼트, 힘내줘요."

미소를 지으면서 레티시엘은 지크에게 오른손 주먹을 향

했다. 지크도 그 의도를 알아차리고 자신의 오른주먹으로 톡 마주쳤다.

***

전장에서의 밤은 조용히 깊어져갔다.

화톳불이 형형하게 밝히는 가운데 야습을 경계하는 경비병이 순회하는 제국군의 본진에서, 디오르그는 정찰병의 보고를 듣고 있었다.

"……호오? 왕국군이 또 뭔가를 몰래 꾸미고 있는 거냐?"

"예. 하지만 구체적으로 뭘 꾸미고 있는지까지는 아직 알지 못합니다……."

"흥. 도움이 안 되는 녀석이군."

디오르그는 칫 하고 혀를 차고는 그렇게 내뱉었다.

왕국군이 묘한 짓을 하고 있다면, 구체적으로 무엇을 꾸미는지 모르고서야 무슨 의미가 있단 말인가. 정말이지 이런 사소한 일조차도 제대로 조사하지 못하다니, 하나같이 무능한 놈들뿐이었다.

"뭐, 됐다. 넌 계속해서 왕국군의 조사라도 해라. 물러가도록."

"예……."

정찰병은 깊숙이 고개를 숙이고는 맥없이 퇴실했다.

텐트 안에 혼자 있는 남자, 디오르그는 허리에 찬 두루주머니를 열고 안에서 간결한 구조로 된 나무상자를 꺼냈다.

개전하기 조금 전, 갑자기 저택을 방문한 하얀 로브의 남자가 건넨 것이었다. 디오르그는 상자를 봉하고 있는 끈을 풀고 상자를 열었다.

안에는 다량의 검은 돌이 들어 있었다. 손바닥에 쏙 들어올 정도의 크기로, 촛불의 빛을 받아 둔하게 빛나고 있었다.

『……무엇이냐. 이것은.』

『주석이라 불리는 특별한 보옥입니다. 이걸 몸에 박아 넣은 자는, 신에게 필적하는 힘을 얻을 수 있습니다. 교제의 증거로 받아주시죠.』

『이 나를 속이려 하다니, 정말이지 배짱 한 번 좋구나. 머리와 몸통이 헤어질 준비는 돼 있는 것이겠지?』

『어이쿠. 무서운 분이시군요. 딱히 귀공을 속일 생각을 하고 있지 않습니다. 다만 귀공이라면 분명히 흥미가 있을 것이라고 생각해서 말이죠. 궁극의 악의 힘에.』

자쿠라고 이름을 댄 그 남자와의 대화가 디오르그의 머릿속에 되살아났다.

왕국군이 무엇을 꾸미는지 모르겠지만, 그런 것 따위 이 주석을 이용해 굴복시켜 주마.

디오그르는 나무상자를 닫고 책상 위에 놓은 뒤, 심복인 장군을 텐트로 불렀다.

"디오르그 님, 부르셨습니까?"

"노예를 준비해라. 수는 맡기겠다만, 되도록 많이 모아라."

"알았습니다. ……저, 그런데 노예는 왜."

"그것은 네가 알 필요가 없다. 내게는 나만의 방식이 있어."

그렇게 말한 디오르그는 자리에서 일어났다. 그리고 그대로 장군의 앞에까지 걸어가서는 그 어깨에 툭 손을 올렸다.

"모든 것은 제국군이 승리를 거머쥐고 사악한 왕국을 멸망시키기 위해서다. 이러쿵저러쿵 떠들지 말고 잠자코 움직여."

"예, 알았습니다. 그럼 바로 준비하겠습니다."

장군은 미간을 찌푸렸으나, 곧 고개를 끄덕이고는 다시 텐트에서 나갔다. 같은 전쟁파에 속하는 사람들 중, 디오르그의 방식에 불평하는 자가 없다는 것은 고마운 일이었다.

"……왕국군의 마도사인지 뭔지 하는 놈, 이 나를 이길 수 있다고 생각하지 마라."

디오르그는 눈에 불온한 빛을 가득 채운 채 웃었다. 심야의 총대장 텐트 안에서 디오르그의 높은 웃음소리만이 계속 울려 퍼졌다.

***

다음 날, 최종조정이 끝나고 대마도병기가 완성되었다.

새로이 개발된 이 병기는 멸마총이라고 임시로 이름이 붙여지고, 바로 전선에서의 싸움에 투입되었다.

"지크까지 전선에 올 필요는 없었는데요."

"그럴 수는 없습니다. 제가 개발한 무기이니, 제 눈으로 직접 결과를 확인할 책임이 있습니다."

"……지크는, 의외로 완고한 곳이 있는 것 같네요……."

"?"

본래, 병기개발부에 틀어박혀 있는 지크는 전장에 오는 일이 거의 없었다.

오히려 비전투원이기 때문에 전장에 오는 일 자체가 허가되는 일이 아니었다. 그러나 지크가 자신이 개발한 병기의 성능이나 문제점은 자신이 직접 보고 확인하겠다며 말을 듣지 않았고, 끝내는 라이오넬이 그 고집에 꺾여 허가를 해 지금에 이르렀다.

그리고 두 사람의 시선 끝에는, 한창 검을 맞대고 있는 왕국군과 제국군의 군세가 보였다.

"쏴라!"

제국군 최전선에서 싸우던 적이 갑자기 물러서고, 후방에서 대기하던 마도병들의 마도병기가 타이밍 좋게 일제히 불을 뿜었다.

"겁먹지 마라! 『가지』에 머물러라!

그에 대해 왕국군의 대응도 비교적 냉정했다. 대항수단을 얻은 것으로, 적에 대한 공포가 옅어진 것인지도 몰랐다.

『가지』는 멸마총의 보유자를 가리키는 코드네임이었다. 멸마총의 수는 아직 적었기 때문에, 현재 간부나 상급병들에게 지급해서 전선에서 활용하고 있었다.

각 『가지』를 중심으로 아지랑이와도 같은 결계가 전개되었다. 일렁일렁 흔들리는 그 결계는 접근해 온 마도병기의 총알을 전부 흡수했다.

결계에 들어온 순간, 마도병기의 총알은 일제히 움직임을 멈추고, 격렬하게 떨면서 흩어졌다.

"뭐지?! 막혔다고?!"

"결계인가?!"

지금까지 마도병기에 대해 무력했던 왕국군의 반격에, 제국군의 동요는 상당했다.

"효과가 있는 것 같군."

"예. 늦지 않아서 정말로 다행입니다."

"그러네요."

조금 떨어진 곳에 있는 이 임시진지에서도 전선의 적이 곤혹스러워 하는 것을 느낄 수 있었다.

분명한 성과에 루카스는 팔짱을 끼고 작게 고개를 끄덕였다. 이번 부대의 총대장은 루카스였으나, 전체지휘를 위해 전선에는 나가지 않고 진지에 머물고 있었다.

"총 부대, 활 부대, 공격 준비! 이 기회를 놓치지 마라!"

왕국군의 공격이 지체 없이 적군을 두들겼다. 방금 전의 동요 탓인가, 한순간 반응이 늦은 적군은 총탄과 화살을 그대로 얻어맞아 발이 묶인 것 같았다.

역시 왕국군과 제국군의 강함을 나누고 있던 것은 기술면이 컸던 모양이었다. 그것을 어느 정도 극복할 수 있다면, 전술이나 병사의 개인능력을 구사해 이기지 못할 상대는 아니었다.

"대장님! 적군의 간부를 한 명 포획했다고 전선에서 연락이 왔습니다!"

"정말이냐?! 곧 가겠다."

보고를 들은 루카스는 전령의 병사와 함께 곧바로 진지 밖으로 향했다.

뒤에 남겨진 레티시엘과 지크는 전선에서 들어오는 보고를 정리했다. 대부분은 멸마총에 대한 것으로, 사용감에서부터 적 병기에 대한 효력까지 폭 넓은 보고가 전달되었다.

"역시 방아쇠를 당겨 병기가 발동하고 있을 때에는 기동자가 무방비해지는군요."

"마력을 단순하게 방출하니까 말이죠. 몸에 상당한 피로가 축적됩니다."

"술식의 연산효율을 조금 손봐볼게요. 마력을 방출하는 양을 조정할 수 있다면 부담이 가벼워질 거예요."

"저도 에너지 회로를 다시 짜보겠습니다."

두 사람은 정보와 대조해보면서 멸마총의 성과에 대해 검토했다.

단기간에 만든 만큼, 아무리해도 멸마총에서는 다양한 결점이 생겨났다. 전쟁과 병행해야 할 일이 아직 산더미처럼 많을 것 같았다.

"돌아왔다."

"괜찮으셨나요? 학원장님."

"그래. 문제없다."

전장에서 돌아온 루카스도 대화에 다시 합류했다. 포로로 사로잡은 적 간부에 대한 조치를 끝내고 막 돌아온 참인 것 같았다.

"어쨌든, 갑작스러운 프로젝트로서는 일단 성공한 것일까요."

"그래. 단시간에 잘도 이렇게까지 해 줬다고 생각한다. 다만, 과제는 아직 많은 것 같구나."

"그렇지요. 무엇보다 단기간에 만든 것이니, 전투에서 구형과 신형을 겸용하면서 개량해야 할 겁니다."

"그러네요. 앞으로도 정보에 대해서는—."

"크, 큰일 났습니다!"

그때, 한 사람의 전령이 몹시 허둥대며 텐트 안으로 달려들어왔다. 숨은 거칠었고, 얼굴은 창백했다.

"무슨 일이냐?"

"그, 그것이, 긴급사태인지라……!"

루카스가 전령에게 질문을 던지고, 전령은 필사적으로 호흡을 가다듬었다.

"제, 제국군에……."

"진정해라. 차분히 이야기해."

"제국군 안에, 하얀 머리카락의 병사들이 나타났습니다……!"

하얀 머리카락의 병사. 그 한마디를 듣는 순간, 레티시엘은 튕기듯이 달려 나갔다.

그런 것, 짐작 가는 존재는 하나뿐이었다. 레티시엘이 전선에 도착했을 무렵에는 왕국군 사이에 이미 격렬한 동요가 번져나가고 있었다.

"무, 무슨 일이…… 갑자기 무슨 일이 일어난 거냐?!"

"그런 건 내가 알 리 없잖아!"

"빨간 눈…… 저, 빨간 눈……!"

빨간 눈…… 하얀 머리카락…….

대열이 흐트러지려고 하는 가운데에서도 열심히 퇴각하려고 하는 전위군을 지나, 레티시엘은 전선으로 나갔다.

그곳에서 레티시엘이 본 것은, 왕국군을 일방적으로 유린하는 백발 적안의 병사들이었다.

왕국군은 그 괴물들에게 어떻게도 대응하지 못하는 상태였다. 용감하게 덤벼들려고 하던 자들은 인간이라고는 생각할 수 없는 괴력에 땅에 처박히고 목을 물어 뜯겨 단숨에 목숨이 끊어졌다.

그 광경은 지금까지 몇 번이나 이야기로 들었던, 과거 라피스 국과 벌였던 전쟁의 풍경과 똑같았다.

"이래서는, 그때의 재래잖아……."

누군가의 중얼거림이 레티시엘의 귀에 와 닿았다. 레티시엘은 그 전쟁을 목격하지 않았다. 하지만 그 말은 신기하게도 납득이 되었다.

백발의 병사가 왕국병의 피로 전신을 붉게 물들인 채 인간이라고는 생각되지 않는 괴성을 질렀다. 분명히 이것은, 스피리아 전쟁 당시의 상황 그 자체였다.

"……뭐야, 이거."

숨 막힐 것 같은 피 냄새가 사방에 떠돌았다.

무릇 인간이 벌이는 전투라고는 생각할 수 없는 잔학한 광경이 펼쳐지고 있었다.

백발의 병사들은 전선에 있는 병사들의 몸을 먹고 있었다. 그것이 죽은 자이든 아니든, 혹은 적이든 아군이든 상관없는 것 같았다.

주술병들은 왕국군만이 아니라, 자신들에게 아군일 터인 제국군 병사까지 덮쳤다. 귀에 거슬리는 소리와 주술병들이 전장을 뒤덮었다.

레티시엘이 과거에 싸운 주술병들과 외모적 특징은 똑같았으나 이렇게까지 잔학성을 보인 적은 없었다.

아니면 그것은 레티시엘이 상대였기 때문에 그랬던 것일까. 이전의 병사들도 주위에 다른 사람들이 있었다면, 레티시엘에게는 보여주지 않았던 또 다른 공격성을 보였을까.

그렇지 않으면, 주술병이란 본래 이러한 존재라고 말하기라도 하는 것일까.

'……이것도, 네 의지인 거니, 사라…….'

만약 그것이 진실이라면, 그 아이는 이렇게까지 잔학한 존재를 만들어내면서까지 이 세계에 무엇을 바라는 것일까.

지금은 이제 원래의 모습이 어디에도 남지 않은 가면의 소년이 된 소꿉친구의 모습을 떠올리며, 레티시엘은 입술을 깨물었다.

막간 생각하는 자

"……."

루크레치아 학원의 대강당. 창가 쪽 가장 뒷자리에 앉아 있던 미란다레트는 불안한 표정을 지으면서 창문 너머로 하늘을 바라보고 있었다.

"어—이."

"……."

"어—이, 이—봐, 루루!"

"……꺄!"

루루라는 명칭은 미란다레트의 미들네임이었다.

귀에서 거품이 터지는 것 같은 감각에, 미란다레트는 퍼뜩 제정신을 차리고 반사적으로 소리가 들린 방향을 돌아보았다.

그곳에는 히르메스가 서있었다. 등을 살짝 뒤로 젖힌 것이, 미란다레트가 너무나도 힘차게 뒤를 돌아봐서 놀라게 한 모양이었다.

"미, 미안, 리프. 안 들렸어."

미란다레트는 소꿉친구의 미들네임을 부르며 허둥지둥 사과를 했다.

힐끗 주변을 둘러보니 대강당에는 이미 학생이 거의 남아 있지 않았다. 방금 전까지 이 강당에서 열린 강의는 어느샌가 종료해 있었다.

"다들 벌써, 돌아갔구나."

"그야 그렇지. 방금 그걸로 오늘 수업은 마지막이었으니까. 그것보다 루루, 그…… 괜찮아?"

"응?"

입을 우물거리면서 그렇게 묻는 소꿉친구에게 미란다레트는 고개를 갸우뚱했다.

"나는 아무렇지도 않아. 왜?"

"아— 아니, 오늘 루루, 줄곧 멍하니 있었잖아? 최근에는 줄곧 그런 상태라 어딘가 몸이 안 좋은 건가 하고 생각해서 말이야…… 아, 혹시 아니야? 내가 설레발 친건가?!"

"……풉."

뭐, 설레발이라는 표현은 틀리지 않은 것 같았다. 옛날부터 생각했지만, 히르메스는 미란다레트를 약간 과보호하려는 경향이 있는 것 같은 느낌이 들었다.

창피한 것인지 어떤 것인지 히르메스는 모호하게 말을 하다가, 도중에 뭔가 알아차린 것인지 갑자기 눈을 크게 뜨고 안절부절 재빨리 이쪽의 기색을 살폈다. 그런 그의 모습에 미란다레트는 저도 모르게 웃음을 터뜨렸다. 그 움직임, 왠지 강아지 같았다.

"걱정해줘서 고마워. 하지만 난 괜찮아. 좀…… 생각을 하고 있었어."

"그래? 그럼, 다행이지만……."

히르메스는 미란다레트의 말에 일단 안심한 모양이었다. 알기 쉬울 정도로 안도한 것 같은 얼굴을 하고 있었다. 정말, 얼굴에 다 드러난다니까.

"전쟁에 대해 생각하던 거야?"

"응. 지금 이 순간에도, 국경에서 누군가가 싸우고 다치고 죽는다고 생각하니까 진정이 되질 않아서."

스피리아 전쟁 당시, 미란다레트는 태어나긴 했으나 아직 다섯 살이 될락말락한 어린아이였다. 진정한 의미에서 전쟁을 경험한 것은 이번이 처음이었다.

"……게다가, 도로셀 님도……."

"아아……."

끝까지 말하지 않았어도, 히르메스는 미란다레트가 말하고 싶은 바를 바로 헤아려주었다.

일주일 정도 전에 학원장님이 부른다는 말을 듣고 식당에서 나간 뒤, 도로셀은 학원에 모습을 보이지 않게 되었다.

작년부터 수업이 아니라, 아예 다른 학생들 앞에 나오지 않는 사람이었기 때문에 그 사실을 알아차린 것은 미란다레트와 히르메스, 그리고 베로니카 정도일 것이리라.

도로셀이 학원에 오지 않게 된 이유에 대해서는, 선생님들이 의도적으로 덮어서 숨기고 있는 것인지 전혀 알 수가 없었다. 그렇지만 이틀 뒤에 학원장이 전장으로 향했다는 사실이 알려졌다.

학원장이라고 하면, 스피리아 전쟁의 영웅이었다. 그 학원장이 소환한 타이밍을 전후해 없어진 도로셀. 미란다레트는 도로셀이 가진 힘을 알고 있었다. 그것과 무관하다고는 생각되지 않았다.

그래서, 학원에서 출발 직전인 학원장을 붙잡아서 그 일을 물었다. 초조함과 불안 때문에 약간 따지고 드는 어조가 되어버렸다. 학원장은 줄곧 곤혹스러운 얼굴을 하고 있었지만, 마지막에는 고개를 끄덕여 미란다레트의 질문을 긍정해 주었다.

"그치만, 절망적인 전쟁이잖아? 아무리 도로셀 님의 힘이 굉장하다고 해도, 분명히 무사하지는 못할 거야……."

그것이 미란다레트의 근심거리였다.

도로셀이 강하다는 사실은 알고 있으니, 분명히 간단히 지거나 하지는 않을 거라고 생각은 했다. 하지만 아무리해도 가슴이 두근거리는 것은 멈출 수 없었다.

"그러고 보니 지크도 최근에 부쩍 안 보이네…… 설마 그 녀석까지 전쟁에 끌려 나간건 아니겠지……?"

옆에서 똑같이 심각한 얼굴을 한 히르메스가 한층 더 불길한 소리를 했다. 그건…… 별로 생각하고 싶지 않았다.

"있지, 리프."

"응?"

"이따가 같이 훈련을 해줄래?"

도로셀이 전쟁에 차출되어, 미란다레트의 안에서는 결의가 끓어올랐다.

작년 봄에 도로셀과 만난 뒤로, 몇 번인가 커다란 사건에 휘말렸다. 보호를 받기만 하는 자신이 한심해서, 마술의 힘을 원한 적도 있었다.

하지만 지금도 미란다레트는 도로셀의 등뒤에 숨어 있었다. 마음 속 어딘가에는 도로셀이 전부 어떻게든 해주겠지, 라는 응석을 품고 있었다.

하지만 이대로는 안된다는 사실도 알고 있었다. 도로셀도 불사신은 아니었다. 그러니 자신의 힘으로 강해져야만 했다.

"물론이지, 좋아! 마침 나도 연습하고 싶다고 생각하던 참이야!"

"……거짓말. 분명히 시험을 걱정을 하고 있었겠지."

"……윽."

풀이 죽은 히르메스는 얌전히 지적을 인정했다. 귀와 꼬리가 동시에 풀이 죽어서 축 늘어지는 모습이 보이는 것 같았다.

진급 및 입학한 뒤 1개월 후에 치러지는 실력시험. 히르메스는 알기 쉬워서, 잘하지 못하는 시험이 가까워지면 늘 머리의 절반이 시험에 대한 걱정으로 가득 차곤 했다.

"하지만! 도로셀 님을 걱정하는건 사실이라고. 스승님은 분명히 강하지만 스승님도 인간이고, 전지전능하지 않으니까……."

"알아. 리프도 도로셀 님이 걱정되는 거지?"

"그래. 뭐니뭐니해도 도로셀 님은 내 스승님이니까 말이지!"

지금은 무리라도 언젠가 그녀처럼 강해져서 소중한 것을 지키고 싶다. 히르메스는 주먹을 꽉 쥐고 의기충천한 기색으로 말했다.

"언제나 몰래 검술연습장에서 연습하는거, 다 알아."

"그래?! ……어. 다 들통 났던 건가……?"

"빤히 보였어. 리프, 얼굴에 다 드러나는걸."

"말도 안 돼!"

정말로 그는 언제나 의욕과 기운이 가득 차 있어서, 보는 것만으로도 밝아졌다. 뭐, 그런 부분은 싫지 않지만. 그렇게, 미란다레트는 왜인지 속으로 변명을 했다.

머나먼 국경에서 도로셀이 싸우고 있다. 그렇다면 자신도 그저 불안에 빠져 웅크리고 있을 수만은 없었다.

언젠가, 도로셀의 힘이 될 수 있도록 지금은 자신이 할 수 있는 일을 열심히 하자. 미란다레트는 히르메스와 함께 마법훈련장으로 향했다.

***

베로니카는 자신에게 주어진 화단에서 식물들에게 물을 주고 있었다.

그러나 그 모습은 어딘가 마음이 콩밭에 가있는 것 같았다. 물을 주고 있는 물뿌리개 역시 그냥 기울이고 있는 것뿐으로, 화초에 쏟아지는 물의 양은 들쑥날쑥했다.

"……도로셀 님."

일주일 정도 전부터 모습을 감춘 도로셀, 그녀가 전장에 차출되었다는 사실은 기숙사에 사는 학생들의 이야기에서 들어 알았다.

하지만 자신들과 똑같은 16세인 도로셀까지 전쟁에 끌려 나가다니, 이번 전쟁은 얼마나 가혹한 것일까.

그렇게 생각하자, 도로셀이 걱정되어서 베로니카는 요 며칠간 줄곧 어떤 일에도 집중하지 못하고 있었다.

때구르르르.

"……아."

멍하니 뒤를 돌다가, 베로니카는 발밑에 놓여있던 금속 양동이를 걷어차 버렸다.

양동이는 걷어차인 기세에 그대로 숲 쪽으로 굴러가 구두 끝에 닿고서야 멈추었다. 응? 구두 끝……?

"아, 안녕하세요……."

사람이 있다. 한 발 늦게 그 사실을 알아차리고 베로니카가 고개를 들자, 그곳에는 양팔 한 가득 편지다발을 끌어안은 남자아이가 있었다. 푸른색 곱슬 머리카락에 크고 둥근 안경을 쓰고 있었다.

"아, 이거, 당신 것인가요?"

"예, 예. 고맙, 습니다."

베로니카는 당황해서 나뒹굴고 있는 양동이를 주우러 갔다.

"……아, 어, 음. 저는 츠바루라고 합니다."

"베, 베로니카, 입니다."

츠바루 님…… 이름은 들은 적이 있는 것이 있는 것 같았다. 분명히 도로셀 님과 함께 연구에 매진하고 있는 동료였던 것 같기도 하고.

자기소개를 한 것은 좋았지만, 그 덕분에 왠지 그 자리에서 떠나기 어렵게 되어버렸다. 베로니카와 츠바루는 서로의 얼굴을 쭈뼛쭈뼛 살폈다. 거, 거북해…….

"베로니카 님은, 원예를, 가꾸시는 중인가요?"

"예? 아, 예. 츠바루 님이시야말로, 이곳에는 무슨 일이시죠?"

"저는, 선생님에게 조금 볼일이 있어서요……."

"그, 그런가요."

그렇게 대답하면서도 베로키나는 어딘가 자신이 눈앞의 일에 집중하지 못하고 있다는 사실을 느끼고 있었다.

"……역시, 걱정이 되시나요? 도로셀 님이."

그 사실이 츠바루에게도 전해졌던 듯, 츠바루가 머뭇머뭇 베로니카에게 그런 질문을 했다.

"예? 아, 저기……."

"아, 죄송합니다! 멋대로 아는 척해서 말을 했네요!"

"아, 아뇨. 조금 놀란 것뿐이에요!"

속마음을 읽힌 것 같아 놀라서 당황한 베로니카를 보고 츠바루가 당황하고, 그것을 베로니카가 허둥지둥 다시 달랬다.

"그게, 아직, 도로셀 님에게 배워야 할 것이, 잔뜩, 있으니까요."

베로니카는 작게 그렇게 중얼거렸다. 얼마 전 도로셀이 건네 준 연금술이라는 힘에 대한 책도 아직 다 못 읽었고, 묻고 싶은 것도 산더미처럼 많았다. 걱정이 되지 않을 리 없었다.

"……저도 그렇습니다."

베로니카의 말에 츠바루도 그렇게 말하며 작게 고개를 끄덕이는 것으로 동의를 표했다.

"도로셀 님의 연구실에 들어간 지 1년이 지났지만, 모르는 게 아직 잔뜩 있어요."

"츠바루 님……."

"그, 그야, 저는 무술도 마법도 완전, 꽝이지만요……."

"아, 저기…… 그, 그건. 저도 마찬가지예요! 저도, 전혀, 아무것도 할 수 없지만, 그러니까, 도로셀 님이 무사하시길,

같이 빌어요!"

잘 모르는 사람에게 자신의 감정을 전하는 것은 무척 오랜만이라, 베로니카는 긴장해서 혀가 조금 꼬였다. 그리고 논리가 좀, 이상한 것 같은 기분도 들었다…… 어라?

두 사람은 서로 얼굴을 마주 바라보며, 어느 쪽이 먼저랄 것 없이 웃었다. 전쟁이 시작된 뒤로 이렇게 소리를 내어 웃은 일이 없었는지도 몰랐다.

"그러, 네요. 저도 도로셀 님이 무사히 돌아오시기를 빌겠습니다."

"네!"

"……."

"……."

한바탕 웃은 것은 좋았으나, 그것이 끝나자 다시 두 사람 사이에는 다시 침묵이 흘렀다. 아, 음, 어떻게 하지…….

"……그런데, 저기……."

"예, 예?"

"볼일이, 있으시던 것이, 아닌가요?"

"……아!"

베로니카가 머뭇머뭇 묻자, 츠바루는 흠칫 어깨를 떨면서 눈을 크게 떴다. 까맣게 잊고 있던 모양이었다. 그는 서둘러 주머니에서 회중시계를 꺼내 시간을 확인해 보았다.

"그, 그랬습니다, 그랬어요. 죄송합니다. 그만 가보겠습니다!"

실례했습니다! 하고 말하며 츠바루는 꾸벅꾸벅 고개를 숙이고는 분주하게 나무들 저편으로 사라졌다.

그 뒷모습을 배웅하면서, 그러고 보면 도로셀과 친구들 외에 누군가와 제대로 이야기한 것은 그가 처음이었구나, 라고 베로니카는 퍼뜩 생각했다.

***

그 장소는 매우 무척이나 새하얬다.

전후좌우 어디를 둘러봐도 새하얀 색 일색으로, 공간 안에는 하얗고 크기가 다양한 입방체가 굴러다니고 있었다.

"……흥. 왜 일일이 이곳으로 와야만 하는 거냐."

공간 내에 발소리를 울리면서, 디오르그는 어딘가 짜증난 것처럼 내뱉었다.

플라티나 왕국과의 전쟁이 시작되기 전, 독단으로 디오르그에게 협력을 제안한 뒤로 자쿠도는 성가시기는 했으나 몇 번인가 이 남자는 이 공간으로 불러들였다.

"총독께서 일부러 이곳으로 와주셔야지요. 제가 그쪽 진지로 가는 것은 너무 눈에 띄니까 말이지요."

"흥."

디오르그는 가까이에 굴러다니는 큐브의 가장자리에 털썩 앉았다. 자쿠도는 그 모습을 헤실헤실 웃으면서 바라보았다.

“그래서? 불러낸 용건은 뭐냐?”

“우선은 감사의 인사를 드릴까 해서 말입니다~. 예의 보옥, 사용해주셔서 고맙습니다.”

“아아, 그 주석 말인가. 의외로 쓰기도 편하고 전력도 되고, 꽤나 좋더군.”

하하하. 디오르그가 기분 좋은 듯이 웃었다. 그런 그에게 자쿠도는 아무 말도 하지 않았다. 디오르그를 바라보는 자쿠도의 시선은 차가웠다.

“그렇다면 오늘 건네 드릴 물건도, 분명히 마음에 드실 겁니다.

그러나 그런 기색은 전혀 드러내지 않고, 자쿠도는 생긋 미소를 지으면서 이야기를 계속했다.

“호오? 그것이 무엇이냐?”

“이것입니다.”

자쿠도는 가장 가까이에 있던 큐브를 가볍게 걷어찼다. 그러자 그 밑에서 장방형의 나무상자가 모습을 드러냈다. 자쿠도는 그것을 집어 올려 디오르그에게 건넸다.

“뭔가? 이건.”

“열심히 싸우시는 총독님에게 드리는 선물입니다. 그것만 완전히 다루실 수 있다면, 왕국군 따위는 적이 아닐 겁니다.”

자쿠도가 그렇게 말하자, 디오르그의 눈이 번쩍 빛났다. 왕국군을 쳐부수고 자신의 야망을 이루려고 하는 남자에게는 무척 매력적인 말이었던 모양이었다.

"뭐, 이건 받아두지. 전장에서 맘껏 활용하겠다."

"예예. 소중히 잘 써 주십시오~."

그 말이 들리는 것인가 들리지 않는 것인가, 디오르그는 나무상자를 손에 들고 이쪽에 등을 돌렸다.

하얀 공간이 일부 일그러지더니, 검은 소용돌이 같은 둥근 게이트가 출현했다. 디오르그는 그 게이트를 지나 다시 자신의 진지로 돌아갔다.

"……이제 나와도 되잖아?"

자쿠도는 디오르그가 돌아가서 아무도 없는 하얀 공간에 그렇게 말을 걸었다. 그러자 얼마 지나지 않아 큐브의 그림자에서 붉은 드레스 차림의 여성이 구두소리를 울리면서 모습을 나타냈다. 세리냐였다.

"숨지 않아도 괜찮지 않았어?"

"불필요한 접촉은 내게 스트레스만 될 뿐이에요."

자쿠도는 디오르그가 사라진 방향을 모멸의 눈초리로 바라보았으나, 세리냐는 이미 디오르그에게 관심이 없었다.

자쿠도가 필요도 없는데 매번 디오르그를 이 공간으로 불러들이는 것은, 세리냐가 디오르그의 동향을 감시하기 위해서였다. 쓸데없이 힘을 낭비하는 일이긴 했지만, 딱히 이쪽에 불리한 일도 없고 해서 자쿠도는 일시적인 변덕으로 협력하고 있었다.

"감시를 해야만 믿을 수 있다면, 좀 더 적당한 말을 찾는 편이 좋지 않을까?"

"충고 고마워요. 하지만 당신이 뭐라고 하든, 내게는 나만의 방식이 있어요. 쓸데없는 참견은 하지 말아 주겠어요?"

"아아~. 혼나버렸네."

킬킬킬. 자쿠도는 작게 소리를 내 웃었다. 세리냐의 미간의 주름이 한층 깊어졌다.

"그러고 보니 너도 들었지? 전장에서 춤추는 화려한 공주님의 얘기."

"……."

그 얘기가 화제에 오른 순간, 세리냐의 눈꼬리가 치켜 올라갔다. 그 눈동자의 깊은 곳에 순식간에 증오의 불이 켜지고, 세리냐는 무시무시한 시선으로 이쪽을 노려보았다.

"아, 그러고 보니, 하면 안되는 말이었던가?"

"……닥쳐, 자쿠도."

"예이예이."

피리아레기스 가를 몰락시키고, 세리냐를 지금의 처지로 떨어뜨린 은발의 공주님에 대한 세리냐의 원한은 무시무시했다. 하여간에, 여자란 성가신 생물이었다.

"하지만, 그 남자, 아마도 질거야."

"뭐, 그렇겠죠. 제국에 숨어들어 가장 처음 접촉한 것이 저 남자가 아니었다면, 저런 송사리 따위에게 기대지 않았어요."

"흐응? 저 남자를 버리려는 거구나?"

"아무래도 좋아요. 나는 내 목적만 달성할 수 있으면 아무래도 상관없으니까요."

세리냐는 흥 하고 불온하게 콧방귀를 뀌고는 망설임 없이 확실하게 그렇게 잘라 말했다.

세리냐의 목적은, 과거를 모두 없었던 일로 하고 또다시 귀족세계로 복귀하는 것. 그것을 실현하기 위한 장기말은 누가 됐든 좋았다.

"저 남자가 쓸모없어지면 또 다른 인간을 찾을 뿐이에요."

"……흐응. 또 다른 남자를 찾을 거구나."

"무능력한 남자는 필요 없으니까요. 뭔가 할 말이라도 있나요?"

"아—뇨오. 아, 맞다. 어디로 갈 예정이야?"

문득 자쿠도가 그렇게 묻고, 세리냐는 노골적으로 불쾌하다는 표정을 지었다.

"당신에게 얘기할 필요는 없어요."

"뭐, 그렇긴 한데, 제도에 갈 일이 있다면, 갖고 가줬으면 하는 물건이 있어~."

자쿠도는 그렇게 말하고 품에서 하나의 큐브를 꺼냈다.

반투명한 유백색을 띤, 손바닥 크기 정도 되어보이는 입방체였다. 안을 들여다볼 수는 없었으나, 마치 맥동하듯이 하얀빛이 옅게 빛났다가 사라지기를 반복하고 있었다.

"알지? 이게 뭔지."

"……."

"이 세계에서, 네가 가장 잘 알 거야. 이걸로 사람을 죽인 적이 있는 너라면, 말이지."

"……."

세리냐는 침묵한 채, 뚫어져라 큐브를 노려보았다.

겉모습은 달랐지만, 그녀는 11년 전에 이 큐브와 만났었다. 당시 아직 어렸던 세리냐에게, 행상인으로 분장한 자쿠도가 건넸다.

스피리아 전쟁이 한창이던 중에 왕녀를 태워 죽이게 된 것도, 그 책임을 여동생에게 억지로 떠넘기게 된 것도, 거짓말로 점철된 인생을 보내게 된 것도, 모두 광대 장난감에 박힌 하나의 큐브에서 시작되었다.

때문에, 이 큐브를 거절하는 일은 결코 할 수 없었다. 이 큐브야말로 세리냐의 과거 그 자체를 옭아매는 절대 유일한 족쇄였으니까.

"이거, 맡아줄거지?"

"……정말, 화가 나네요."

세리냐는 그렇게 내뱉고는 큐브를 낚아챘다. 그리고 드레스 자락을 휘날리며 발소리도 거칠게 그 자리를 떠냈다.

"……피차 마찬가지가 아닐까?"

자쿠도는 그렇게 작게 중얼거리고는 히죽 입꼬리를 끌어 올렸다.

"넌 날 많이 닮았어, 세리냐."

자쿠도는 장난스러운 미소를 지은 채, 그러나 감정이 담기지 않은 차가운 시선으로 떠나가는 세리냐의 뒷모습을 바라보았다.

"그래서 참견도 하고 싶고, 보고 있으면 짜증이 난단 말이지."

마지막 그 중얼거림을 세리냐는 알아차리지 못했다.

5장 저주받은 자들

"이, 이봐, 뭐야, 저거……."

눈앞에서 백발적안의 병사들이 펼쳐 보이는 살육현장. 그것을, 전장에서 싸우고 있던 많은 왕국군이 목격했다.

"도, 도망쳐! 살해당할거야!"

"우와악! 오지 마!"

공포와 혼란은 곧바로 전군으로 확산되었다. 공포에 질린 나머지 그 자리에 주저앉은 자, 무기를 버리고 도주하려는 자, 마구잡이로 무기를 휘두르는 자.

"……큭."

이대로는 왕국군의 지휘계통 그 자체에 문제가 생길 수 있었다. 그렇게 되어서는 안 되었다.

"루카스 님. 전군을 퇴각시켜 주세요."

"뭐라고?! 너 지금 무슨 소리를—."

"이곳에 병사를 남겨봤자 피해만 커질 뿐입니다. 아시잖아요?"

"허나, 그렇게 하면 넌 어쩔거냐. 혼자 남는 건 위험해."

"하지만 저지할 필요는 있습니다. 제가 남는 게 가장 타당하다고 생각합니다만."

"……윽."

루카스가 분하다는 듯이 눈썹을 일그러뜨렸다. 주술병에 대한 대책이 아무것도 없는 일반병들을 남겨둬도 주술병의 먹이가 될 뿐이었다. 현재 주술병을 저지할 수 있는 능력을 사람은 레티시엘뿐이라고, 그는 알고 있었다.

"……군을 퇴각시키면 바로 돌아오겠다. 그때까지 절대로 죽지 마라."

"예. 알고 있습니다."

잠시 뭔가를 견디듯이 고개를 숙였다가 다시 고개를 든 루카스의 눈은 의연한 사령관의 것으로 돌아와 있었다.

레티시엘은 짧게 그렇게 말을 남기고 떠나는 루카스를 배웅했다. 지크도 역시 옆에서 곤혹스러움을 감추지 못한 채서 있었다.

"지크. 당신도 가요."

"하지만……!"

"당신은 군에 필요한 사람이에요. 이곳에서 죽게 할 수는 없어요."

"그건 당신도……."

"됐으니까 빨리 가요!"

지크에게 그렇게 말을 남긴 레티시엘은 대답을 듣지도 않고 곧바로 전장으로 뛰어갔다.

레티시엘이 전장으로 뛰어들자, 그때까지 죽은 자들의 육체에 정신이 팔려있던 주술병들이 이쪽의 존재를 알아차렸다.

"우우……."

"우우아!"

주술병들은 의미 없는 신음을 내며 레티시엘에게 덤벼들었다.

레티시엘은 주위에 결계마술을 전개하는 것으로, 그것들의 공격을 완전히 튕겨냈다.

'……검은 보옥만 파괴하면 되겠지.'

평소라면 하나하나 파괴하면 되었지만, 이번에는 수가 많았다. 레티시엘은 오른손바닥에 마소를 집약해 마도술식을 전개했다.

복수의 마법진이 위를 향해 뻗어 올라가고, 이윽고 그것은 순백의 가느다란 장검으로 변화했다. 술식에서 넘쳐 나온 빛의 마소가 마치 빛나는 눈처럼 검에서 흘러내렸다.

주술병의 보옥은 노출된 장소에 없는 경우가 많아서 찾기 힘들었다. 하지만, 빛과 무속성의 공격에는 약해서, 미약한 술식이라도 보옥을 정화하기 위해 보옥에 끌려갔다.

그 경험과 지식을 살려 만들어낸 『정화의 쌍날검』은 검의 형태를 취한 빛과 무속성의 복합마술이었다. 겉껍데기는 위력이 약한 술식을 두르고 있어서, 그것이 보옥의 위치를 자동으로 특정하면 그 안에 내포된 강력한 정화마술이 보옥을 정화했다.

"캬아아아!"

한 명의 주술병이 괴성을 지르면서 레티시엘의 목을 조르려고 손을 뻗어왔다.

레티시엘도 아무 성과 없이 몇 번이나 주술병과 싸운 것이 아니었다. 즉시 빛 속성의 섬광마술을 터뜨려 주술병의 시야를 차단하고, 그 틈에 쌍날검을 휘둘렀다.

동시에 쨍그랑 하고 유리가 깨지는 것 같은 소리가 나면서, 주술병의 가슴 언저리에서 검은 안개를 피워 올리며 쓰러졌다. 머리카락도 이미 방금 전까지의 백발이 아니었다.

빛 속성의 마술은 기본적으로 인체에 해를 끼치지 않았다. 때문에 이 쌍날검도 검은 보옥을 부술 뿐, 주술병 본인을 죽이지는 않았다.

"끄윽."

"캬아아아아아!"

레티시엘의 『정화의 쌍날검』이 주술병 사이를 내달릴 때마다 검은 보옥이 부서져서 안개로 변했다. 그것은 전장에 부는 바람에 휘말려 하늘 높이 날아 올라갔다.

주술병의 수는 착착 줄어갔으나, 단독전투의 피로도 착실히 레티시엘에게 쌓여갔다.

그러나 여기서 손을 놓을 수는 없었다. 거칠어지는 호흡을 가다듬으며 레티시엘은 차례로 주술병을 베어갔다.

일섬, 이섬.

어느새가 『정화의 쌍날검』은 8자루로 늘어나 있었다. 그것들은 마치 레티시엘은 지키듯이 주위를 둘러싸고 빛을 내뿜으면서 천천히 선회했다.

레티시엘이 손가락 끝으로 칼날을 만지면, 『정화의 쌍날검』은 마치 살아있는 생물처럼 자유자재로 전장을 날아다니며 지시한 장소를 정확하게 갈랐다.

이윽고 한계까지 혹사당한 쌍날검은 녹아들듯이 공중으로 사라지고, 그 대신 새로운 칼날이 그 빈 자리를 채웠다.

그래도 레티시엘은 칼날을 계속 휘둘렀다. 빛의 잔상이 안개 속에서 꿈틀거리고, 주술병의 단말마가 울려 퍼졌다.

주위의 풍경이 살짝 어둑어둑하게 보였다. 검은 보옥이 깨지면서 흩어진 안개가 시야를 가로막는 것일까.

'……부숴야 해. 하나도 남기지 않고, 파괴해야 해.'

갑자기 레티시엘은 그런 사명감과도 비슷한 감각에 휩싸였다.

레티시엘은 춤추듯이 전장을 뛰어다녔다. 검은 보옥이 깨져 부서지는 소리를 들을 때마다, 피어오르는 안개를 볼 때마다 왠지 마음이 차분해졌다.

그렇게 싸움에 집중하는 사이, 몸이 점점 가벼워졌다. 빙글빙글 춤을 출 때마다 시야 한구석에서 불꽃이 터지는 것 같은 느낌이 들었다.

"……?"

그게 뭔지, 레티시엘은 조금 의아하게 여겼지만, 곧 아무래도 좋아졌다. 어쨌든 몸에 날개가 돋은 것 같은 감각이었다.

시야 바깥쪽이 희미하게 붉은빛을 띠기 시작했다. 피, 는 아닌 것 같았다. 눈이 뜨거워졌지만, 주위를 보는 데에는 아무 지장이 없었다.

빙글빙글.

붉은색 외에 하얀색과 검은색이 침식하듯이 시야 전체로 조금씩 확산되어갔다.

정신을 차리고 보니, 주변의 경치는 거의 눈에 비치지 않았다. 『정화의 쌍날검』을 쥔 손과 시야 끄트머리에서 흔들리는 자신의 머리카락, 그만큼 잔뜩 있던 주술병도 보이지 않았다.

왠지 무척이나 기분이 좋았다. 자신의 손조차도 때때로 시야에서 놓치곤 했다. 주술병들은 어디로 간 것일까. 시야는 새빨갰다. 하지만 어쨌든 즐거웠다.

"……! ……!"

누군가의 목소리가 들려왔다. 눈앞에 뭔가의 얼굴이 보였다. 누굴까. 아직, 계속 춤을 추고 싶은데—.

"시엘…… 도로셀 님! 들리십니까!"

"……지크?"

갑자기, 공기방울이 터지듯이 주위의 소리와 경치가 급속도로 되돌아왔다.

정신을 차렸을 때에는 레티시엘은 지크에게 두 어깨를 잡힌 채 그와 마주보듯이 전장에 멍청히 서 있었다.

주위에는 따뜻한 빛이 흘러넘치고 있었다. 그것이 정화마법이라는 것을 알아차리기까지는 시간이 좀 걸렸다. 방금 전까지 레티시엘을 감싸고 있던 검은 안개는, 그 빛에 정화되어 흔적도 없이 사라져갔다.

"어째서……."

전장에서 돌려보냈을 당신이 어째서 여기 있는 것인가. 그렇게 말하려던 레티시엘은 숨을 삼켰다.

지크의 왼쪽 눈에서 붉은 물줄기가 뺨을 타고 흘러내리고 있었다. 서로 색이 다른 그의 눈동자 중 보라색 쪽 눈이 피눈물을 흘리고 있었다.

"지크, 당신, 눈이……."

"아, 이거 말인가요? 신경 쓰지 마십시오. 가끔 있는 일입니다."

그러나 지크는 뺨을 흐르는 피를 만져보고 그다지 동요하하지 않고 가볍게 닦아냈을 뿐,

담백하게 그렇게 말했다.

"가끔 있는 일이라니……."

"외부에서 강한 부하가 걸리면 가끔 이럽니다…… 자신의 것이 아니니, 당연하다면 당연하지만요."

"자신의 것이 아니, 다……?"

"이 왼쪽 눈은 어머니의 것입니다."

아무렇지도 않다는 듯 그렇게 말하는 지크에게 레티시엘은 그게 무슨 말이냐고 묻고 싶었다. 그러나 두 사람의 주위는 무수한 주술병들에게 가로막혀 그럴 때가 아니었다.

퍼엉!

그때, 주위를 둘러싼 주술병 무리의 일부가 날아갔다.

"이봐! 두 사람 모두 살아있냐?!"

주술병들이 날아가서 열린 그 길의 끝에는 루카스가 있었다. 그도 지크와 마찬가지로 전장으로 다시 돌아온 모양이었다.

"괜찮습니다. 모두 무사합니다."

"그러냐. 그럼 다행이지만…… 시엘, 너도 괜찮은 거냐? 얼굴이 흙빛이야."

"예, 예. 아직 싸울 수 있습니다."

레티시엘은 루카스의 말에 고개를 끄덕이면서 비로소 주위의 상황을 확인할 수 있었다.

지크와 루카스가 오기 이전부터, 레티시엘 주위에는 수많은 병사들이 굴러다니고 있었다. 제국의 주술병들이었다.

그들은 딱히 없어진 것이 아니라고 지금은 이해할 수 있었다. 레티시엘의 눈에 왜인지 모를 붉은 빛이 비치게 된 것일 뿐, 보이지 않아도 자신은 그들의 보옥을 계속 파괴했다.

그 자각이 단숨에 머릿속에 밀려 들어와 레티시엘은 방금 전까지의 자신에게 전율했다. 그 상황에서, 자신은 뭐라고 생각했더라? 왜, 『즐겁다』라는 생각이 들었던 것일까?

“위험해!”

“……!”

지크의 목소리에 레티시엘은 제정신을 차렸다. 그와 동시에 바로 코앞까지 다가온 창을 루카스가 후려쳐서 떨어뜨렸다.

“이봐, 정말로 괜찮은거냐? 지쳤다면 무리하지 마라.”

“……죄송합니다. 잠시 한눈을 팔았습니다.”

지금은 동요하고 있을 때가 아니었다. 레티시엘은 또다시 『정화의 쌍날검』을 발동시켰고, 이번에야말로 지크와 루카스 두 사람과 함께 힘을 합쳐 주술병을 무력화시켰다.

결계나 치료 등의 후방지원은 지크에게 맡기고, 레티시엘과 루카스는 전위로서 적과 싸웠다.

이윽고 마지막 주술병의 검은 보옥이 깨지고, 그 몸이 지면을 향해 무너져 내렸다. 그 뒤에는 철 냄새가 섞인 바람만이 불었다.

“끝났나…….”

“우선은 그런 것 같네요. 군은 어떻게 됐나요?”

“안전지대까지 피신시켰다.”

주위에 굴러다니는 주술병의 유해를 내려다보며 루카스는 한숨을 내쉬었다. 세 사람 사이에 침묵이 흘렀다.

‘……그건 그렇다 치고, 방금 전의 감각은 뭐였을까.’

마술을 쓰는 도중에 그런 감각을 느낀 적은 처음이었다. 폭주……와는 조금 다른 것 같은 느낌이 들었다. 힘은 제어할 수 있었고, 마술에 의한 대규모 재해도 일어나지 않았다.

"왜 그러시죠?"

생각에 잠기는 레티시엘을 걱정한 것일까, 지크가 그렇게 물었다.

"아뇨…… 지크야말로, 괜찮은가요?"

"예. 피는 거의 다 멎었으니까요."

그렇게 말하면서도 지크는 왼손으로 왼쪽 눈을 누르고 있었다. 아직 통증이 느껴지는 것인가, 때때로 얼굴을 찡그렸다.

"언제부터, 인가요? 그 눈."

"……솔직히 말하면, 기억에 전혀 없습니다. 아마도, 철이 들었을 무렵에는 이미 이렇게 되어있었다고 생각합니다."

"그런가요……."

"그건 그렇다 치고, 제국도 라피스 국처럼 백발병을 투입하기로 한 것일까요."

"그렇게밖에 생각할 수 없지만, 글쎄…… 콜록."

그때, 갑자기 목에서 뭔가 밀려올라오는 것 같은 감각이 느껴져, 레티시엘은 기침을 했다. 손바닥에 뜨뜻미지근한 감촉이 느껴지고, 손가락 사이로 붉은 물줄기가 흘러내렸다.

"시엘 님?!"

맨 먼저 그것을 알아차린 지크가 눈을 크게 떴다.

"괜찮아요. 기침이 좀 나온 것뿐이에요."

그렇게 말하고 레티시엘은 고개를 흔들었다. 단기간에 무리하게 마술을 사용하여 몸에 너무 많은 부담을 준 것일까. 아니면, 정체불명의 현상의 반동인 것일까.

"기침이 나온 것뿐이라니……."

"무모한 짓은 하지 마라. 괜찮지 않잖아."

"아뇨. 정말로 괜찮습니다……."

목 깊숙한 곳에서 한층 더 밀려 올라오는 역겨움을 억지로 삼키면서, 레티시엘은 루카스에게 자신의 무사함을 주장했다.

그다지 괜찮지는 않았으나, 이 자리에서 말할 수는 없었다. 하루 정도 쉬면 어느 정도 회복될테니, 쓸데없는 걱정을 안기지 않는 것이 제일 좋았다.

"……."

루카스는 레티시엘의 대답에 명백히 납득하지 못한 것 같았다. 알고 지낸 지 오래된 만큼, 레티시엘이 거짓말을 하는 것도 알아차렸을지 몰랐다.

그러나 굳이 그것을 알아차리지 못했다는 기색으로, 레티시엘은 루카스와 함께 임시 진지로 귀환했다.

***

이 전투는 왕국군의 승리라는 형태로 막을 내렸다. 그러나 왕국군이 치른 희생도 적지 않았다.

진지의 입구 쪽을 보니, 들것에 실려 옮겨지는 무수한 병사들의 모습이 보였다. 주변의 상자나 통나무에 걸터앉은 병사들도 막 치료를 받은 참으로, 피가 묻은 붕대를 감고 있는 자들이 많았다.

"……그건, 스피리아 전쟁 때의 그 괴물이지?"

"왜, 그게 이번에도 또……!"

더 나아가, 전투는 끝났어도 왕국군 병사들 사이에서는 우울한 공기가 사기에 큰 영향을 미치고 있었다.

과거 스피리아 전쟁 때에 플라티나 왕국을 괴롭힌 백발의 주술병들. 이번 전쟁에는 스피리아 전쟁 때에 참전했던 병사들도 있던 듯, 그들에게서부터 소문이 차례차례 전파되어 갔다.

어설프게 체험한 경험을 동반한 불안이었는지라, 그것에서 배어나오는 공포와 절망은 진짜였다. 그것을 부정하는 것도 불가능했다.

"저기, 그렇게 험악스러운 것에 우리가 이길 수 있을까?"

"언제까지 버틸 수 있지? 만약 그 녀석들이 야습이라도 해온다면……."

"……."

왕국군의 불안은 제국의 마도병기에 대한 것 이상으로 강했다.

그런 병사들의 모습을 레티시엘은 조용히 지켜보았다. 불안을 띤 그 모습은 측은하게 여겨졌지만, 위로의 말을 건네고자 하지는 않았다.

현실적인 문제로, 플라티나 왕국은 분명히 주술병에 대항할 수 있는 확실한 수단을 갖고 있지 못했다. 레티시엘은 주술병을 어느 정도 상대할 수 있지만, 대처할 수 있는 수단은 레티시엘만이 사용할 수 있기에 보편성이 있는 것이 아니었다.

때문에, 이 상황에서는 무슨 말을 해도 탁상공론에 지나지 않았다. 그런 말은 오히려 불안을 부채질할 뿐이었다.

"실례합니다. 부르셨습니까? 전하."

레티시엘은 총대장의 텐트에 도착했다. 안에는 왕국 총대장인 라이오넬과 다른 장군들이 모두 다 모여 있었다. 한창 작전회의를 하던 중인 모양이었다.

"아아, 시엘 공. 마침 좋은 때에 오셨습니다."

라이오넬이 이쪽의 모습을 확인하고 환하게 미소를 지었다. 그 미소는 평소와 다를 바 없었으나, 레티시엘은 그 미소에서 보이는 피로와 초조감을 알아차렸다.

제국의 마도병기에 대한 대책이 그럭저럭 세워져 이것으

로 겨우 승기를 잡을 수 있을 것이라 생각한 찰나에, 주술병이 등장한 것이다. 초조함을 느끼는 그 마음은 이해할 수 있었다.

"방금 전 여러분이 생포한 적군의 간부에 대해 상의 드리고 싶은 것이 있어서 말입니다."

"……상의라 하심은."

레티시엘은 그렇게 되묻자, 라이오넬은 웃음을 거둬들였다. 그 얼굴에는, 방금 전까지 느껴지던 불안과 초조함은 사라지고 한없이 냉정하고 담담한 시선만이 남았다.

"가볍게 조사해 본 결과, 여러분이 잡아 온 그 간부는 제국군 내에서 나름대로 높은 신분과 지위에 있는 자인 것 같습니다. 적군의 기밀정보를 갖고 있을 가능성이 매우 높습니다."

"그런가요."

"허나, 심문을 해본바, 좀처럼 입을 열려고 하지 않습니다. 하여 이쪽에서도 방법을 바꾸려 하고 있습니다."

"……고문인가요."

레티시엘은 그 가능성을 바로 알아차렸다. 심문으로 반응이 나쁘다면 그 다음엔 고문이다. 천 년 전에는 상식처럼 알려져 있던 전제였다.

"예, 그렇습니다. 역시 통찰력이 좋으시군요."

"그래서? 왜 저와 상의하시려는 건가요?"

"시엘 공도 그 자리에 입회해주셨으면 합니다."

"……왜인가요?"

여기까지의 이야기로 레티시엘은 라이오넬의 의도를 어렴풋이 읽을 수 있었다. 그러나 그녀는 그렇게는 말하지 않고 라이오넬의 다음 말을 재촉했다.

"치료를 위해서입니다. 그편이 작업효율이 올라갈 테니까요."

역시 그랬다. 대상을 고문한 뒤, 치료마술을 사용해 모든 상처를 치료하고 다시 고문한다. 그것을 위해 레티시엘을 쓰고 싶은 것이리라.

"마음은 이해합니다만, 그 방법은 그다지 권하고 싶지 않습니다."

하지만 레티시엘은 고개를 가로저었다.

"흐음? 어째서입니까?"

"맞지 않기 때문입니다. 대상이 단기간 내에 정보를 말해준다면 몰라도, 장기간에 걸쳐 반복하게 되면 대상의 정신이 버텨내질 못합니다. 비밀을 말할 상태가 아니게 되지요."

이것은 딱히 거짓말이 아니었다. 천 년 전에도 분명히 그런 고문법이 존재했다. 그러나 고문 등으로 고통과 함께 생긴 상처가 없던 것이 되어버리는 사실은 정신적으로 큰 부담이 되는 듯 했다. 이전의 많은 사례에서는 대상자가 정보를 토해내기 전에 미쳐버렸다.

마술의 전성기 때마저도 이러했으니, 마법 이외의 이능이 알려지지 않은 이 시대 사람에게는 한층 더 맞지 않는 방법이리라.

"과연. 자극이 너무 강한 것도 생각해 볼 문제라는 것인가요. 잘 아시는군요."

"……가능성을 분석한 것에 불과합니다. 그것보다, 백발병의 대책에 몰두하는 것이 먼저라고 생각합니다. 적군의 정보도 귀중하지만, 현재 당장 중요한 것은 우리 군이 예의 병사를 어떻게 상대하느냐 이니까요."

"그렇군요. 그럼 시엘 공은 그쪽에 집중해 주십시오. 예의 간부에 대해서는 이쪽에서 대처하겠습니다."

"알았습니다. 그럼, 저는 이 뒤에 볼일이 있어 그만 실례하겠습니다."

"예. 뭔가 알게 된다면 시엘 공에게 바로 전해드리지요."

레티시엘은 머리를 작게 숙이고는 라이오넬의 배웅을 받으며 텐트를 나섰다. 그리고 텐트를 나오자마자 한숨을 내쉬었다.

'……빨리 주술병을 상대할 대책을 세워야 해…….'

라이오넬에게 확실하게 의사를 전달한 이상, 한층 더 서둘러야만 할 것이리라. 그것만 전군에 널리 퍼지면, 레티시엘이 없어도 어느 정도 버텨줄 터였다.

그렇게 생각한 레티시엘은 전초부대를 데리고 시급히 임시진지로 귀환하고, 곧바로 병기개발부의 텐트로 향했다.

"실례합니다. 지크는 있나요?"

레티시엘은 인사도 하는 둥 마는 둥 하고 목적한 인물을 찾았다. 한 발 앞서 돌아와 있던 그는 텐트의 가장 안쪽의 책상에서 무기의 부품점검을 하고 있었다.

"아, 시엘 님. 어서 오십시오."

"다녀왔어요……."

곁으로 달려온 지크의 얼굴을 본 레티시엘은 말을 잇지 않았다. 왼쪽 눈에는 하얀 붕대가 감겨 있었고, 붉은 얼룩이 약간 배어나와 있었다.

"……혹시 이걸 신경 쓰시는 건가요?"

그런 레티시엘의 시선을 알아차리고, 지크는 아무 일도 아니라는 것처럼 웃으며 붕대를 매만졌다.

"괜찮습니다. 원래부터 가끔이긴 해도 이렇게 되는 일이 있었으니까요."

"……신경 쓰지 않는 게 무리에요. 무리하게 만든 건, 나인걸요."

"제가 멋대로 무리하려고 했기 때문입니다. 시엘 님은 도망치라고 말해주셨잖습니까."

"그건……."

"뭔가 볼일이 있으신 것이지요? 듣겠습니다."

레티시엘이 입을 우물거리려니, 지크가 물 흐르듯이 화제를 바꾸었다. 덕분에 결국 아무 말도 할 수 없었다. 레티시엘이 신경을 쓰지 않도록 배려해 준 것일까.

"……주술병에 대해 지크와 이야기를 해보려고 왔어요."

약간의 거북함은 남아 있었지만, 끈질기게 물고 늘어질 수도 없는 노릇이었다. 그래서 레티시엘은 방문한 목적에 대해 이야기했다.

"주술병…… 그 백발병 말씀이시군요. 스피리아 전쟁 때 전장에 투입되었다는."

"그래요. 그것이 이번 전쟁에서도 투입되었다면, 우리도 그에 상응하는 대응을 하지 않으면 스피리아 전쟁 때와 똑같은 전철을 밟을 것이라고 생각해서요."

"아마도, 틀린 말은 아니겠지요…… 하지만, 그런 것치고는 그들에 대해 저희 쪽이 가진 정보가 너무 적습니다."

"정보를 갖고 있다고 한다면, 스피리아 전쟁을 경험한 루카스 님이나 저, 그리고 전하 정도일까요."

"학원장님에게는 나중에 이야기를 듣는다고 치고, 우선은 시엘 님이 지금까지 조우한 백발병들의 이야기를 들려주시겠습니까?"

"알았어요."

지크의 말대로, 레티시엘은 지크에게 자신이 지금까지 보고 들으면서 모은 주술병의 정보를 알려주었다.

마법, 마술과는 다른 주술이라는 별개의 힘을 부여받음으로써, 그것을 제어하지 못하고 폭주한 자들이라는 것. 통상

병기나 마법으로는 맞서 싸울 수 없다는 것. 폭주를 야기하는 핵인 검은 보옥이 각각의 몸에 박혀 있다는 것 등등.

"……과연. 역시 그랬나요."

"예. 그러니, 이것도 시급히 대책을 세우지 않으면…… 콜록."

"……! 괜찮으신가요?"

"아무렇지도 않아요. 괜찮아요."

갑자기 목 안에서 뭔가가 치밀어 오르는 것 같은 감각을 느껴, 레티시엘은 입을 막고 기침을 했다. 손바닥에 약간의 피가 묻어 있었다.

"……시엘 님. 잠시 쉬시는 건 어떻겠습니까?"

레티시엘이 그것을 손수건으로 닦고 있으려니, 지크가 진지한 얼굴로 그렇게 물었다.

"이 정도는 아무렇지도 않아요. 게다가, 지금은 쉴 여유가 없어요."

"분명히 그럴지도 모릅니다만, 그렇다고 무리를 하시면 할 수 있는 것도 하지 못하게 됩니다. 몸을 해치게 되면, 결국 회복하기 위해 훨씬 더 긴 시간을 빼앗기게 됩니다."

"하지만……."

"백발병 대책을 걱정하시는 건 이해합니다. 그래서 그런 대처법을 연구하기 위해 저희가 있는 겁니다. 시엘 님이 그렇게 말씀하셨지요?"

"……그러네요."

그야말로 정론. 찍소리도 할 수 없다는 것은 바로 이런 것을 말하는 것이었다. 레티시엘은 저도 모르게 쓴웃음을 지었다. 얼마 전에는 자신이 지크의 몸 상태를 걱정했는데, 지금은 완전히 처지가 역전되었다.

"그럼, 부탁할게요."

"예. 맡겨주십시오."

지크는 그렇게 말하고 레티시엘을 안심시키려는 것처럼 크게 고개를 끄덕이며 웃어주었다.

레티시엘은 병기개발부의 텐트를 나와 자신의 텐트로 돌아와서 망토를 벗고 침대 위에 걸터앉았다. 앉는 순간, 시야가 일그러졌다. 몸에 상당한 부담을 주었던 모양이었다.

아직 해가 지지 않은 이런 시간부터 누울 수는 없었다. 하지만 어디에선가 이야기를 들은 것인가, 텐트를 찾아온 루카스에게 논파당해 결국 자리에 누워 쉬는 신세가 되었다.

그렇다고는 해도, 자리에 눕고 나서 밤중에 눈을 뜰 때까지 일절 기억이 없던 것을 생각하면, 역시 잠을 자는 것이 정답이었는지도 몰랐다.

다음 날, 제국 측에서 싸움을 걸어올 것 같은 기색은 없었다. 어제 그런 일이 있고나서는, 상대편도 바로 싸움을 걸어올 수 있을 상태가 아닌 모양이었다.

그래도 왕국군과는 다르게, 제국은 회복하는 것도 빠를 터였다. 앞으로 며칠만 지나면 또다시 싸움을 걸어오리라.

한층 더 빨리 주술병 대책용 병기개발을 서둘러야겠구나. 레티시엘은 회색으로 구름 낀 하늘을 올려다보며 생각했다.

***

그 뒤로도 백발병은 몇 번이나 전장에 모습을 나타냈다.

레티시엘의 분투나 조언을 얻은 병사들 덕분에 그렇게까지 큰 피해는 나지 않았으나, 전선이 밀려서 패하는 것은 시간문제인 것처럼 보였다.

"이봐. 그쪽은 어때?"

"지금은 아무 이상 없음."

심야. 레티시엘은 왕국군이 국경을 따라 설치한 막사 주변을 야경부대와 동행하며 돌아보고 있었다.

어젯밤, 제국이 주술병을 사용해 왕국군을 야습하려는 사건이 벌어졌다. 때문에 레티시엘은 야간순찰에도 차출되었던 것이다.

"……."

레티시엘은 주위를 경계하면서도 머릿속으로 계속 생각을 했다.

레티시엘은 출진할 때 외에는 병기개발부에서 지크와 함께 주술병 대책병기 연구에 매진하고 있었다.

병기의 원리 자체는 멸마총의 것을 토대로 하려 했기 때문에 그다지 시간이 걸리지 않았으나, 현재 하나의 벽에 부딪친 상태였다. 그것은 소재의 문제였다.

'설마 술식의 부하를 견뎌낼 수 있는 소재가 없다니…….“

지금 병기에 집어넣으려는 술식은 이젠 레티시엘이 전장에서 사용했던『정화의 쌍날검』의 축소판이었다.

멸마총은 통상의 총과 같은 소재의 강철에 술식을 각인할 수 있었으나, 이번에는 술식을 새겨 넣는 것은 가능해도, 술식을 발동시키려고 하면 소재 자체가 견디지 못해 부서졌다.

원인은 알고 있었다.『정화의 쌍날검』쪽의 술식이 압도적으로 복잡하고 세밀하기 때문이었다. 멸마총의 술식은 마력을 추출하고 마소를 끌어들여 결계상태로 하는 것뿐인 간단한 것이었다. 하지만 이쪽은 축소했다고는 하나, 제어가 어려운 복합마술이었다.

현재 국내나 전장에서 입수할 수 있는 모든 금속을 시험해봤으나, 어느 것이나 강도가 부족해서 한 번 쓰고 마는 일회용이 되거나 애초에 써먹을 수가 없었다. 그래서 어떻게든 술식을 좀 더 압축하고자 시행착오를 겪었으나, 지금 것 이상으로 줄이는 것은 불가능했다.

"……하아."

레티시엘은 저도 모르게 한숨을 내쉬고 말았다. 일단 사용할 수 있는 금속의 후보는 아직 하나 있기는 했다. 그것은 바로 루카스의 의수를 구성하고 있는 실버아이언.

그것이라면 가능성이 있을지도 몰랐지만, 입수하기는 어려우리라. 무엇보다, 제국 남부산이라는 정보만 있기 때문에, 찾으려고 해도 어떻게 해야 좋을지 알 수 없었다.

"이봐. 다음 포인트로 간다!"

"아, 예."

생각을 잠겨 있었더니, 어느새 순찰부대는 이동을 시작하고 있었다. 레티시엘은 곧바로 그들을 쫓아갔다.

"……!"

그리고 등 뒤에서 살기를 느껴 그 자리에서 바로 뒤를 돌아보았다.

레티시엘의 뒤쪽에는 시커먼 숲이 펼쳐져 있었다. 그 숲에 우거진 나무들 사이에서 형형하게 빛나는 붉은 두 눈이 다수 보였다.

"적습입니다!"

레티시엘이 외치는 것과 숲에서 백발적안의 병사들이 뛰쳐나오는 것은 동시였다.

앞서가던 아군도 그것을 눈치채고 되돌아왔다. 이번의 적은 20명 정도. 전원이 상대하면 어떻게든 될 것이다.

『정화의 쌍날검』을 발동하고, 레티시엘의 손에는 하얗게 빛나는 단검이 쥐어졌다. 숲 안에서의 전투를 앞두고, 움직이기 편하게끔 무기의 형태를 조정했다.

주술병들은 어둠 속에 숨어 이쪽을 교란시켰다. 레티시엘은 자신에게는 암시마술을 건 뒤, 더 나아가 무수한 빛의 구슬을 불러냈다.

이 구슬들은 무작위로 전장을 돌아다니며 병사들에게 빛을 제공했다. 그것으로 밤의 숲에서도 시야가 밝아져 싸우기 쉬우리라.

레티시엘은 아군 병사들과 함께 주술병들을 무력화시켜 갔다. 그러나 싸우는 사이, 레티시엘은 이 주술병들에게 위화감을 느꼈다.

'……나를 노리고 있다?'

그들은 다른 왕국군 병사들에게는 시선도 주지 않은 채, 그저 똑바로 레티시엘만을 노리며 움직이고 있었다.

한 사람의 주술병이 왕국군 병사가 내리친 검에 팔이 베였다. 그러나 주술병은 그것에는 시선도 주지 않았고 반격하는 기색도 보이지 않았다.

게다가 잘 관찰해 보니, 습격자는 주술병으로만 구성돼 있었다. 이런 불안정한 편성은 본 적이 없었다. 마치, 특정한 목적이 정해져있는 것만 같았다.

그 사실을 알아챈 뒤로, 레티시엘의 행동은 재빨랐다. 레티시엘은 한 치의 망설임도 없이 발길을 돌려서는 숲 안쪽으로 달려갔다.

"이봐, 시엘 님! 어디로 가는 거야!"

"녀석들이 노리는 건 접니다! 그러니까 제가 주의를 끌겠습니다!"

레티시엘은 뒤에서 들려오는 아군의 목소리에 돌아보지도 않고 대답하고는, 일부러 신체강화마술을 사용하지 않고 달렸다.

복수의 발소리가 달려오는 것을 알 수 있었다. 보지 않아도, 피부에 느껴지는 표독스러운 오라를 보건대 주술병임이 틀림없었다. 주의를 끄는 목적은 달성한 모양이었다.

이윽고 진지의 빛조차도 보이지 않을 정도로 숲 깊숙한 곳까지 들어왔다. 아군에게서 충분히 떨어뜨린 참에 레티시엘은 반격에 나섰다.

레티시엘의 발밑에 하얀 마법진이 퍼져나가고, 그곳에서 20자루 정도의 순백의 창이 출현했다. 그 새하얀 창들은 레티시엘을 지키듯이 그 주위를 둘러쌌다.

레티시엘은 오른손을 앞으로 내밀고 한 바퀴 휙 돌렸다. 그러자 하얀 창들은 똑바로 주술병을 향해 날아갔다.

"캬아악!"

그리고, 창은 주술병들의 핵인 검은 보옥을 정확하게 꿰뚫었다. 『정화의 쌍날검』을 원거리 무기로 다룬 것이었다.

"거기까지다!"

문득 남성의 목소리가 숲 안에 울려 퍼졌다.

레티시엘은 그 목소리에 주위를 둘러보았다. 어느샌가 제국의 갑옷을 입은 병사들이 레티시엘을 둘러싸고 있었다.

과연. 레티시엘이 주술병들을 이끌고 아군에게서 떨어지는 일은 그들에 의해 계산된 행동이었던 모양이었다.

“제국의 승리를 위해, 너는 여기서 죽어줘야겠다.”

“…….”

제국병은 그렇게 말하고 이쪽을 향해 검을 들이댔다. 아마도 레티시엘을 무력화시키면, 왕국군을 와해시킬 수 있을 것이라고 예상한 것이리라.

“……공교롭게도, 그런 것으로 날 죽일 수는 없어요.”

그 말이 끝나는 것과 동시에, 레티시엘은 두 손을 앞으로 내밀었다.

적이 대응하는 것보다 빨리 전개된 푸른 마법진은 한순간에 확장되어 그들이 서 있는 장소까지 모두 집어삼켰다.

방금 전의 주술병들이 레티시엘을 저지하기 위해 다가왔다. 제국병도 역시 무기를 거머쥐고 레티시엘을 살해하기 위해 움직였다. 그러나, 모든 것이 이미 늦었다.

딱.

레티시엘은 가볍게 손가락을 튕겼다. 그러자 푸른 마법진은 영원히 녹지 않는 얼음으로 변화했다.

그 얼음은 마법진 위에 선 모든 자의 발을 붙잡고, 쩍쩍하는 소리를 내면서 급속도로 그 몸을 덮어갔다.

서리와 안개가 내리는 밤의 숲에 무수한 얼음기둥이 생겨났다. 그것은 레티시엘이 다시 손가락을 튕기는 것과 동시에 금이 가더니 소리를 내면서 산산이 부서졌다.

모든 적병이 쓰러지자, 주위에는 정적이 돌아왔다. 그 이상 증원의 기색은 없어서, 그 주위에 레티시엘 이외의 인간의 기척은 없었다.

"자, 얼른 돌아가야지."

그렇게 레티시엘이 왔던 길을 되돌아가려고 한 순간, 시야의 왼쪽이 붉게 물들었다.

레티시엘은 저도 모르게 휙 뒤를 돌아보았다. 그러자 숲 안쪽에서 힐끗 하얀 원피스 자락이 보였다. 그것은 왜인지 새카만 숲 안에서 희미하게 빛을 발하고 있었다.

"……?"

적인가, 라고도 생각했지만, 기척도, 살기도 느껴지지 않았다. 레티시엘은 그것에 이끌리듯이 하얀 빛의 뒤를 쫓았다.

그 빛은 좀처럼 따라잡을 수 없었다. 따라잡았다고 생각하면, 조금 앞선 곳에서 하늘하늘 흔들렸다. 그것의 반복이었다.

대체 어디까지 가려는 것일까. 레티시엘이 그렇게 생각한 순간, 레티시엘은 살짝 개방된 장소로 나왔다. 그녀를 유혹하듯이 흔들리던 빛은 이제 보이지 않았다. 이곳이 종착점인 것일까.

또다시 시야의 왼쪽이 붉어졌다. 그 신호에 레티시엘은 뒤를 돌아보았다. 팔락 하고 나부끼는 하얀 옷자락. 그곳에는 하얀 원피스를 입은 은발의 소녀가 맨발로 서있었다.

'……누구지?'

윤곽이 어렴풋하게 빛나는 소녀의 얼굴은 뒤를 보고 있어 보이지 않았다. 왠지, 조금 그리운 느낌이 들었다.

레티시엘은 그 존재에게 말을 걸고자 손을 내밀었다. 하지만 불가사의한 소녀는 그대로 안개처럼, 반딧불과 같은 빛 알갱이가 되어 사라졌다. 그녀가 있던 장소에서 뭔가가 빛났다. 정신을 차리고 보니, 어느새 머리 위에는 달이 떠있었다.

"……이건."

그것은 주먹만한 크기의 돌이었다. 그것을 주워 올리자 돌이 달빛을 반사하고, 그 표면의 광택에 레티시엘은 눈을 크게 떴다.

제국남부에서만 채굴된다는 희소한 광석, 실버아이언이었다. 그것이, 왜, 이런 곳에?

레티시엘은 뒤를 돌아보았다. 그러자 뻥 뚫린 그곳은 지금은 달빛을 받아 방금 전과는 다른 풍경이 되어 있었다. 지면이 달빛을 반사해 빛나고 있었다. 그 전부가 실버아이언의 광채였다.

"……어째서?"

저도 모르게 입에서 그런 소리가 흘러나오고 말았다. 그러나, 물어본들 이유는 알 수 없었다. 혹시 방금 전의 소녀가 이 장소를 가르쳐준 것일까.

주위를 살짝 둘러보니, 빛은 숲 안쪽으로 이어지는 것 같았다. 그 앞에는 밤하늘을 배경삼아 새카맣게 우뚝 솟은 산맥이 보였다.

저 산맥은…… 방향과 위치로 볼 때 보레아리스 산맥이 아니라 엔데드 산맥이리라. 보레아리스 산맥에서 파생된 산맥으로, 이리스 제국과 라피스 국의 국경에 있었다.

'……저 산맥에, 뭔가 있는 거야?'

실버아이언이 이어지고 있는 점을 보건대, 광맥이라도 있는 것일까.

그렇다고는 해도 이 장소에 있는 것만으로도 병기개발에는 충분했다. 지금은 이 이상 앞으로 나아가지 않아도 되리라.

레티시엘은 아공간마술에 채울 수 있을 만큼의 실버아이언을 던져 넣고, 이 장소의 위치를 확실하게 기억에 새긴 뒤 진지로 돌아갔다.

"시엘 님! 무사하신가요?!"

"적은? 몸은 괜찮으신 겁니까?"

"괜찮습니다. 아무렇지도 않아요. 적도 격퇴했습니다."

아군과 합류하자, 레티시엘은 눈 깜짝할 사이에 사람들에게 둘러싸여 이런저런 질문을 뒤집어썼다.

레티시엘은 그것에 무난한 대답을 되돌려주고, 인파를 빠져나와 병기개발부의 텐트로 향했다. 실버아이언에 대해, 지크에게 알려야 했다.

“아, 시엘 공. 마침 잘 됐습니다. 사람을 시켜 찾으라고 하던 참이었습니다.”

병기개발부로 가던 도중, 마침 총대장 텐트에서 나온 라이오넬과 딱 마주쳤다.

“제국 쪽 정보에 대해 알게 된 것이 있어서 알려드리자고 생각해서 말입니다.”

“정보…… 예의 그 간부가 이야기한 건가요?”

“예. 정보를 토해내게 하는데 사흘이나 걸렸지만요.”

이런이런. 라이오넬은 그렇게 말하고는 어깨를 으쓱했다. 그 담담한 태도에, 레티시엘은 저도 모르게 눈썹을 찌푸렸다.

“시간이 그다지 없기 때문에, 요점만 간추려서 이야기하지요. 한 가지는 제국군에게 지금도 본국에서 정전명령이 내려와 있는 것 같습니다.”

“그런가요?”

“뭐, 군의 상층부에서 뭉개고 있는 것 같지만요. 적 총대장에 대해서는 들으셨지요?”

레티시엘은 고개를 끄덕였다. 분명히 디오르그 브룩본이라는 남자였다.

“그 남자가 이번 전쟁을 강행한 흑막인 것 같습니다. 그의 밑에 전쟁찬성파의 총독들이 모여 있다고 하는군요.”

“그 남자를 지도자로 떠받들고 있다는 건가요…….”

이 전쟁은 제국의 총의가 아니다. 다시 말해, 제국군의 톱인 디오르그라는 남자를 쓰러뜨리면 적의 공격이 약해진다는 것일까.

“제국 국내의 정세는 지금 매우 어지러우니까요. 본래라면 우리나라와 전쟁을 하고 있을 여유는 없을 터. 지금도 제국의 각지에서 폭동이 일어나고 있습니다.”

“진압은 되지 않고 있는 건가요?”

“일단 진압군은 꾸려진 것 같습니다만, 그다지 제대로 기능하지는 않는 것 같습니다.”

전쟁 같은 것보다 국내의 안태 쪽이 훨씬 중요하건만, 그것을 내버리고 전쟁을 선택하는 심리를 레티시엘은 이해할 수 없었다.

“거기에, 디오르그의 뒤에는 또 다른 세력이 움직이고 있는 듯 합니다. 그는 비밀리에 진지를 빠져나가거나 제국의 사람이 아닌 누군가와 연락을 취하는 기색도 있다던가요.”

“……백의 결사일까요.”

“그건 모르겠습니다. 적어도 제국의 진지 안에서 하얀 로브를 걸친 인간을 목격한 사례는 없는 것 같으니까요.”

순간, 레티시엘의 뇌리에 자쿠도나 사라의 모습이 스쳤다. 뒤에서 조종하는 자가 있다고 한다면, 짚이는 것은 그들 정도였다.

그렇다고는 해도, 그 이유는 짐작이 되지 않았다. 제국도 왕국도 마술과는 연이 없는 나라일 터. 이 두 나라의 사이를 틀어지게 해봤자, 결사에 무슨 이익이 있는 것일까.

"또 하나는 마도병기에 대한 것입니다만, 그것은 동력원을 아르마·리액터에 연결해놨다고 합니다."

"아르마·리액터에요?"

그것은 이리스 제국 전 국토에 에너지를 공급하는 융합로로, 각 주에 하나씩만 존재하는 것이 아니었던가.

"그것은 제국의 주요도시에 놓여있는 것이 아닌가요?"

"아무래도 휴대용 소형기 같은 것이 있는 모양입니다."

"그것을, 디오르그가?"

"예. 그것에 접속해있지 않으면, 마도병기는 힘을 발휘할 수 없다고 하니까요."

"과연…… 그렇다면 더더욱 개발을 서둘러야겠군요."

그 소형 아르마·리액터를 파괴하기 위해서라도, 우선은 새로이 투입된 주술병을 격퇴하기 위한 병기가 필요하리라.

"뭔가 진전으로 이어질 방법이라도 찾으신 겁니까?"

"예. 방금 전 막 발견했습니다."

"그런가요. 그거 실례했습니다. 방해를 하고 말았군요."

"아뇨. 신경 쓰지 마십시오. 적의 정보도 중요한 것이니까요."

그 뒤, 레티시엘은 라이오넬과 좀 더 정보를 공유하고 서둘러 병기개발부로 향했다.

제국의 마도병기는 아르마·리액터에 접속해 힘을 발휘했던 것인가……. 마도병기가 마력을 연료로 한다면, 혹시 그

본체인 아르마·리액터도 같은 원리로 가동하는 것일까.

군청색이었던 동쪽의 밤하늘이, 조금씩 밝아지기 시작했다.

일출을 감추듯이 동쪽 하늘을 덮은 두꺼운 구름에, 레티시엘은 왠지 모를 불길함에 가슴이 두근거려 참을 수가 없었다.

***

"이거, 괜찮으시면 드세요."

매일 밤, 왕국군 진지 안에 피워놓는 화톳불 앞.

지크는 그 가까이에 가로로 놓인 통나무에 앉은 도로셀에게 가져온 커피 컵을 내밀었다.

군이 배급한 싸구려 커피였다. 솔직히 맛은 없었지만, 따뜻한 음료는 지금 이것밖에 없었다.

"어머, 안녕하세요, 지크. 그거, 당신 몫이 아닌가요?"

"아뇨. 제 몫은 이쪽에 있습니다. 아, 혹시, 커피를 싫어하셨던가요?"

"그렇지 않아요. 고마워요, 사양않고 잘 마실게요."

그렇게 말하고 도로셀은 웃으며 컵을 받아들었다. 그에 이끌려 지크도 미소를 지었다.

"……이 커피, 이 쓴맛을 좀 더 어떻게 할 수 없는 걸까."

"저렴한 것인데다가, 설탕 같은 것은 보급되지 않으니까요. 그것만큼은 어쩔 도리가 없지 않을까 싶습니다."

"지크는 이걸 매일 마시나요?"

"그렇지요. 늦게까지 작업하는 일이 많아서, 졸음을 쫓는 수단으로 편리하게 사용하고 있습니다."

"그런 효과가 있군요……."

도로셀은 두 손으로 감싸고 있는 컵 안을 물끄러미 응시했다. 잠시의 침묵.

곁눈으로 봐도 그녀의 얼굴에 피로가 배어나와 있는 것을 알 수 있었다. 매일의 전투와 연구가 그녀에게 얼마나 큰 부담을 주는지 가늠할 수 없었다.

실버아이언의 입수로 간신히 개발이 최종단계에 들어섰다고는 하나, 전쟁은 아직 끝날 기미가 보이지 않았다.

"……고마워요."

도로셀이 침묵을 깨고 작게 말했다.

"뭐가 말인가요?"

"무기연구 말이에요. 여러모로 꽤나 어렵고 까다로운 문제를 들이밀었으니까요."

속삭이는 것처럼 그렇게 말하면서 도로셀은 미안하다는 듯이 작게 미소 지었다. 혹시, 지크의 철야를 자신 탓이라고 생각하는 것일까.

"시엘 님이 신경 쓰실 일이 아닙니다. 저는 병기의 연구개발을 위해, 이곳에 온 것이니까요."

"그렇군요."

두 사람은 잠시 동안 통나무에 나란히 앉아, 커피를 마시면서 눈앞에서 흔들리는 화톳불을 바라보았다.

"있죠, 지크."

"예."

"……아뇨, 역시 됐어요. 슬슬 돌아가죠. 밤도 깊어졌어요."

"예? 아, 예."

도로셀은 뭔가를 말하려다가, 결국 그 말을 삼키고 빈 컵을 든 채 자리에서 일어났다.

"커피, 고마워요. 컵은 내가 반납할게요."

"괜찮습니다. 이 정도는 제가 반납하러 가겠습니다."

"그래요? 그럼 같이 가죠. 어차피 방향은 같으니까요."

커피를 담았던 컵은 비품이었기 때문에 사용하고 나면 비품 담당에게 다시 반납해야 했다. 지크도 자리에서 일어나 도로셀을 쫓아 함께 걷기 시작했다.

"……눈은, 이제 괜찮나요?"

걸으면서 도로셀이 이쪽에 힐끗 시선을 주며 그런 말을 물었다.

"예. 괜찮습니다. 보시다시피 붕대로 풀었고요."

"……그래요."

"……."

지크의 대답에 도로셀은 조금 안도한 것처럼 미소를 지었다.

사실 지크는 그때의 일을 물어보고 싶었다. 얼마 전의 전장, 제국이 투입한 주술병을 상대로 도로셀 혼자서 분전하던 때의 일.

한 번은 퇴각했지만 역시 걱정이 되어 돌아온 지크가 본 것은, 적 사이를 가볍게 춤추면서 싸우는, 주술병과 완전히 똑같은 외모를 한 도로셀의 모습이었다.

원래 푸른색이었던 그녀의 오른쪽 눈은 마치 침식되듯이 점점 붉게 물들어서, 왼쪽 눈과 함께 피처럼 붉고 형형하게 빛나고 있었다.

춤추는 모습은 마치 이 세상의 것이라고는 생각되지 않을 정도로 아름다웠다. 하지만 그와 동시에 황홀해하는 것 같은 눈에서는 사악한 불길함이 느껴졌다.

그리고 도로셀이 제정신을 차리는 것과 동시에, 그녀의 눈은 튕기듯이 원래의 색으로 돌아왔다. 그때까지 피어오르던 불길한 오라도 사라져서, 모든 것이 아무 일도 없었다는 것처럼 원래대로 돌아왔다.

"지크. 왜 그러나요?"

"……아뇨. 아무것도 아닙니다."

그것은 대체 무엇이었던 것일까. 그때, 도로셀의 몸에 무슨 일이 일어났던 것일까.

하지만, 지크는 그것을 묻지 않기로 했다. 물어보아도, 분명히 그녀 자신도 알지 못하리라. 쓸데없이 신경만 쓰게 할

뿐이었다.

"……시엘 님."

"……?"

대신에 앞을 걸어가는 등에 말을 걸었다. 지크의 그 부름에 그녀는 의아하다는 얼굴로 뒤를 돌아보았다. 진지 안에 피운 모닥불이 그녀의 옆얼굴을 오렌지색으로 비추고 있었다.

"시엘님은, 어떻게 그렇게 강하신 건가요?"

"내가…… 강한가요?"

그것은 지크로서는 나름 소박하게 의문으로 여기던 점이었다. 하지만 질문을 받은 도로셀 쪽은 어리둥절한 얼굴을 하고 있었다. 놀란 것 같았다.

"……강하게, 있으려고 하는 것뿐일 거예요."

잠시 침묵이 이어졌다. 도로셀은, 지크에게 등을 돌리고 하늘을 올려다보았다. 그곳에는 옅게 빛나는 초승달이 떠 있었다.

"동료들이 있으니까, 나는 전혀 망설이지 않고 싸울 수 있는 거예요."

"동료……?"

"예. 어떤 가혹한 싸움이라도 동료나 지켜야 할 사람들을 생각하면 포기하지 않을 수 있어요."

"그것이, 시엘 님의 강함의 원천인가요?"

"……그럴지도요. 그것이 없어지면, 분명히 이런 식으로 강하게 있을 수 없을 거예요."

시선만 이쪽을 향한 채 도로셀은 희미하게 웃었다. 멍하니 먼 곳을 바라보는 그 눈에서는 어딘가 안타깝고 쓸쓸한 빛이 흔들리고 있었다.

지크는 아무 말도 하지 않고, 그저 그 옆얼굴을 바라보기만 했다. 때때로 그녀가 짓는 이 쓸쓸한 것 같은 표정은 대체 무엇을 의미하는 것일까.

"……내일 봐요."

"……예. 안녕히 주무세요."

모퉁이에 도착하자, 도로셀은 그렇게 말하고 작게 손을 흔들었다.

그에 지크도 인사를 건네자, 그녀는 그대로 발길을 돌려서 가버렸다. 그러나 불현듯 멈춰서더니 다시 이쪽을 돌아보았다.

"있죠, 지크."

"예."

"혼자서 전부 떠안지 말아요."

그러더니 갑자기 그런 말을 했다. 마치 속내를 간파당한 같은 느낌이 들어 지크는 가슴이 덜컥했다. 꺼내지 못한 말이 있다는 사실을 그녀는 눈치채고 있던 것일지도 몰랐다.

"아무것도 할 수 없을지도 모르지만, 이야기를 듣는 건 할 수 있으니까요."

"……고맙습니다, 시엘 님."

지크는 웃으며 그렇게 대답했다. 그러자 도로셀도 미소를 짓고 그 자리를 떠났다. 이번에는 돌아보지 않았다.

"……."

지크는 입을 열었다가, 결국 무슨 말을 꺼내는 일 없이 다시 닫았다. 그는, 도로셀의 모습이 보이지 않게 될 때까지 그 자리에 멈춰선 채로 그녀의 뒷모습을 지켜보았다.

도로셀의 말과 마음은 순수하게 기뻤다. 하지만, 그녀 역시 지크와 마찬가지였다. 모든 것을 혼자 끌어안고, 오직 혼자서 모든 것을 해결하려 했다.

누군가를 위해서는 기꺼이 걱정하고 고심하면서, 자신이 끌어안은 말과 생각을 누군가에게 짊어지게 하는 것은 용납하지 않았다.

때문에 마지막까지, 지크는 그 등에 물을 수가 없었다.

—언젠가, 당신의 마음이 짊어진 그림자를, 제가 나눠질 수 있는 날이 올까요.

6장 결전, 그리고 시작

그 뒤로 며칠이 경과했다.

실버아이언을 기적적으로 발견했다는 행운과, 연일 이어진 연구의 산물로 대주술병용 신병기가 완성되었다.

이날, 레티시엘과 루카스는 병사들을 이끌고 술타 강변의 평원이 내려다보이는 언덕의 숲에 몸을 숨기고 있었다.

"……그건 그렇고 전하도 결단력이 좋으시군."

"때로는 과감한 것도 필요하답니다."

평야에 보이는 것은 강을 사이에 끼고 서로 마주하고 있는 왕국군과 제국군. 바야흐로 지금, 전투의 막이 오르려 하고 있었다.

대마도병기…… 멸마총 2호의 완성과 양산이 끝나는 것과 동시에 라이오넬은 제국과의 전면전을 결행했다. 그것이 오늘이었다.

양국의 병력차가 아직 현저한 지금, 전황을 오래 끄는 것은 왕국에게 매우 불리해질 가능성이 컸다. 때문에, 제국군의 군사력에 대항할 수 있는 힘을 얻었다면 시급히 결판을 내야 한다. 그것이 라이오넬의 생각이었다.

참고로 병기의 이름은 레티시엘이 명명했다. 지크나 다른 사람은 왜인지 미묘한 얼굴을 했지만, 알기 쉬운 편이 단연 좋지 아니한가.

"어쨌든, 돌격과 타이밍은 네게 맡기겠다. 전황을 확인해 줘."

"예."

아래에서는 지휘관인 라이오넬의 지휘에 따라 왕국군의 돌격이 시작되었다.

레티시엘과 루카스가 이끄는 부대의 출격 타이밍은 제국군이 주술병을 내보냈을 때였다. 이유는 단순했다. 이 부대는 멸마총 2호를 장비한 주술병전용 특공대였기 때문이었다.

주술병은 아마도 제국군의 주전력이 아니었다. 처음부터 전장에 투입되지는 않고, 어느 정도 제국군이 밀리면 타개책으로서 투입되는 경향이 있었다.

그랬기에, 우선은 멸마총을 사용해 적을 견제하고, 상대가 주술병을 내보내면 신병기로 기습한다. 그것이 이번 작전의 목표였다.

"……왔다."

원시마술로 전장을 확인하던 레티시엘의 눈에 하얀 머리의 병사들의 모습이 비쳤다. 생각했던 것보다 빠른 등장이었다.

"루카스 님. 주술병의 출격을 확인했습니다."

"장소는?"

"10시 방향. 술타 강의 상류에서 하류 쪽으로 내려오고 있습니다."

"좋아, 알았다. 이봐, 너희, 날 따라와라. 기습작전을 개시하겠다."

루카스의 지시와 함께 병사들이 움직이기 시작했다.

루카스의 부대가 주술병 부대의 뒤쪽으로 돌아들어갔을 때, 제국의 병사들은 이미 전장에 도착하려 하고 있었다. 구성원은 주술병만이 아닌 듯, 일반병과 마도병의 모습도 보였다.

"나를 따르라! 누구 하나 전장에 들여놓지 마라!"

루카스가 앞장서서 적에게 돌진하고 왕국 병사들이 그 뒤를 따랐다.

갑작스러운 기습에 제국병들은 혼란에 빠졌다. 그들도 아마도 왕국군을 기습하기 위해 이런 전장의 측면에서 침입하려고 하던 것이리라.

"젠장. 요격한다!"

"으갸아아아!"

제국병들은 당황하면서도 바로 태세를 전환했다. 주술병들도 역시 괴성을 지르면서 왕국군에게 덤벼들었다.

그것에 대항해 멸마총 2호가 기동했다. 실버아이언으로 만들어진 장갑에 물색의 기하학적 문양의 빛이 떠올랐다.

멸마총 2호는 총검 형태였다. 총신과 검신 양쪽에 마도술식이 각인되어 있어서, 우선 정화술식이 기동하는 검신 부분으로 베어서 적의 움직임을 멈추고, 그 틈에 총 부분으로 구슬을 파괴했다.

"구슬의 파괴는 맡기겠어!"

"맡겨달라고!"

"겁먹지 마라! 두 사람 동시에 쏴라!"

아군병사가 연대를 취하면서 착실하게 주술병을 무력화시키는 한편, 레티시엘은 마도병과 일반병을 상대로 싸우고 있었다.

이 부대는 주술병 대책을 최우선으로 하고, 마도병기에 대한 대책은 포기했다. 때문에 그 부분은 레티시엘과 루카스가 책임지는 형태가 되었다.

일부의 마도병사들은 멸마총 2호의 위험성을 알아차린 모양이었다. 이쪽의 공격을 빠져나가 파괴하려고 했다.

물론 그것은 레티시엘이 용납하지 않았다. 집합과 산개를 구사해 2호에 접근하려고 하는 적들에게 레티시엘은 물의 마술을 전개했다.

레티시엘이 불러낸 물줄기는 채찍처럼 휘면서 그녀의 뜻대로 적병들 사이를 종횡무진 돌아다녔다.

검을 튕겨내고, 화살을 꺾고, 총알을 베어내고. 물줄기 채찍이 보호하는 가운데, 어떤 공격도 레티시엘에게 닿지 못했다.

레티시엘의 공격을 고스란히 받은 마도병이 비틀거리고, 그

자와 엇갈리는 타이밍에 루카스가 그 마도병기를 파괴했다.

"파이어월."

이쪽을 공격하려고 하는 궁병에게 루카스가 마법을 발사했다.

루카스의 의수를 매체로 붉은 불꽃이 뿜어져 올라오고, 그것은 마치 그를 지키는 벽처럼 전방에 펼쳐져 날아온 화살을 전부 재로 만들어버렸다.

마도병도 루카스에게 대항하고자, 마도병기를 들고 일제히 마력탄을 발사했다.

그러나 그것은 공중에 떠오른 투명한 벽에 부딪쳐 폭발하거나 루카스의 주먹에 맞고 떨어졌다.

투명한 벽은 레티시엘이 전개한 방어결계였다. 지금까지의 경험에 근거하며 3중의 결계를 압축해놓았다.

이윽고 아군 병사의 싸움도 결판이 났다. 마지막 검은 보옥이 부서지고, 남은 것은 적의 마도병과 일반병 뿐이었다.

"이걸로 주술병은 전부인가?"

난발된 마력탄을 재빨리 검으로 베어버리면서 루카스가 이쪽에 힐끗 시선을 주며 물었다.

"예. 전부인 것 같습니다."

"그럼 이곳을 돌파한다! 이대로 본진과 합류해—."

"……! 기다려 주세요."

끼이이익!

그때, 어디선가 금속을 긁는 것 같은 불쾌한 소리가 들리고, 그와 동시에 강력한 충격파가 전장을 꿰뚫었다.

레티시엘은 피부를 진동시키는 파동에 곧바로 파동의 발신원을 찾았다. 발신원은…… 적의 본진이 있는 방향이었다.

"뭐, 뭐냐?!"

아군병사들도 동요했지만, 레티시엘은 다른 의미로 의아해하고 있었다.

지금 막 전장을 뚫고 나간 적들로부터의 정체불명의 충격파. 그것 자체에는 인체에 악영향을 미치는 효력이 아무것도 없었다.

"지금 그건……."

"으, 으와아아!!"

그러나, 그 답은 금방 나타났다. 이변을 일으킨 것은 제국병사들이었다.

그것도 이리스 제국의 일반병이 아니었다. 마도병기를 보유하고 있는 마도병들에게만 이변이 일어나고 있었다.

마도병들이 가진 마도병기에는 반드시 핵이 되는 보옥이 박혀 있었다. 기동 시에는 그것이 빛나며 소유자의 마력을 병기에 공급하는 구조로 돼 있었다.

그 보옥이 이상한 광채를 내뿜고 있었다. 평소의 기동에서는 오렌지색으로만 빛났는데, 지금은 오렌지색을 넘어 눈을 찌르는 금색이 되어있었다.

“시, 싫어싫어!!”

“괴, 괴로워……!”

마도병들의 비명이 들려왔다.

보옥의 광채가 한층 강해졌다. 그와 반비례하듯이 마도병들의 얼굴빛은 급격하게 흙빛으로 물들어갔다.

병기를 놓아버리지도 못하고 계속 쥐고 있는 팔은 부들부들 떨리고, 그중에는 핏기를 완전히 잃어서 새파랗게 변한 병사도 있었다.

그래도 보옥의 광채는 멈추지 않았다. 마치 소유자의 생명 그 자체를 다 흡수하려는 것처럼 보옥은 빛났고, 그 색은 점점 거무칙칙하게 변해갔다.

“이건…….”

생각할 수 있는 가능성은 하나뿐이었다. 마도병기는 소유자의 마력을 연료로 해서 성능을 발휘했다.

그리고 그 성능의 강함과 연소효율 등은 병기에 접속한 소형 아르마·리액터가 제어했다.

그 강력한 충격파는 아마도 소형 아르마·리액터의 강제간섭인 것이리라. 그것이 마도병기에만 영향을 주는 것을 보건대 틀림없었다.

마도병들이 마도병기를 손에 쥔 채 이쪽으로 달려들었다.

그러나 그 전투방식은 너무나도 거칠었다.

명백히 신체능력 이상의 속도로 달리는 자의 다리는 부하를 견디지 못하고 찢어진 상처가 생겼고, 오른팔을 다친 자는 오른팔로의 공격을 강요당해 주위에 피를 흩뿌리고 있었다.

가령 체력이 바닥났다고 해도, 마도병기를 손에서 놓지 못한 채 그에 끌려가듯이 전장을 이리 뛰고 저리 뛰며, 싸우기를 강요당하고 있었다.

마치 마도병기 그 자체에 휘둘리며 조종당하는 것 같았다.

"여러분! 마도병기의 핵을 파괴해주세요! 그렇지 않으면 적은 마력이 고갈될 때까지 멈추지 않을 겁니다!"

아마도 병기와 주인이 마력을 통해 링크되어 있기 때문이리라. 레티시엘은 확성마술을 사용해 전군에게 경고한 뒤, 자신도 요격에 나섰다.

적병들은 마도병기에 의해 강제적으로 강화되었으나, 신체강화마술을 사용하면 그 움직임도 그럭저럭 따라잡을 수 있었다.

레티시엘은 자신에게 발사된 마도탄을 피한 뒤, 일직선으로 찔러 들어오는 마도병의 기세를 그대로 이용해 적을 엎어 쳤다.

거기에, 몇 명의 마도병이 주위를 둘러쌌으나, 자신을 중심으로 원형의 바람의 고리를 전개해 충격파로 날려버렸다.

충격파에 몸을 얻어맞고, 무기를 파괴당하고, 지면이나 돌에 몸을 부딪친 끝에 겨우 마도병들의 움직임은 멈추었다.

끝없이 모든 것을 다 쥐어짜내고, 교체할 수 있는 도구처럼 병사들을 이용하다니, 그런 일은 분명히 잘못되었다.

병사들도 한 사람의 인간이었다. 그들에게도 자신의 인생이 있고, 가족이나 소중한 사람이 있었다. 그들 모두가 다른 무엇과도 바꿀 수 없는 한 사람이었다. 그것을 자신의 이익을 위해, 욕망을 위해 짓밟다니, 용납될 수 있는 일이 아니었다.

'……빨리 이 전쟁을 끝내야 해.'

기절해서 쓰러진 마도병을 내려다보며, 레티시엘은 다시금 그렇게 결의했다.

그러기 위해서라도, 우선은 제국의 마도병기를 관리하는 소형 아르마·리액터를 파괴해야 할 것이다.

바로 옆에서 적이 마도검을 내리치며 나타났다. 레티시엘은 그것을 피하면서 가까이에 있던 검을 주워 그 참격을 튕겨냈다.

'하지만 이래서는 움직일 수가 없어…….'

사실은 지금 당장에라도 적의 본진에 뛰어들고 싶었지만, 마도병기의 폭주로 적이 광폭화한 탓에 적의 공격이 격렬해졌다. 때문에 천하의 레티시엘이라도 발이 묶이고 말았다.

전선에는 아직 폭주하는 마도병이 다수 있었고, 주술병도 있었다. 이곳에서 레티시엘이 이탈했다가는 전선에 지장이 나오지 않을까, 그렇게 생각하면 한층 더 움직일 수 없었다.

"……!"

그때, 레티시엘의 뒤쪽에서 한 줄기 빛이 날아와 눈앞에 있는 마도병의 무기를 박살냈다.

"이봐, 마도사! 무사하냐!"

"여러분……!"

뒤를 돌아보자, 그곳에는 아군 병사들이 있었다. 레티시엘은 눈을 크게 떴다. 다들 지금까지의 작전에서 함께 싸운 적이 있는 낯익은 사람들이었다.

"이곳은 우리에게 맡기고 먼저 가!"

"하지만"

"적의 본진은 이미 코앞입니다. 저희가 이곳에서 적을 막는 사이에……!"

"……알겠습니다. 부탁합니다!"

동료들의 의도를 이해한 레티시엘은 그들을 믿고 그 자리를 맡긴 뒤, 자신은 똑바로 목적지를 향해 달렸다.

적의 총대장, 총독 디오르그가 있는 본영은 이미 엎드리면 코 닿을 곳에 있었다.

***

제국군의 본영은 적의 총본산이라고는 생각할 수 없을 정도로 조용했다.

레티시엘이 본영의 입구에 도착했을 때, 입구에는 경비병조차 없었다. 명백히 레티시엘을 유인하고 있었다.

"……."

그러나, 함정이라는 것을 알고 있어도 이곳까지 와서 새삼스레 돌아갈 수도 없었다. 레티시엘은 경계심을 최대로 강화하고 신중하게 적진 내에 발을 들여놓았다.

진영 안에는 역시 병사 한 사람 없었다. 제국군은 그만큼이나 있었는데, 설마 전원이 본영의 방어도 하지 않고 전선에 차출되어 있기라도 한다는 것일까.

입구에서 뻗어 나가는 길은 외길이었다. 그 외에도 다른 길은 있을 테지만, 중앙의 가장 큰 도로만 양옆에 동일한 간격으로 설치된 모닥불이 비추고 있었다.

마치 레티시엘을 진지의 안쪽까지 인도하는 무대의 통로 같았다. 그 외에도 다 철수하지 못한 무기 등도 때때로 보였다.

통로의 종착점은 훌륭한 텐트였다. 주위에 있는 다른 텐트보다 두 배는 더 크고, 다양한 색채로 자수가 놓여진 호화로운 것이었다.

아마도 이곳이 제국군 총대장의 텐트이리라. 레티시엘은 망설이지 않고 천을 걷어 올려 안으로 들어갔다.

"……왔느냐."

텐트 안에는 아무것도 없이, 가장 안쪽에 화려한 의자가 있을 뿐이었다.

그곳에 앉은 남자…… 총독 디오르그는 레티시엘을 보며

불온하게 웃었다. 역시 레티시엘이 올 것을 알고 있었던 모양이었다.

"네가 올 것이라고 생각했다. 마도사 시엘."

"그렇다면 이야기는 빠르겠군요."

레티시엘은 그렇게 말하고 디오르그에게 검을 겨눴다. 방금 전 통로를 따라오다가 도중에 굴러다니던 것을 빌려온 것이었다.

"디오르그 브룩본. 당신을 구속하겠어요."

"할 수 있으면 해봐라."

디오르그는 유유히 자리에서 일어나 허리에 찬 검을 빼들고 똑같이 이쪽을 향해 겨눴다.

"이 전쟁은 당신이 일으킨 것인가요?"

"그렇다. 이 내가 친히 병사들을 이끌고 사술에 물든 악의 나라를 처벌하는 것이다."

두 사람은 서로에게 칼끝을 향한 채로 일정한 간격을 유지하며 원을 그리며 걷기 시작했다.

"그리고, 그 공적으로 나는 황제조차 능가하는 압도적인 권력을 손에 넣을 수 있다."

"……그런 시시한 야망 때문에 이만큼 많은 사람을 희생한 건가요."

"시시하다고? 흥. 너는 모르는군. 대의를 달성하기 위해서는 희생이 따르는 법이다!"

"그런 것으로 이루어지는 대의 따위 아무 의미도 없어요. 차라리 개한테나 줘버리는 편이 나아요."

"……아무래도 너는 어쩔 도리가 없는 바보인 모양이로군."

부글부글 끓어오르는 레티시엘의 분노를 알아차린 것일까, 못 알아차린 것일까. 디오르그는 불온한 미소를 지으면서 이쪽을 불쌍히 여기듯이 바라보았다.

두 사람은 서로를 말없이 노려보았다. 먼저 움직인 것은 디오르그였다.

디오르그는 지면을 박차고 크게 파고 들어와, 이쪽의 머리를 노리고 힘차게 검을 내리쳤다. 레티시엘은 그 궤적를 미리 읽고 정면에서 그의 공격을 받아냈다.

검 끝이 서로 부딪쳐 불꽃이 튀었다. 상대는 역시나 성인 남성인지라 단순한 힘으로는 당해낼 수 없었다.

힘에서 완전히 밀리기 전에 레티시엘은 각도를 조정해 교묘하게 상대의 힘을 받아 흘렸다.

디오르그도 물론 바보는 아니었다. 칼끝이 떨어지자 곧바로 자세를 바로잡고, 지체없이 칼을 내리쳤다.

레티시엘은 그것을 냉정하게 확인하고 확실하게 방어해 흘렸다. 총독을 맡은 사람답게 디오르그의 무술 실력은 상당한 것 같았다.

"왜 그러냐? 겁이라고 난 거냐!"

"……."

레티시엘은 디오르그의 그 도발을 무시하고 그의 검을 막고 튕겨내는 일에 집중했다.

공격을 막아낼 때마다 팔이 저릿저릿 저려왔다. 신체강화마술과 전생에서 습득했던 호신술이 없었더라면 지금쯤 위험했을지도 몰랐다.

"너 따위가 이 몸을 이길 수 있을 거라고는 생각하지 마라!"

상대가 아직 어린 소녀라고 방심한 모양이었다. 디오르그는 레티시엘을 조금씩 밀어붙이며 득의양양하게 웃었다.

"그럴까요?"

그에 대해 레티시엘은 관심도 보이지 않고 담담하게 대꾸했다. 힘만으로 이길 수 있다고 생각한다면 참으로 어리석다고 말할 수밖에 없었다.

레티시엘이 쥐고 있던 검의 칼자루 부분에서 세 종류의 마법진이 일렬로 전개되었다. 적과 백과 녹색의 술식이었다. 마법진에는 불과 강화, 그리고 바람마술이 그려 넣어져 있었다.

그것들이 레티시엘의 검에 응축되자, 도신은 한순간에 업화에 감싸였다. 그 열기는 도신을 타고 디오그르의 검에 전달되었다.

강화마술을 걸어 둔 레티시엘의 검과 달리, 내열처리가 되지 않은 디오르그의 검은 전달되어온 강한 열기에 그 형태가 변형되었다.

"이, 무슨!"

게다가 검 주변에 둘러두었던 바람의 칼날이 디오르그의 손에 무수한 상처를 내어, 그의 손에서 검이 떨어졌다.

자신의 공격이 통하지 않을 것이라고는 생각도 하지 못했던 것일까, 디오르그는 경악하고 있었다.

레티시엘은 그 틈을 놓치지 않았다. 검을 고쳐 쥐자마자 바로 땅을 박차고 디오르그의 반격을 교묘하게 피하며 그의 등 뒤로 돌아섰다.

"크아악!"

레티시엘이 스쳐 지나가며 내리친 일격은 디오르그의 오른쪽 어깨를 찢어놓았다. 상처에서 피가 솟구치고, 고통에 찬 목소리가 울려 퍼졌다.

"여기까지인 것 같네요."

"……아직이다. 아직 내게는 마지막 카드가 남아 있다!"

디오르그는 으르렁거리듯이 외치고 가슴에 달아둔 브로치를 잡아 뜯었다.

뭘까. 레티시엘이 고개를 갸웃거릴 틈도 없이, 디오르그는 그것을 있는 힘껏 땅바닥에 패대기쳤다.

그 빛 속에서 순백의 입방체의 형태를 한 순백의 큐브가 부서지는 광경을 레티시엘은 보았다.

"……!"

망막을 불태울 것 같은 강렬한 빛이 용솟음치고, 레티시엘은 순간적으로 디오르그에게서 거리를 두었다.

이윽고 빛이 사라지자, 그곳에는 원 상태로 돌아간 디오르그가 서있었다. 아니, 원 상태가 아니었다. 디오르그의 두 팔에서는 푸른 불꽃과도 같은 것이 피어오르고 있었다.

"죽어라!"

마치 디오르그의 목소리에 호응하듯이, 푸른 불꽃은 텐트의 천을 불태우며 뱀처럼 레티시엘에게 육박해왔다.

레티시엘은 즉시 방어결계로 자신을 감쌌다. 불꽃이 결계에 부딪쳐, 시야 가득 푸른 불꽃이 퍼졌다. 그 광경을, 레티시엘은 본 적이 있었다.

11년 정도 전에, 똑같은 광경을 보았다. 푸른색이 아닌, 불길할 정도로 붉은 불꽃. 그 건너편에는 알렉시아가 있었다.

'그때의, 불꽃은…….'

설마, 이것과 비슷한 현상에 의한 것이었던 것인가. 하지만 발화원은 대체 뭐였을까. 비록 현상은 비슷해도 불의 원인이 될법한 것은 없던 것 같았는데…….

"봐라! 이것이 큐브의 힘이다!"

"……큐브?"

방금 전의 공격으로 텐트가 모두 불타 내려앉아서, 레티시엘과 다오르그는 구름 낀 하늘 아래 서있었다.

그러나 그가 입에 올린 단어에 레티시엘은 고개를 갸우뚱했다. 그러고 보면, 그가 브로치를 두 조각냈을 때 한순간 큐브와도 같은 것이 보였는데, 그것을 말하는 것일까.

"불타서 사라져라! 마도사 시엘!"

불꽃이 한층 더 크게 부풀어 올랐다. 피부에 닿는 열풍이 뜨거워서, 뺨이 따끔따끔 아팠다.

몇 개의 거대한 불덩이가 레티시엘을 향해 동시에 날아왔다. 레티시엘은 두 손을 겹쳐서 앞으로 내밀어 물의 마술을 발동했다.

무수한 푸른 마법진이 손을 기점으로 레티시엘 주위를 빙글 에워쌌다.

그것들은 일제히 빛을 내뿜더니, 마법진 안에서 각각 한 마리씩 물의 용이 몸을 꿈틀거리고 포효하면서 하늘로 날아올랐다.

순간, 레티시엘의 머리 위에 시커먼 검은 구름이 출현했다. 물의 용들이 그 구름을 빠져나가자, 번개와 뇌성과 함께 폭포와도 같은 비가 내리 쏟아졌다.

푸른색의 불덩어리는 그 호우 속에서 깎여나가듯이 진화되어갔다. 빗방울이 지면에 닿아 튀어 오르면서, 지표 부근은 하얀 안개로 뒤덮였다.

그래도 불꽃의 기세는 멈추지 않았다. 나무들을 태우고, 주변의 텐트를 모두 불태우며 검은 연기를 내뿜었다.

이 일대의 불바다는 마치 천 년 전의 지옥을 재연한 것과도 같았다.

"이것으로 이 전쟁은 내 승리다! 하하하하!"

디오르그의 웃음소리가 울렸다. 그를 감싼 불꽃은 점점 강해지고, 더욱 커졌다.

그러나 레티시엘은 공격을 멈추었다. 디오르그의 그 상태가 너무나도 처절했기 때문이었다.

그는 알아차렸을까. 이미 자신의 몸 태반이 불꽃에 시커멓게 타서, 원래의 얼굴이나 겉모습조차 유지하지 못할 정도로 탄화했다는 사실을.

"하하하하! 하하하…… 하……."

그리고 디오르그의 큰 웃음소리도 조금씩 약해지고 작아졌으며, 몸의 움직임도 둔해졌다. 이미 이쪽이 최후의 일격을 가하지 않아도 그 목숨은 풍전등화와 같다는 사실은 분명했다.

레티시엘을 향해 뻗은 시커멓게 타 눌러 붙은 손은 불꽃에 휘감긴 채 사각사각 부스러져, 일찍이 디오르그였던 존재는 지면에 엎어져 재가 되었다.

"……."

레티시엘은 그 잔해를 쓰디쓴 표정으로 내려다보았다.

디오르그는 몸이 불타도 고통을 느끼는 기색이 일절 없었다. 불꽃의 색도 어딘가 이상했으니, 그것은 보통의 불꽃이 아니었으리라.

조사해보려고 해도, 문제의 큐브는 디오르그의 죽음과 함께 사라져버렸다. 대체 그것은 무엇인가. 분명히 불꽃을 발생시키기만 하는 것은 아닐 터.

"이야. 굉장한걸. 설마 그렇게 쉽게 쓰러뜨릴 줄은 몰랐는데."

그때, 갑자기 즐거워 보이는 목소리가 들려왔다. 그 소리에 레티시엘이 시선을 들자, 그곳에는 어느샌가 하얀 로브를 걸친 남자, 자쿠도가 서 있었다.

"당신은……."

"안녕. 자쿠도야. 기억해?"

잊을 수가 없었다. 사라와 똑같이 백의 결사에 속해 있으며, 몇 번이나 레티시엘을 습격한 정체불명의 남자.

"디오르그에게 그것을 건넨 건 당신인가요? 그때의 화재도 전부 당신이 꾸민 짓인가요?"

"그에게 큐브를 건넨 이유는 단순해. 그가 힘을 원했기 때문이지. 그 화재는, 내가 꾸몄다기보다는 어르신이 바란 결과야."

"……어째서죠? 대체 얼마나 많은 사람들을 휘말리게 해야 만족하겠어요?! 당신들의 목적은 대체 뭐죠?!"

둑을 허물듯이 말이 쏟아져 나왔다. 마술을 근절하기 위한 것인지 뭐인지는 알 수 없었지만, 레티시엘을 노리는 것이라면 레티시엘만을 노리면 되었다. 그런 것을, 어째서 관계도 없는 사람들까지 끌어들여서 죽여야만 하는 것인가.

"음— 그건 가르쳐줄 수 없네~. 최고기밀이거든."

“……그렇다면 억지로라도 토해내게 하겠어요.”

“오. 무서워라. 그런데 말이지, 나 오늘은 공주님과 싸울 예정이 없는데.”

“그래요? 하지만 내게는 있어요.”

말이 끝나기가 무섭게, 레티시엘의 머리 위에는 거대한 푸른색의 마법진이 그 날개를 펼쳤다.

파랗게 빛나는 빛 속에는 무수한 얼음송곳이 날카로운 날을 빛내며 떠 있었다. 그것들을 하나로 묶어 거대한 창을 형성한 레티시엘은 자쿠도를 향해 일직선으로 내던졌다.

“?!”

그러나 레티시엘의 공격이 자쿠도에게 닿는 일은 없었다.

자쿠도를 감싸듯이 새카만 결계가 쳐져 있었다. 마술을 받아내는 것과 동시에 그것은 허물어지고, 안에서 자쿠도가 모습을 나타냈다.

하지만 혼자가 아니었다. 방금 전에는 없었는데, 지금은 자쿠도 외에 하얀 로브를 걸친 남자가 또 한 명 있었다.

“……뭘 하는 거냐, 자쿠도.”

“미안미안, 미르 군. 공주님과의 싸움이 말이지, 너무 재미있어서 말이야~.”

미르 군이라고 불린 남자는 자쿠도 이상으로 수상쩍은 차림을 하고 있었다.

자쿠도와 다르게 발목까지 내려오는 긴 로브를 입고, 스탠딩 칼라의 옷과 장갑을 착용하고 있었다. 거기에 얼굴도 깊숙하게 눌러쓴 후드에 감춰져서 입가 이외에는 전혀 보이지 않았다.

"좀 더 놀고 싶었지만, 유감이야. 시간이 다 된 것 같아."

미르 군— 밀그레인의 등장에 자쿠도는 조금 시시하다는 것 같은 기색을 보였다. 그 옆에서 밀그레인은 게이트를 열었다.

"……! 기다려!"

"그럼 안녕, 공주님. 어디선가 또 만날 거야."

조만간, 말이야.

불길한 미소와 함께 그런 말을 남기고 자쿠도는 밀그레인이 전개한 게이트로 빨려 들어갔다.

한 발 늦게 레티시엘이 내던진 불덩이는 두 사람을 놓치고 그 대신 임무를 다한 게이트에 부딪쳐 그것을 산산조각 냈을 뿐이었다.

'결국, 또 놓치고 말았어…….'

레티시엘은 자쿠도와 밀그레인이 사라진 아무것도 없는 공간을 노려보며 작게 이를 갈았다.

몇 번이고 만났건만, 그들은 매번 레티시엘의 앞에서 모래처럼 스르륵 빠져나가 도망쳤다.

게다가 방금 전 디오르그를 불태운 그 불꽃. 그 푸른 일렁거림은 기억 속에 잠들어 있는, 알렉시아를 죽인 불꽃과 똑같은 것이었다. 역시 그 사건의 배후에도 백의 결사가 관여되어 있었다.

대체 그들의 목적은 무엇인가. 무엇을 위해 이 전쟁에 손을 빌려주었으며, 지금 무엇을 하고 있을까…….

"……나중에 다시 생각하자."

레티시엘은 가볍게 고개를 젓고는 일단 그 일을 기억 한 구석에 담아두기로 했다. 결사의 일도 중요했지만, 지금은 우선 눈앞의 전쟁이 먼저였다.

그녀는 불타버린 디오르그의 유해에 시선을 주었다. 재속에 파묻히듯이 보옥과도 같은 형태의 둥근 물체가 점멸하고 있는 것이 보였다.

아마도 그것이 마도병기를 접속시킨 소형 아르마·리액터이리라. 레티시엘은 그것을 집어 올려 힘차게 지면에 내던졌다. 그러자 마치 유리가 깨지는 것처럼 쉽게 산산이 부서져 흩어졌다.

이번 전쟁의 실질적인 대장인 디오르그는 결과적으로 죽어버렸다. 이것으로 제국군의 움직임도 둔해지리라.

어차피 자쿠도 일당은 이미 도망쳐 버렸다. 이곳에서 분해서 발을 동동 구르기보다, 일단 아군진영에 귀환하는 편이 나았다. 레티시엘은 그렇게 판단해 적진을 이탈했다.

적의 진영은 이미 여기저기에서 불꽃이 치솟고 있었다. 함락되는 것은 시간문제이리라.

"루카스 님!"

전장까지 돌아오자 한창 앞장서서 싸우고 있는 루카스의 모습이 가장 먼저 눈에 들어왔다.

"응? 아아, 시엘이냐. 적의 총대장은?"

"물리쳤습니다. 사실은 생포하고 싶었지만요."

"아니, 괜찮아. 잘했다."

루카스는 그렇게 말하고 레티시엘의 어깨를 가볍게 두드리며 그녀의 노고를 치하했다.

"지금 전황은 어떤가요?"

"네가 아르마·리액터를 파괴해 준 덕분에 꽤 진정됐다. 쓸데없는 피해가 나기 전에……."

루카스가 그렇게 말하려 했을 때, 터져 오르는 것 같은 환성이 들려왔다. 왕국군의 것이 아니었다.

레티시엘은 무슨 일인가 해서 주위를 둘러보았다. 그리고, 전선에서 대치하던 적군의 배후에 무수한 깃발이 세워져 있었는 것을 보았다. 깃발에 그려진 것은, 이리스 제국의 문장이었다.

"적의…… 증원?"

"말도 안 돼!"

거기에 더해, 눈을 부릅뜨는 루카스와 레티시엘에게 후방에서 전령병이 새파랗게 질린 얼굴로 달려왔다.

"루카스 님! 크, 큰일입니다!"

"뭐냐, 말해라."

"이리스 제국의, 화, 황제가…… 암살당했습니다!"

"?!"

그 보고를 들은 아군 사이에 엄청난 동요가 내달렸다. 레티시엘도 그 보고에는 놀라움을 감추지 못했다.

"암살……."

"제국 수도에서, 원인불명의 대폭발이 일어나서……."

전쟁찬성파의 짓이 틀림없다고, 레티시엘은 반사적으로 그렇게 생각했다.

이번 플라티나 왕국과의 동맹파기도 전쟁도, 당대의 황제는 반대했다고 들었다. 전쟁찬성파에게, 그만큼 방해가 되는 군주는 없었으리라.

원래부터 근래의 제국은 군주의 권력의 약체화와 총독의 대두가 현저했다. 이번 전쟁이 결정적인 균열을 낳았다고 해도 이상하지 않았다.

"루카스 님, 어떻게 할까요?"

"어쩌고 자시고, 지금은 이곳에서 살아남는다. 우선은 그것만 생각해라."

"예."

거꾸로 전쟁반대파에게 황제의 존재는 그 무엇보다 중요했으리라. 그 죽음이 가리키는 바는, 이제 제국에 전쟁찬성파를 막을 수 있는 존재가 없다는 것이었다.

'대체…… 대체 뭐가 일어나려고 하는 거야?'

멀리서 나부끼는 무수한 제국군의 깃발을 바라보며 레티시엘은 가슴이 불길하게 두근거리는 것을 느꼈다. 이 전쟁이 다다른 그 끝에 있는 것은 분명히 단순한 종전이 아니었다.

그렇게, 가슴 속에서 누군가가 속삭였다. 이대로는, 끝나지 않는다고…….

어디에서인가 누구의 것인지 알 수 없는 높은 웃음소리가 들려왔다. 하지만 레티시엘에게는 그것이 남자의 것으로도, 여자의 것으로도 들렸다.

'이 전쟁의 끝에, 웃는 것은…… 대체 누구일까?'

그것은 사라일지도 몰랐고, 그렇지 않을지도 몰랐다.

조금씩 포위망을 좁혀오는 제국군 증원부대을 향해 레티시엘은 태세를 바로 했다. 우선은 이 전장을 아군과 함께 돌파한다. 그것만 생각하자.

종장 준동하는 그림자

해가 완전히 서쪽 지평선 아래로 가라앉았어도, 출격했던 왕국군의 절반 이상은 돌아오지 않았다.

"전장에서 전령은 아직 도착하지 않은 거냐?! 귀환상황은?!"

"부상자의 치료를 최우선으로 해라! 인원수 확인은 어떻게 됐나!"

"왕도에 지원군을 요청해라! 제국에 증원이 있다는 말은 듣지 못했어……!"

전선에서 도착한 것으로 생각되는 급한 전령에 매우 당황한 병사들을, 지크는 아무것도 하지 못하고 지켜보는 수밖에 없었다.

'도로셀 님…….'

전장에서 아직 귀환하지 않은 자 중에는 루카스와 도로셀도 포함되어 있었다.

지크는 제국군에 증원이 왔다는 것 이외에, 지금의 상황에 대해 아무것도 들은 것이 없었다. 두 사람이 강하다는 것은 알았으나, 그래도 무사함을 빌지 않을 수 없었다.

"아아, 지크 군. 여기 있었나."

등 뒤에서 말을 걸어온 목소리에 지크는 뒤를 돌아보았다.

그랬더니 한 남성이 종종걸음으로 달려왔다. 지크가 속한 병기개발부의 수장이었다.

"개발장님? 무슨 일이신가요?"

"멸마총 개량을 위해 마도병기의 자료가 필요하네. 그 책자, 아직 자네에게 있었지?"

"아아…… 그렇습니다."

마도병기에 관한 모든 정보는 철을 해서 한 권의 책으로 모아두었다. 평소에는 병기개발부에서 공동으로 관리하며 보관했으나, 멸마총 2호에 관해 조사를 할 때 지크가 계속 빌려놓은 상태였다.

"죄송합니다. 바로 가져오겠습니다."

"미안하네. 이쪽도 지금 전황에서는 쉬고 있을 여유가 없어."

병기개발장은 그렇게 말하고 쓴웃음을 지었다. 그것은 당연할 일일 것이다. 적은 이쪽의 휴식 따위 기다려주지 않으니까.

바로 책자를 가지고 오기 위해 지크는 자신에게 배정된 텐트로 돌아갔다. 해가 진 뒤라 텐트 안은 어두웠다. 지크는 성냥을 그어 촛불에 불을 붙였다가, 앗 하고 놀랐다.

"……!"

텐트 안에 딱 하나 지급되어있는 책상 위에 한 통의 편지가 덩그러니 놓여 있었다.

촛불의 희미한 빛에 의지해 그것을 발견한 순간, 지크는 엄청나게 불길한 예감에 사로잡혔다.

책상 위에 놓인 편지의 존재는, 솔직히 말해 이미 익숙했다.

전쟁에 참가하기 직전에 도로셀에게 보인 그 편지 이후, 지크가 전장에 오고난 뒤에도 며칠 간격으로 늘 책상 위에 편지가 놓여 있었다.

그 편지는 매번 개봉해서 읽었지만, 내용은 대체로 시시한 잡담뿐이었다. 어느 마을이 좋았다든가 안 좋았다든가, 변함없이 수수께끼 같은 관광일기만 나열돼 있었다.

하지만, 이번의 편지는 분명히 다를 것이다.

확신도 없고, 증거도 없는 단순한 감각. 이것을 보면 앞으로는 지금처럼은 있을 수 없을 것 같은 그런 예감.

"……."

그래도 지크는 그 편지에 손을 뻗었다.

예의 자료를 찾는 일보다도, 이쪽이 더 신경이 쓰여 어쩔 수 없었다. 불길한 예감은 변함없이 사라지지 않았지만, 이것을 꼭 열어봐야 한다는 느낌이 들었다.

지크는 편지를 손에 들었다. 사각형의 갈색봉투였다. 앞쪽에는 아무것도 쓰여 있지 않았지만, 봉투를 뒤집자 그곳에는 롤랜드라는, 발신인의 이름이 적혀 있었다.

지크의, 아버지였다.

지크는 잠시 봉투와 눈싸움을 했으나, 이윽고 결심을 굳히고 봉투를 봉하고 있는 밀납을 떼어냈다.

봉투를 열자 반으로 접은 편지가 나왔다. 장수가 꽤 많은 듯, 손에 들었을 때의 두께는 지금까지 온 편지 중에서 최고로 두꺼웠다. 그러나 내용은 여전히 아버지가 돌아다닌 것으로 생각되는 지역이나 마을의 좋고 나쁜 평가가 쓰여 있을 뿐이었다.

"……어?"

그러나 편지의 마지막 한 장을 넘겼을 때, 그곳에 적힌 내용에 지크는 눈을 크게 떴다.

자신도 모르는 사이에 의문이 입 밖으로 흘러나오고, 너무 놀란 나머지 지크는 들고 있던 편지를 떨어뜨리고 말았다.

지면에 떨어진 편지가 부스럭 하고 마른 소리를 냈다.

종이다발의 가장 위는 방금 전까지 지크가 읽고 있던 편지의 가장 마지막 장이었다. 간소한 종이에는 힘찬 필체가 나열되어 있었다.

그리고 발신인의 사인도 없이, 편지는 그 한 마디로 끝을 맺고 있었다.

—네 이름은 지크프리트 레나토스 에델프라우 폰 라피스. 13년 전에 죄를 짓고 죽임을 당했다고 하는 라피스 국의 제 14왕자다.

***

은색으로 빛나는 만월이 부옇게 흐려지고 금이 간 유리창을 통과해 방 가득히 빛을 뿌리고 있었다.

3층짜리 낡은 탑의 폐허. 그 가장 위에 있는 방에서, 자쿠도는 가면의 소년과 마주하고 있었다.

소년은 가면 너머로 자쿠도를 노려보고 있었다. 그의 분노와 공명하는 것처럼, 그의 등 뒤에서 꿈틀거리는 어둠이 흔들리고 있었다.

"……자쿠도. 제멋대로 행동하는 건 삼가하라고 했을텐데."

"자자~, 그렇게 화내지 마세요, 어르신."

"얼버무리지 마라."

위협적인 목소리가 방안에 작게 메아리쳤지만, 자쿠도는 여전히 뺀질거리며 헤실헤실 웃었다.

"왜 그 남자에게 성유물을 건넨 거냐. 쓸데없이 손대지 말라고 했지?"

자쿠도가 무단으로 디오르그에게 성유물을 건네, 주술병을 생성하는 방법을 알려준 것에 화를 내는 것 같았다.

"그렇지만요. 손을 대서는 안 된다고 말하지 않았죠?"

"그것에 매달려봤자 아무 의미도 없다."

"어라? 그럴까요~? 어르신이 열중하고 있는 그 공주님, 그 엑스트라 덕분에 꽤 좋은 느낌으로 각성하고 있다고 생각하는데요?"

"지금은 아직 그때가 아니란 걸 모르는 거냐."

"자자, 진정하시고. 예정지인 제도에도 여섯 개째의 쐐기를 박았으니, 저랭크의 성유물 하나 정도, 대단치 않을 거예요~."

"……."

이렇게 말하면 저렇게 대꾸하고. 이야기가 계속될수록 소년의 짜증과 초조함이 더해간다는 것은 일목요연했다. 그러나 자쿠도는 웃음을 잃지 않았다. 그것은 어딘가 표표해서 어딘지 불길함을 자아내고 있었다.

"……너와 그것이 뭘 꾸미고 있는지는 모르겠지만, 날 방해한다면 용서치 않겠다. 같이 묶어서 없애주마."

"오오. 무서워라."

무섭다고 말하면서도, 자쿠도는 웃고 있었다. 그 태도가 또 마음에 들지 않은 것인지, 가면의 소년은 초조하다는 것처럼 혀를 찼다.

"용건은 이상이다. 얼른 임무로 돌아가라."

"예예~."

펄럭 하고 로브를 나부끼며 가면의 소년은 발소리도 거칠게 방에서 나갔다.

혼자가 된 자쿠도는 잠시 그 자리에 계속 서있었다. 창밖의 달이 검은 구름에 가려져 방안에 어둠이 찾아왔다.

"……이런이런. 정말이지 성가신 분이네~."

두 손을 머리 뒤에서 깍지를 끼며 자쿠도는 작게 중얼거렸다. 그 어조는 어딘가 사람을 바보취급 하는 것 같은 울림이 있었다.

"그런 관계로, 미안해. 네 주인님은 생각보다 많이 신중한 모양이야."

벽 이외에 짙은 어둠만이 펼쳐진 공간에, 자쿠도는 말을 걸었다. 마치 오래된 친구에게 말을 거는 듯한, 그런 친밀함이 담겨 있었다.

『……말본새를 조심해라, 인간. 그것은 나의 주인 따위가 아니다.』

혼잣말 같던 그 말에 어둠이 대답했다.

아무것도 없을 터인 방에 떠도는 어둠이 꿈틀거리더니, 희미하게 두 줄의 붉은 선이 그려졌다.

그것이 천천히 위아래로 열리고, 이윽고 흰자도 검은자위도 없이 그저 새빨갛기만 만 눈동자가 두 개 어둠 속에 떠올랐다.

"네네, 그랬지."

그 붉은 눈동자에 동요하는 일도 없이. 자쿠도는 여전히 실실거리는 태도로 지금 막 기억났다는 것처럼 주먹으로 손바닥을 톡 두드렸다.

"아, 맞다. 검은 보옥의 주술실험, 잘 되었어. 복제품이라도 그런대로 쓸만한 주술병을 만들어낼 수 있는 것 같아."

『호오? 나의 동포들은 아직 그럭저럭 도움이 되는 모양이군.』

"진품은 109개밖에 없으니까 좀 불편하네~. 쐐기용으로도 남겨놔야 해서 이번에는 복제품을 사용했지만, 진품만큼의 힘은 없으니까."

『내게는 아무래도 좋을 일이다. 허나, 느긋하군. 약속의 때는 바로 가까이까지 다가왔느니라.』

"알고 있어. 나는 내 목적을 위해 네게 부탁하면서까지 600년간 계속 전생했으니까. 약속은 어기지 않아."

『흥. 그렇겠지. 그 애송이를 그림자처럼 따라다닐 무렵부터 입버릇처럼 말했으니. 샤드 피리아레기스.』

"……꽤나 그리운 이름을 들고 나왔네~."

600년 만에 듣는, 자신의 첫 이름이었던 그 단어에 자쿠도는 훗 하고 불온한 미소를 지었다. 눈은, 웃지 않았다.

『기분은 어떠하냐? 자신의 먼 자손과 싸우는 것은.』

"뭐 딱히~. 날 닮긴 했지만, 근본은 단순하니까 다루기 쉬워."

『그 여자 자손, 처리하지 않아도 되는 것이냐? 그 하찮은 인간이 죽은 혼잡한 틈을 타 재산을 훔쳐 도망친 것 같다만.』

"내버려 둬도 돼. 그것도 아직은 쓸모가 있으니까."

『……흥. 뭐, 상관없다. 힘껏 노력하여 나를 즐겁게 하라.』

그 말을 마지막으로 어둠의 기운은 방 안에서 확산해 사라졌다. 자쿠도는 그것을 확인하자, 방을 나섰다.

방 밖에는 나선계단이 이어지고 있었다. 위로 향하는 것과 아래로 내려가는 갈림길에서, 자쿠도는 위로 올라가는 계단을 올라갔다.

위로 올라간 그 끝에는 아무것도 없는 공간이 있었다. 사방에는 벽이 없어, 바람이 사양 없이 불어 지나가며 바닥의 먼지를 날렸다.

자쿠도는 착용하고 있는 단안경을 벗어 붉은 오른쪽 눈을 드러내며, 달이 보이는 쪽의 가장자리에 걸터앉았다. 원래는 나무로 된 난간이라도 붙어 있었겠지만, 지금은 다 썩어서 흔적도 없었다.

"……."

자쿠도는 달을 올려다보며 침묵했다. 그 얼굴에는 평소의 여유로운 미소는 보이지 않고, 얼어붙은 얼음과도 같은 무표정만이 달라붙어 있었다.

"……반드시 손에 넣어 보이겠어. 반드시."

자쿠도의 중얼거림을 지금은 이제 움직이지 않는 시계판과 녹슬어 부스러지다 만 긴 바늘이 듣고 있었다.

구름이 바람에 흘러가 하늘 저편으로 사라지고, 만월이 다시 모습을 드러냈다.

그 창백한 빛이 비춘 대지에는 초목과 이끼에 뒤덮여 완전히 허물어진 석조건물의 잔해가 늘어서 있었다.

폐허가 된 이 시계탑을 중심으로 뻗은 십자형의 대로가,

옛날에는 이곳이 큰 도시였다는 사실을 말없이 이야기하고 있었다.

그리고 과거에 뭔가의 마을이었던 그 폐허의 중심에는 땅을 도려낸 것 같은, 원형의 거대한 크레이터가 물을 담은 채 새겨져 있었다.

GLOSSARY

용어집

천 년 후의 세계에 전생한 레티시엘.
그녀가 기록한 메모의 일부를 여기에 공개.

플라티나 왕국

아스트레아 대륙 남부를 지배하는 나라. 내가 전생한 나라. 마법 연구가 활발히 이루어지고 있다. 왕국으로서는 천 년의 역사가 있으나, 지금의 아레스타 왕조가 세워지고 나서는 아직 600년 정도밖에 지나지 않음.

이리스제국

아스트레아 대륙 북동부를 지배하는 대국. 천년 전쟁 시에는 드란잘 제국이라는 대륙 굴지의 마술 대국이었으나, 지금은 마술을 대신한 마법조차도 허용하지 않는다. 천 년 동안 제국에 무슨 일이 일어난 것일까?

라피스국

왕국 북쪽 끝에 위치한 산맥 건너편에 있는 나라. 오랜 세월에 걸쳐 엄중한 쇄국을 유지하고 있어서, 그 실태는 안개에 싸여있다. 최근에는 백의 결사와 모종의 관계가 있는 듯, 여러모로 불온한 움직임을 보이고 있다.

천년 전쟁 (아스트레아 대륙전쟁)

천 년 전 대륙 전역을 불바다로 만든 대전. 전생의 나는 이 대전 속에서 살고 있었다. 너무나도 길었던 전쟁에 시작된 해조차 알 수 없다는 점에서, 후세의 사람들이 이렇게 부르게 되었다고 한다.

스피리아 전쟁

11년 정도 전에 왕국과 라피스 국 사이에서 일어난 전쟁. 왕국 북서부의 스피리아 지방이 전장이 되었다. 왕국은 패배해 해당 지방을 빼앗겼다. 라피스 국은 왜 그런 변경의 땅을 원했던 것일까.

정령

천 년 전부터 존재했으나, 지금은 인간을 싫어해서 결계로 지켜지는 마을에 틀어박혀 있다. 과거 여덟 개 있던 종족도 지금은 일곱 개밖에 없다. 천 년 간 정령과 인간 사이에 무슨 일이 있던 것일까.

마법

왕국에서 연구, 이용하는 힘. 주로 귀족 사이에서 중요시되고, 서민들에게는 영향이 없는 듯하다. 사람이 선천적으로 갖고 태어나는 갖는 마력을 사용하지만, 마술과 비교해 위력도 낮고 효율도 나쁘다. 좀 더 어떻게 할 수 없었던 것일까.

마술

천 년 전에는 당연하다는 듯이 존재했던 힘. 공기 중에 떠도는 마소를 체내에 끌어들이는 것으로 발동하나, 마력과의 상성은 나빠서 마력이 높은 사람은 쓸 수 없다. 지금은 왠인지 근절된 상태. 이 천 년 사이에 대체 무슨 일이…… 나, 이것에만 신경을 쓰고 있네.

연금술

마법이나 마술과는 또 다른 원리를 갖는 힘. 특수한 술식을 새긴 종이를 매체로 하며, 마력과 마소를 융합하는 것으로 발동하는 듯하다. 다만, 원래 상반되는 이 두 가지 힘을 융합하는 것은 극히 어려운 기술로, 사용자의 수는 상당히 제한돼 있다.

주술

백의 결사에 속한 자들이 사용하는 힘. 술자는 발동하는 것으로 검은 안개와 같은 것을 몸에 두른다. 주석이라는 검은 보옥을 매체로 하는 것은 확인할 수 있으나, 그 이외의 상세는 불명. 사용자는 공통되게 눈이 붉어지는 것 같으나, 이 왼쪽 눈과도 뭔가 관계가 있는 것일까.

백의 결사

대륙 각지에서 암약하고 있는 정체불명의 조직. 스피리아 전쟁 등 다양한 사건을 배후에서 조종하고 있다. 가면을 쓴 소년을 통령으로 하며, 간부들은 모두 하얀 망토를 착용하고 있다. 그 소년은 전생의 소꿉친구인 사라의 전생체였다. 그 아이는 천 년의 시간을 거쳐 무엇을 하려는 것일까.

■역자 후기

안녕하세요, 역자입니다.

본의 아니게 천 년 후의 세상에 환생하게 된 왕녀님은 이제 자신이 전생하게 된 비밀에 조금씩 접근하는 것 같습니다. 지난 5권에서 모든 일의 흑막이 누구이며, 그 목적이 무엇인지 밝혀졌지만, 방법은 제대로 나오지 않았습니다. 이번 6권에서는 좀 더 그 비밀에 한 발자국 다가서는 것 같은 내용들이 전개된 것 같네요. 비록, 분위기가 많이 불온하지만 말입니다. 본인이 알게 모르게 비밀들이 다 있는 것 같습니다. 오히려 그런 인물들 중 비밀이 밝혀진 사람이 한 사람밖에 없다고 하는 게 정확할 것 같은 느낌이네요.

불온함 가득 띠고 있는 각자의 비밀들이 어떤 내용일지 한 명의 독자로서도 저도 매우 매우 궁금합니다. 원래 이런 복선에 잘 낚이는 성격이라서 말이죠. 만화책 쪽의 전개가 매우 빠르게 진행되는 통에, 소설에서는 이제야 나오는 내용이 이미 만화로 공개된 것도 있지만, 작가님들마다 자신만의 연출이 있으니까요. 소설에서는 무슨 이야기를 할지 기대가 됩니다.

개인적으로는 종이를 선호하니, 다음 권을 기다려야겠습니다. 총총총.

왕녀 전하는 화가 나셨나 봅니다 6

초판 1쇄 발행 2022년 6월 10일

지은이_ Kou Yatsuhashi
일러스트_ Mito Nagishiro
옮긴이_ 이진주

발행인_ 신현호
편집장_ 김승신
편집진행_ 권세라 · 최혁수 · 김경민 · 최정민
편집디자인_ 양우연
관리 · 영업_ 김민원

펴낸곳_ (주)디앤씨미디어
등록_ 2002년 4월 25일 제20-260호
주소_ 서울시 구로구 디지털로 26길 111 JnK디지털타워 503호
전화_ 02-333-2513(대표)
팩시밀리_ 02-333-2514
이메일_ lnovellove@naver.com
ㄴ노벨 공식 카페_ http://cafe.naver.com/lnovel11

ISBN 979-11-278-6473-6 04830
ISBN 979-11-278-5850-6 (세트)

값 7,800원

신은 유희에 굶주려있다. 1권

사자네 케이 지음 | 토모세 토이로 일러스트 | 김덕진 옮김

한가한 지고의 신들이 만든 궁극의 두뇌 게임「신들의 놀이」.
오랜 잠에서 깨어난 신이었던 소녀 레셰는 눈을 뜨자마자 이렇게 선언했다.
"이 시대에서 게임을 제일 잘하는 인간을 데려와!"
지명된 사람은「이 시대 최고의 루키」로 주목받는 소년 페이.
두 사람이 도전하는「신들의 놀이」는 난이도가 너무 높아 완전 공략한 사람은 제로.
그 이유는, 신들은 변덕쟁이에 불합리하고, 가끔은 이해할 수 없으니까.
그러나 그런 게임이기에 진심으로 즐기지 않으면 아깝다!
여기에 천재 소년과 신이었던 소녀, 그리고 동료들이 펼치는
지고한 신들과의 궁극 두뇌전이 펼쳐진다!

신과 인류의 두뇌전, 드디어 개막!